国宝

下　花道篇

吉田修一

朝日文庫

本書は二〇一八年九月、小社より刊行されたものです。

国宝　下　花道篇●目次

上　青春篇　目次

国宝　下　花道篇

第十一章　悪の華

大阪は故花井白虎《はないびやっこ》の屋敷内に低く響いておりますのは、幸子《さちこ》が心酔する西方信教の、人は土に還《かえ》ってどうたらこうたら、先祖の罪や汚れを土で洗《あろ》うてうんたらかんたら、のお題目でございまして、今日の昼すぎ、まるで我が家のようにずかずかと上がり込んできました幸田《こうだ》たち信者が数人、幸子を伴って奥の稽古場に引きこもっております。

台所で柿を剝《む》いて、息子の一豊《かずとよ》に食べさせていた春江《はるえ》が、

「今日もあの人ら、遅うまでおるんやろか？」

やはり隣で柿をつまんでいるお勢《せい》に尋ねますと、

「また泊まっていくなんて言い出しはったらじゃまくさいわあ」

とため息で、

「……このまえ、若奥さんが一緒にお題目唱え言う幸田さんに、『私は新地《しんち》で商売やっ

てるときから、宗教、押し売り、みかじめ料の類いは一切受けつけませんねん』て、ズバッと言うてくれはったときは、ほんま、うちまでスカッとしたわ」

お勢の話によりますと、白虎が亡くなったあと、幸田は言葉巧みに幸子の財産を狙ったようでございます。ただ、ふたを開けてみれば、家屋敷は三友《みつとも》の名義、自由に使える現金も大した額ではなく、当初の目論見《もくろみ》が外れて幸田も一時は不機嫌になり、幸子に冷たく当たった時期もあるらしいのですが、とはいえ、幸子も少人数ながら弟子を抱えた踊りの家元、また家内を探せば、かつて白虎が贔屓筋《ひいきすじ》からもらった骨董品《こっとう》などもありまして、それらを口八丁手八丁で金に替えさせてはお布施にし、また、広い屋敷も、これ幸いとばかりに自由に使ってきたらしいのであります。

柿を食べ飽きた一豊がぴょんと椅子を降りて走っていきますので、

「一《かず》ぼん、奥の部屋に行ったらあかんで」

すぐにお勢が止めようとしますが、それを逆に止めた春江が、

「奥の部屋まで競走や！」

その尻を叩《たた》きます。

その勢いのまま廊下を走り抜けた一豊が、「祈念中につき立入禁止」と幸田の字で書かれた札の貼られた稽古場へ、なんのためらいもなく駆け込んで行きますと、とつぜん開いた襖《ふすま》に幸子たちが驚いて声を上げ、

「おばさんら、お祈り中やで！」

と、幸田が眉を顰《ひそ》めるなか、

「あー、ばあば、びっくりしたわ」

一豊を捕まえた幸子は、その小さな体をぎゅっと抱きしめるのでございます。

「春江さん！　何度も言うてるやろ。大切なお祈り中は静かにさせとかな。せやないと、幸子さんの雑念が払われへんで」

きつい幸田の叱責《しっせき》に、

「すんません。ほんまにごんたで」

謝りながらも、裏で一豊に向かってぺろっと舌を出す春江であります。

「あ、それより、お義母《かあ》さん、柿剝きましてん。持ってきましょか？」

「せやから、春江さん、うちら今……」

すぐに幸田が口を挟んできますが、

「まあまあ幸田さんも皆さんも、ちょっと一休みや。なあ、一ぼん、ばあばと公園行こか？」

幸子と一緒であれば、一番高い滑り台で遊んでもいいことになっておりますので、一豊も飛び上がって喜びまして、なんとなく険悪な空気も流れます。

せっかちな一豊に幸子が手を引かれて行きますと、幸田と他三人の信者が春江のほう

へ膝《ひざ》を詰めまして、

「せっかくの機会やから、ちょっと春江さんと話させてもらうわ」

春江もとぼけた顔で承知しますと、まるで悪い気でも追い払うように稽古場の窓を開けて回ります。

「……うちらのこと、敵かなんかと勘違いしてはるみたいやけど、元はといえば、春江さん、あんたがここの跡取り息子を唆《そその》かして家出させたんが原因で、それで幸子さん、苦労しはったんやで」

出方によったら呪い殺すぞとばかりの幸田の形相でございますが、春江は幸田の脅しになど一切怯《ひる》まず、

「ほんなら、その罪滅ぼしのために、これからはうちらが精一杯《せいいっぱい》、お義母さんのお世話させてもらいますわ」

この言葉にカッときたらしい幸田、その太り肉《じし》をぶるっと震わせますと、分厚い耳たぶで重そうなルビーのイヤリングも揺れます。

春江はもう話は終わったとばかりに、

「一豊！　日が落ちたら寒うなるからジャンパー持って行き！」

玄関のほうへ声をかければ、

「もう、うちが持ったわ！」

とは楽しげな幸子の声。

「お母さん、行ってきまーす！」

「はーい、行ってらっしゃい！　ばあばから離れたらあかんよ！」

という会話をたっぷりと聞かせました春江は、「さあ、お帰りはこちら」とばかりに襖を開け放ちますと、無言で幸田たちに合図を送るのでございます。

「まあ、今日のところはええわ。春江さんには関係ないしな。うちらと幸子さんのことやから」

よほど悔しいのか、そんな捨て台詞《ぜりふ》を吐く幸田に、

「幸田さんらのおかげで、お義母さんも、あの通り元気になりはったわ」

最後まで春江も、負けておりません。

幸田たちを追い返しますと、台所からお勢が飛んできまして、

「大したもんやな。うちなんか、女将《おかみ》さんらがお題目唱えてるとき、稽古場にはよう入らんかったわ」

「うちかて一人やったらようせんわ。せやけど子供がおると、厚かましゅうなれるから不思議やわ」

などと笑い合いながら台所へ戻れば、

「熱いお茶でも淹《い》れ直しましょか」

「ほなら、海苔《のり》せんべい出すわ」

と食卓に落ち着きまして、熱い茶をちびりちびり飲み始めたお勢が、

「なぁ、若奥さん、こんなことうちが聞くことやないんやろうけど、俊《しゅん》ぼんと二人、今までどこでどうしてはったん？」

しみじみと尋ねます。

春江が俊介の実家で、さほど気兼ねなく生活できておりますのは、もちろん幸子の初孫かわいさが第一とはいえ、このお勢との相性が良かったのが大きゅうございます。何せ、姑《しゅうとめ》である幸子の痒《かゆ》いとこ痛いとこを熟知しておりますので、どれほど助かったことでありましょうか。

さて、そんな気安さもありましての「俊ぼんと二人、今までどこでどうしてはったん？」というお勢の質問でございます。

「……いやな、若奥さんやから正直に言うけどな。うち、正直なとこ、もうダメかもしれんて思うてましてん。ほら、それこそうち、俊ぼんを子供のころから知ってますやろ。せやから、やっぱり悪い意味で『ぼんぼん』なところも知ってますし。いや、もちろんそこが俊ぼんの優しいところでもありますねんで。でもなー、やっぱり、頼りないいうか、まさかこの丹波屋を出て自立できるなんて、誰も思うてなかった思うんですわ」

あまりといえばあまりの言いようではありますが、これもお勢の俊介《しゅんすけ》可愛さからの言

葉、そこは春江も分かっておりまして、

「男の人は甘えさせたら、どこまでも甘えはるしな」

「せやろ。俊ぼんなんて、その最たるもんやったんやで」

お勢の言葉に苦笑いしながらも、春江の頭に浮かんでくるのは、十年まえの夜、当時借りていた北新地のアパートの玄関先にしゃがみこんでいた俊介の姿でございます。

「俊ちゃん、何してんの？」

そう声をかけながらも、俊介がそこにいる理由が、春江にはちゃんと分かっておりました。横には大きな旅行用トランクも置いてあります。

「俺は逃げるんちゃう」

あのとき、俊介はそう言ったのでございます。打ちひしがれたような顔をしながらも、ちゃんとそう言ったのでございます。

「……俺、逃げるんちゃう」

「……うん、分かってる」

「俺な、逃げるんちゃう。……本物の役者になりたいねん」と。

「春江ちゃん、ちょっとええかしら？」

やっと一豊を寝かしつけ、東京の俊介に送る荷物を段ボールに詰めておりますと、幸子の声でございます。

「はい、なんでしょう」

慌てて襖を開ければ、

「ちょっと、今、話せる?」

濡《ぬ》れ髪をタオルで巻いた風呂上がりの幸子が口を開いたままの段ボールのまえに座り込みまして、

「……なあ、春江ちゃん、俊ぼんが戻ってからうちなりにいろいろ考えたんやけどな、どうやろ? ここらでこの屋敷たたんで東京出るいうんは」

急といえば急なのですが、幸子の表情には熟考を重ねた様子がみて取れまして、

「……今度の明治座でいよいよ俊ぼんも舞台復帰やろ。となったら、春江ちゃんはもちろん、うちかて東京行ってできることはさせてもらおう思うてんねん。でな、今はもう昔と違《ちご》うて大阪で歌舞伎なんてほとんどないし、これからの俊ぼんの活躍の場は東京や。大阪と東京、こうやって離れてると、なんや気ぃばっかり焦るし、ここらでうちも肚《はら》決めて、もう一回、俊ぼんの背中押したろう思うてんねん。もちろんあれやで、うちが俊ぼんの背中押す言うてんのは、あんた、春江ちゃんをどこに出しても恥ずかしゅうない歌舞伎役者の女房に育てるいう意味やからな」

話しながらも幸子の手は動いておりまして、春江が段ボールに詰めようとしていた俊

介の下着やらをあらかた詰めてしまい、「早く貸せ」とばかりに春江の手からガムテープまで奪い取ります。

「お義母さんにそう言うてもらえると、ほんま心強いですわ」

春江、本心からの言葉であります。

「さよか。あんたがええ言うんやったら、口うるさい梨園《りえん》の姑、精一杯やらせてもらうわ」

「うちもできることはなんでもします」

「いや、でけへんこともせなあかんねん」

言葉はきついのですが、そう言う幸子の目の奥はどこか嬉《うれ》しそうでございます。

「……と決まれば、やることは山ほどあるで」

まるで、これから早速東京へ向かうかとばかりに立ち上がりました幸子が、部屋を出ようとしたその足をふと止めまして、

「あ、せや。春江ちゃん。……これが最初で最後や。いっぺんだけ聞くで」

すぐに春江も察して膝を揃《そろ》えれば、

「……あんた、喜久《きく》ぼんのことは、もうええんやな?」

という幸子の言葉に、はっきりとしっかりと、

「はい」

春江、そう頷《うなず》いたのでございます。

階段を降りていく幸子の足音が聞こえなくなりますと、ふいに力が抜けまして、足を崩して尻を落とし、ホッとため息の春江であります。

もちろんこれまでも居心地の悪さを感じたことはありませんが、今の今になって初めて幸子から、一豊の母としてではなく、丹波屋《たんばや》の嫁として認められたような気がします。思い起こせばこの十年、決して楽な日々ではございませんでした。本物の役者という、誰に聞いてもその答えのないような、そんな得体の知れないものにとり憑《つ》かれた俊介の姿は、真っ暗闇で自分の姿を見ようともがいているようなもの、助けてあげたくてもその術《すべ》もなく、ただじっと何かを待つしかない日々だったのでございます。

その春江なりに待っていたものが、たった今の幸子からの言葉だったのかどうかは分かりませんが、それでも自分たちがときに大きく踏み外しながらも必死に歩いてきた道が、これから歩いていくべき先の道と、ちゃんと繋《つな》がっていたのだという安堵《あんど》感だけはあったのでございます。

翌朝になりますと、早速、幸子は丹波屋の東京進出に向けて動き出しまして、まずその手始めに、これまでたった一人で丹波屋を支えてくれていた喜久雄《きくお》に対して、今までの礼を述べ、またこれからの展望について説明することを、丹波屋の女将としての春江に命じ、春江は丸一日かけて喜久雄への長い手紙を書いたのでございます。

その後、善は急げでとりあえず身の回りのものだけ揃えて東京へ向かいますと、春江たちが落ち着いたのは俊介が借りた代々木の借家でございます。大阪のお屋敷町のなかにあってもその風格で目立っていた自宅に比べれば、それは質素な一戸建てではありましたが、幸い、裏にある代々木八幡宮の緑が借景となる高台にあって風通しもよい家ではありました。

そこへ俊介を筆頭に春江と一豊、そして幸子が暮らし始めますと、大阪から呼び寄せたお勢と源吉《げんきち》は近くにアパートを借りまして、新生丹波屋が産声をあげたのでございます。

ただ、翌月に迫った明治座での復活舞台のため、俊介は稽古漬けの毎日、ほとんど家におりませんで、大阪の屋敷を三友に明け渡す手続きやらはすべて春江と幸子で行い、その合間を縫っての関係各位、またご贔屓筋への挨拶《あいさつ》回りでは、それこそ着物の着付けから挨拶の仕方まで、幸子が厳しく春江に教え込みます。

その行く先々で聞かされるのは、大看板だった白虎亡きあとの丹波屋の不甲斐《ふがい》なさ。もちろん三代目花井半二郎《はんじろう》を継いだ喜久雄が、なかなか良い役をもらえなかったこともあるのですが、何より贔屓筋がここぞとばかりに話しますのは、やはり丹波屋の本流は俊介であるということ。そして気が早い人となると、その先に待ち受けている一豊の初舞台の話でありまして、それ故、翌月の明治座での初日には何を措《お》いても駆けつけるからと、力強い言葉をかけてくれるのでございます。

喜久雄から春江のもとへ返信が来たのはそんな折でございました。とても短い文面で、大阪の屋敷を三友に返すことへの承諾と、借金を俊介に移譲する話し合いについても応じるという旨が綴《つづ》られ、最後に、

「今の私がありますのは丹波屋のお陰であります。ただ感謝しかございません」

そう付け加えられておりました。

一方、このころになりますと三友の竹野《たけの》が裏で準備していた俊介の復活劇の幕が、いよいよ上がろうとしておりました。

ただ、当初、竹野が考えておりましたのは「見世物小屋の芸人にまで落ちた丹波屋の若旦那が見事復活」という筋書きだったのですが、いざふたを開けてみようとしますと、歌舞伎ファンならまだしも、大多数である歌舞伎に興味のない層からは、そもそも丹波屋とはなんぞやでして、当然、そこの若旦那と言われてもその価値が分からず、なんだかぽやんとした印象しか残さないことがすぐに分かったのでございます。

そこで慌てました竹野、すぐに作戦を変更しまして、世間に大注目させる手本として選んだのがプロレスで、早めに悪役を登場させることにしたのでございます。もちろんこの悪役は当初の筋書き通り、三代目半二郎の名跡《みょうせき》を奪った喜久雄で、さて、この喜久雄をどのように出していけば世間が喜ぶだろうかと考えていましたところ、ふと思いつ

きましたのが、京都の芸妓に生ませた喜久雄の隠し子のことでございます。

当然、周りに話しましても、

「役者の隠し子なんかに驚く者《もん》がどこにおんねん」

と鼻で笑われたのですが、世はまさに主婦層をターゲットにするワイドショー花盛り。竹野が勤めている大国テレビでももちろんやっておりまして、芸能情報から料理まで賑《にぎ》やかなラインナップなのですが、この番組プロデューサーの話によれば、とにかく視聴者の食いつきがいいのは意地悪な姑の話と夫の不倫話で、ことに愛人に子供がいるなどという話になると、この夫に対する抗議の電話は鳴り止《や》まず、それがそのまま高視聴率を叩き出すらしいのでございます。

そこでまず「人気歌舞伎役者の隠し子騒動」というスクープを出したいと竹野が上層部に相談しますと、当然、喜久雄の生みの親でもある梅木《うめき》社長は眉を顰めたのですが、歌舞伎役者に隠し子がいたところでなんの痛手にもなるまい、というのが本音でもありまして、まあとりあえず俊介の復活劇とやらは竹野に任せてしまったのでございます。

このころになりますと、出奔した梨園の御曹司が、見世物小屋の舞台に立っているところを発見されたという話だけは、世間的にもぼんやりとは広がっておりました。

ただ、その無名に近い御曹司が、今度の明治座で復活するからと言いましても、それがどうしたという反応の方が俄然《がぜん》強かったのでございます。

しかし、今も昔も変わりなく、世間と言いますのはお家騒動には目がありませんで、部屋子《へやご》であった喜久雄の立場や、白虎の代役をその喜久雄が奪い、加えて現在では三代目半二郎という大名跡まで名乗っているという事実を、竹野たちがうまい具合に雑誌やテレビで紹介させておりますうちに、歌舞伎に詳しくない者でさえ、なんとなく俊介が善人で、喜久雄が悪者というイメージがつき始めてまいります。

そこで満を持して、喜久雄の隠し子のスクープを竹野がこっそりと売り込みました先が、当時創刊したばかりだった、いわゆる写真週刊誌でございました。

当初、この写真週刊誌の担当からも、

「役者の隠し子なんか記事になりませんよ。それなら、その辺の公園で見つけた四つ葉のクローバーだってスクープですよ」

と取り合ってもらえなかったのですが、そこを押しの強い竹野、

「騙《だま》されたと思って載せてくださいよ。世間の常識ってもんが、がらっと変わる瞬間を目の当たりにするはずですから。世間ってのは、もう昔みたいに特権階級に寛大じゃない。それを証明しようとしてるのがあなた方の雑誌でしょ」

と煽《あお》りまして、まんまと掲載させたのでございます。

結果、竹野の直感は大当たり。そしてこの報道が長い日本の芸能史のなかで、役者の隠し子という存在が悪意を持って大々的に報じられた、初めての記事となったのであり

ます。

全国の書店に並んだ雑誌には、海水浴場で綾乃《あやの》を抱く喜久雄の写真が載っておりました。そして綾乃の愛らしい目元だけが、まるで犯罪者のように黒く塗りつぶされていたのでございます。

さて、次に竹野が用意しましたのが、俊介のテレビ出演でございました。

当初、自社の大国テレビでの復帰を画策していたのですが、この波瀾《はらん》万丈の御曹司の復活劇になんとＮＨＫが食いつきまして、ぜひトーク番組に出演してほしいとの依頼でございます。

もちろん先のことを考えれば自社番組よりも全国放送のＮＨＫ。竹野はすぐに承諾し、条件として俊介だけでなく、妻の春江、そして将来の丹波屋を背負う一豊の三人が画面に並ぶことを提案いたします。

そしてこの竹野の目論見もまた、世間にピタリとはまったのでございます。

このとき、日本中の茶の間に流れた映像は次のようなものでありました。

まず司会は大の歌舞伎通で知られるベテランの佐渡毅《さどたけし》アナウンサー。真っ青な空のような背景のまえに置かれたソファに、おめかしした一豊を挟むようにして、きりりとした紋付袴《もんつきはかま》姿の俊介と、薄紫の京友禅を羽織りました春江が並びますと、

「さすがは丹波屋の若旦那ご夫妻、そこに並ばれただけで、あまりに美しくてため息が

漏れますな」

佐渡アナウンサーも手放しの褒《ほ》めようで、

「……今から三十年近くまえになりましょうか、実は丹波屋の二代目と奥様の幸子さんが、ちょうど今の一豊くんくらいだった半弥《はんや》さんを連れて、この番組に出演して下さったことがあるんですよ。あのときも私は、なんと言いましょうか、そのお姿の美しさというか神々しさにため息をついたもんですが、今また、そのときの感動がはっきりと蘇《よみがえ》ってまいります」

との紹介から始まったトーク番組は、まさに丹波屋の歴史を振り返るような構成になりまして、初代や二代目半二郎が歌舞伎座の舞台に立つ貴重な映像資料、祖父に当たる初代が幼い俊介を抱くプライベートの8ミリ映像などが流され、視聴者は知らず知らずのうちに、この歴史のなかで三代目を継げなかった俊介が不憫《ふびん》になり、逆にまんまとその名跡を奪い、その上、隠し子までいるという喜久雄が憎々しくなってくるのでございます。

番組では佐渡アナウンサーが、当然、十年に及ぶ失踪についての質問もいたしました。終始、言葉少なに受け答えしていた俊介でありますが、その質問に関してはさらに口が重くなり、代わって春江が、

「俺は逃げるんちゃう。本物の役者になりたいんや」

という例の言葉からこの出奔が始まったことを紹介いたしますと、

「旅回りの一座におられたそうですが、この十年ずっとそこにいらしたんですか？　さすがに丹波屋の若旦那だって気づかれることもあったでしょう？」

佐渡アナウンサーの質問に俊介も今度は重い口を開きまして、

「いえ、あの一座にお世話になったんはここ三年ほどのことでございます。大阪を出てしばらくは芸事から離れておりましたから、役者の、それも舞台役者の顔なんか、あっという間に忘れられるもんですわ」

「では、その旅回りの一座に入るまえは、どこでどうしてらしたんです？」

「それまでは……」

遠い昔に思いを馳《は》せるような俊介の膝に、大人たちの会話に飽きた一豊が乗りたがり、ひょいと抱き上げた俊介、

「……ほんまにこの十年、いろんなとこでいろんなお方のお世話になってきました。水上《みなかみ》温泉のホテルで夫婦揃ってかま焚《た》きやらせてもらいながら、夜は宴会の余興で少し踊らせてもろうたり……。とにかく、何をどうやったら芝居が上手《うも》うなるんか、踊りの品格が大きゅうなるんか、それがまったく分かりませんし、先生も教科書もありませんせやから、先生はそこにいらっしゃる一人一人のお客さんやと決めまして、どこのどんな舞台やろうと、なんしか目のまえのお客さんの目の色を変えられたら合格やと思うて、

その日その日を必死に勤めておりました」

この番組の最後、佐渡アナウンサーは次のような質問をいたします。

「この十年、何を考えていましたか？」と。

に応えて俊介は、

「なんで自分は丹波屋の跡取りに生まれたのかと、そればかり考えておりました」

そう答えたのでございます。

竹野の思惑通り、まったく驕《おご》ることのない御曹司俊介と、芸道に生きる夫を支える美しき春江の姿は、テレビを通して全国の視聴者に好感を抱かせました。

その後も、連日のようにワイドショーでは喜久雄の隠し子騒動が取り上げられ、女性の自立の立場から、はたまた悪しき芸能界の因習についてなど、専門家たちがこぞってこの問題を口にすればするほどに、とても分かりやすい構図として、喜久雄はいわゆる常識人たちの敵となり、逆に俊介の評判が上がったのでございます。

実際、その次の週には明治座のチケットも二十五日間の昼夜のそれぞれの回がほぼ完売。ここ数年、歌舞伎界にくすぶっておりました興行不振の空模様のなか、ちょっとした晴れ間が見えたのでございます。

「春江ちゃん、慌てて挨拶しても相手に伝わらへん。数こなすんやなくて、一人一人しつかりや、ええか」

ふと客の流れが途切れた合間、横に立つ幸子に注意され、「はい」と頷く春江が立っておりますのは、俊介が小野川万菊《おのがわまんぎく》と共に『二人道成寺《ににんどうじょうじ》』を舞う明治座初日の玄関ホールでございます。

開場以降、続々といらっしゃるご贔屓、関係者の顔を見つけますと、幸子と手分けし

て挨拶に駆け寄っているのですが、もちろんなかには、

「復帰の舞台が万菊丈相手だと、さすがに丹波屋の若旦那も分が悪いねえ」

などと露骨な声もありますので、

「一生懸命勤めさせてもらいますので」

と改めての挨拶でございます。

開演五分まえのブザーが鳴りましたのはそのときで、幸子と二人、春江が慌てて自分

たちの座席へ向かおうといたしますと、人気のなくなったホールをすっと横切る喜久雄

の姿、思わず声をかけようとした瞬間、喜久雄の方が目を伏せて、舞台裏へのドアにそ

の姿を消します。

「喜久ぼんも来てくれたんやな」

幸子も気づいていたようで、俊介のためと竹野から強く言われていながらも、やはり

ここ最近の世間の喜久雄バッシングには言葉もなく、その表情には申し訳なさが滲《にじ》んで

おります。

一方、人目を避けるように舞台裏へのドアを入った喜久雄は、ふと足を止めて振り返りますと、春江と幸子が急ぎ足で客席へと向かう様子を閉まりかけたドアの隙間に捉えますが、その二人の横顔に自分が何を思うのか、自分でもよく分からぬうちにドアは閉まってしまうのでございました。

舞台ではすでに幕が開いたようで、

〽月は程なく出汐《いでしお》の

三味線とともに、浄瑠璃の語りが聞こえてまいります。喜久雄は急ぎ奈落へ降りまして、そのまま花道の出入り口である鳥屋《とや》へ向かいます。

この鳥屋からはたった今、白拍子花子《しらびょうしはなこ》に扮した小野川万菊が万雷の拍手に迎えられて花道へ出て行った直後、

「あれ？　三代目、どうしました？」

とつぜん現れた喜久雄に驚いた万菊の弟子に、

「ちょっと見せてもらうよ」

声をかけますと、舞台を一望できる覗《のぞ》き窓に顔を寄せたのでございます。

〽しどけなり振り　アア、恥ずかしや

〽さりとては　さりとては

鳴り止まぬ万菊への拍手のなか、花道には同じく白拍子花子に扮した俊介を載せたセリが浮き上がってきたところ、丹波屋本流の登場を十年も待ちわびた人々の拍手とかけ声が、万菊へのそれを超えて響きます。

〽恋をする身は　浜辺の千鳥《ちどり》
　夜毎夜毎《よごとよごと》に　袖絞《そでしぼ》る　しょんがえ

万菊と並び立った俊介の美しさ、扇子をくわえるそのしどけなさ、また広げた懐紙《かいし》を手鏡に見立てて髪を整えるその色香、何もかもが、十年まえに同じ演目で共演した俊介とは明らかに違っております。

「俊ぼん……」

思わず覗き窓に額を押しつけ、息を呑《の》んだ喜久雄の、その思いが客席へも伝わったのか、客席は歓声から一転、水を打ったようになり、緊張感がその場を支配します。

そして紛れもなくこの凄《すさ》まじい緊張感の源泉は俊介であり、とてつもなく危険な何かが、そこで踊っているのがひしひしと伝わってくるのでございます。

たとえば客が物音でも立てようものなら、ふいに踊りをやめた俊介が舞台を降り、その客に詰め寄っていくような……、と同時に、少しでも客が舞台から目を逸《そ》らしてしまえば、その刹那《せつな》、俊介がその場で溶けてなくなってしまうような……、そんな両極端な危うさに舞台は満ち満ちております。

もちろん物音を立てた客を、まさか役者が叱りつけにくるわけもない。まさか集中力を切らした客の目のまえで、役者が消えてなくなるわけもない。

そう頭では分かっていても、舞台で一心不乱に踊る俊介の姿には、そんな恐ろしくて近寄れないような、と同時に、すぐに消えてなくなるような、業と可憐《かれん》さとがない交ぜになっております。

その上、共演しているのは稀代《きたい》の立女形《たておんながた》の小野川万菊、若い俊介を自由に踊らせているように見え、肝心の見せ場では、わざと調子を崩すような動きを見せて、客たちの視線をすべて自分のほうに向けます。

またその少し崩した型の美しいこと、悩ましいこと。

それを目の当たりにした俊介の動きにもさすがに焦りが見え隠れ、しかしその焦りを、可憐な嫉妬を抱く乙女のような指先の震えに変えてみせるのでございますから見事。

牢に囚《とら》われた者のように覗き窓から舞台を凝視していた喜久雄が、ふと我に返ったときには、すでに演目の大団円の鐘入《かねいり》の段。劇場を揺らすほどの拍手が鳴る、と感じたその寸前、なぜか逃げ出すように鳥屋から外へ出たのでございます。

あとを追ってくるのは、たった今、空に聴いた拍手を優に超える凄まじい拍手。

暗い奈落から階段を駆け上がり、明るいロビーに出た途端、恐ろしいほどだった俊介の芸の上達ぶりに、今になって全身に鳥肌が立つのです。

あまりの拍手の大きさに、何事だろうかとロビーで働くスタッフたちまで客席を覗こうとするなか、喜久雄が地下駐車場へ立ち去りますと、車に乗り込もうとした瞬間、眩《まばゆ》いばかりのフラッシュが焚かれます。

目を細めて喜久雄が白い光を睨《にら》み返せば、見覚えのあるカメラマンと記者の姿。

無視して車に乗ろうとする喜久雄に、また容赦ないフラッシュが焚かれ、

「半二郎さん、一つだけ教えてください！」

薄暗い駐車場に反響する記者の声が、喜久雄の耳に残っていた三味線や拍手の音をかき消して、

「……大阪のお屋敷が売りに出されますよね！　白虎さんが残されたお屋敷を、あなたが勝手に売り払ったというのは事実ですか！　あなたの一存で、丹波屋の人たちをあのお屋敷から追い出したというのは事実ですか！」

車内に腕を差し込んでくるカメラマンを押しのけ、どうにかドアを閉めようとした喜久雄も、さすがに記者からの質問が気に障り、思わずその手が止まります。

ただ、

「そんなわけないだろ！」

そう叫び返そうとした自分の声が、たった今、駐車場に反響した記者の声と、まるで一緒なのでございます。

俺は役者だ。こんなところであんな声出してたまるか。

咄嗟《とっさ》に口を噤《つぐ》んだ喜久雄は、カメラを睨みつけますと、そのままドアを閉め、アクセルを踏み込みます。

低いエンジン音を響かせた車が、長いスロープを地上へ出てゆくこのときの様子が、そのままテレビで放映されたのは翌日のことでありました。

「こっそりと、半弥さんの舞台を見に来ていたようですが、途中で帰ったみたいですね。強烈な復活の舞台だったという噂《うわさ》ですし、思うところあったんじゃないでしょうかね」

「それにしても、大阪にあった丹波屋のお屋敷を三代目半二郎さんが勝手に売りに出したのが本当なら、いよいよ丹波屋分裂なんでしょうねえ」

テレビが煽れば煽るほど、視聴者はその丹波屋の分裂劇が、さらに過激なものになることを密《ひそ》かに望むのでございます。


今月の明治座の目玉である『二人道成寺《ににんどうじょうじ》』は、白拍子花子を当代切っての立女形の万菊と、十年の空白からの復帰舞台となる花井半弥の共演で見せる。通常一人で演じるものを二人で踊るので視覚的な迫力はもちろんのこと、二人の個性を十分に楽しめる。

そこに思わぬ発見もある。常の万菊の『娘道成寺』が、ある意味、飛び道具的な今回の半弥の参加によって、その魅力を失うのではなく輝きを増している。万菊の乱拍子、言わず語らずの手踊りなど、まるで一人で踊っているかのような存在感である。

もちろん半弥も目を見張るほど素晴らしい。その個性には、実父である二代目半二郎はもとより、初代の記憶まで呼び起こしながら、そこに先達たちとはまったく違った生々しさがあり、濃い霧の立ち込める奥深い森のなかに観客を迷い込ませるような妖《あや》しさがあった。

続いての『加賀見山《かがみやま》旧《こきょうの》錦絵《にしきえ》』での共演は、ちと評価が下がる。嫉妬と陰謀渦まく、いわゆる大奥ものの狂言で、万菊が脇に回って権力者岩藤《いわふじ》を演じ、半弥の中老尾上《おのえ》をいじめ抜くのだが、昨今テレビのワイドショーを賑わす丹波屋の下世話なお家騒動の印象が否応《いやおう》なしに脳裏をよぎり、見ていて気持ちのよいものではなかった。

もちろん両者の演技に非があるわけではないので、なんとも的を外した評になってしまうが、演出自体が本来の義太夫狂言の伝統からではなく、現代的な感性から役柄にアプローチしており、さてこれが万菊ほどの役者の演技として正統かといえば首肯《しゅこう》し難い。歌舞伎の演目に現代性を引き入れることが問題なのではない。ただ今回の『加賀見山旧錦絵』においては、その現代的なアプローチによって、歌舞伎というものを大きく揺り動かすまでにはいたっておらず、一役柄を新解釈してみたという域にとどまっている。

とはいえ、今月、あの万菊に食らいついて舞台に立っている復活の半弥が、次世代を担う歌舞伎役者たちの一群から、頭一つ抜けたことは間違いがない。

以上が、初日を観劇した早稲田大学教授で劇評家の藤川《ふじかわ》氏が、早速朝日新聞に寄せた劇評でございます。


夕刊を読み終えました幸子は老眼鏡を外しますと、急いで台所へ向かい、お勢とともに夕食の支度をする春江に、

「ほら出てるわ。今月の劇評。俊ぼんのこと、よう褒めてあるわ」

嬉しさ余って夕刊を広げれば、エプロンで手を拭きながら目を通す春江に、

「俊ぼん、もう読んだんやろか？ ちょうど夜の部が始まったばっかりやから、まだやろな？」

一人急《せ》く幸子。

「源吉さんが買《こ》うてくれてるはずですわ。今月はこの早稲田の藤川センセいう人が書くはずや言うてましたし」

春江がそう応えますので、

「縁やなぁ。この藤川センセやで、最初に俊ぼんらに目つけて、三友の梅木社長に紹介してくれはったん」

懐かしく思い出す幸子のまえでようやく読み終えました春江が、その安堵から思わず

しゃがみ込み、まだ濡れている手でテーブルの角を摑《つか》みます。

「……な？　頭一つ抜けたて書いてあるやろ？　……ちょっと劇場の源吉に電話入れて新聞読んだかどうか確認してみるわ」

電話に向かう幸子の背後で、

「若奥さん、よかったなあ。俊ぼんもよう頑張りはった」

お勢が春江の背中をさすっております。

そのとき、受話器を当てた幸子の耳には楽屋の源吉の声が聞こえてきまして、

「……俊ぼん、もう読んだらしいわ。読んでから夜の部に出たて。……『加賀見山《かがみやま》』の方は厳しかったから、『こんなもん褒められたうちに入るかいな』言うて夜の部の舞台に向かったらしいわ」

源吉の言葉をそのまま春江たちに伝えます。

「今夜、俊ぼんはまっすぐ帰ってくるんやろか？」

電話を切った幸子が、ならばもう一品おかずでも増やそうかという思いで冷蔵庫を覗き込みますと、

「なんや誰かを連れてくるとか、誰かが訪ねてくるとか言うてましたわ」

とは春江の言葉で、ちょうどそのとき、玄関で男の声がいたします。

すぐにお勢が向かいますと、

「三友の竹野さんいう方がお見えです。若旦那から来るように言われてるて」

「なんや、竹野さんやったんか」

春江とともに幸子も玄関へ向かえば、大きな段ボールを抱えた竹野が立っておりまして、

「すいません、早く着きすぎました。そこの喫茶店で時間潰すつもりだったんですけど、今日休みなんですね？　ちょっと荷物があったもんですから……」

長々と言い訳する竹野に、

「どうぞどうぞ上がって下さい。約束してあるんなら、主人も舞台が跳ねたらすぐやろうし」

段ボールを引き取ろうとした春江を、

「いや、これ重いんで」

と断りました竹野、長々と言い訳したわりにはあっさりと靴を脱ぎ、

「おっ、なんか旨《うま》そうな匂いですね」

とは現金な男でございます。

「その箱、なんですの？」

尋ねた幸子に、

「家庭用ビデオデッキですよ。若旦那へのプレゼント」

「ビデオデッキて、テレビを録画して何度も好きなときに見られるいう、あれかいな？高かったんちゃうの？」

驚く幸子をよそに、勝手知ったるで廊下を進みました竹野、居間のテレビのまえに段ボールを下ろしますと、

「さぁて、若旦那が戻るまえに繫いでしまいましょうかね。これがあれば、昔の名優たちの舞台、好きなだけ見られますよ」

とシャツの袖を捲《まく》ります。

ふたたび玄関のチャイムが鳴ったのは、そのときでございます。

「誰やろ？　こんな時間に」

幸子が首を傾《かし》げておりますと、また玄関へ向かったお勢が戻りまして、

「あのぉ、若奥さん、野田《のだ》さんいう方がお見えですけど……」

なぜかそのお勢も首を傾げております。

「……野田さん？」

立ち上がった春江が無理に動揺を隠したのが幸子にもはっきりと伝わってまいります。

幸子はふと嫌な予感がして、

「竹野さん、このテープに何時間くらい録画できんの？」

と思わず話を逸らします。その隙に、と言いますか、特に説明もなく春江が玄関に向

かいますので、

「誰？」

と幸子がお勢に目配せすれば、

「なんや、しょぼくれたお爺《じい》ちゃんですわ」

と囁《ささや》くお勢も容赦がありません。

さすがに気になりまして廊下へ出た幸子の視線の先で、そのしょぼくれた爺さんの背中を押して、春江が外へ出ようとしております。

人を見かけで判断するべきではないのでしょうが、これまで幸子が生きてきた世界では接点のなかったタイプの老人で、となれば、春江の世界から来た人かしらと思った瞬間、「せや、二人が家出しとったあいだに知り合《お》うた人やわ」と納得いたします。

ただ、一旦《いったん》、竹野のもとへ戻ったものの、外の二人のことが気になりますので、幸子はトイレに向かうふりをして、そっと裏口を出ますと、表通りへと降りる薄暗い階段のほうから春江の声が聞こえてまいります。

「……急に来られても迷惑やわ」

押し殺したような春江の声は苛立《いらだ》ちを隠しておらず、何やらそれにボソボソと応える相手の声はどこか恐縮しております。

背後で物音がしたのはそのときで、ビクッと振り返れば、なぜか竹野が心配そうに裏

口から顔を出しておりますが、
幸子はひどく慌ててしまい、

「御用聞きの人や思うわ」

取り繕い、竹野の肩を押して中へ戻ったのでございます。

「彰子《あきこ》ちゃん、十六分のバスに乗るんでしょ。間に合わないわよ」

階下から聞こえる母、桂子《けいこ》の声に、

「今、降りる！」

とドライヤーで髪をカールさせながら応えておりますのは、吾妻千五郎《あづませんごろう》の次女、彰子でございます。

なんとか形になったカールに満足しながら階段を駆け下りますと、

「牛乳だけでも飲んでってよ」

と、台所から母の桂子が牛乳瓶を持ってきますので、そのまま飲もうとすれば、

「もう、やだ。グラス使いなさいよ」

と台所からグラスを持ってきたのはいいのですが、そのグラスをなんと逆さまに置き、その底に牛乳を注《つ》いだものですから、

「やだー、こぼれた！　彰子ちゃん、布巾、布巾！」

一人大騒ぎでございます。

「もー、ママ……。時間ないのに」

慌てて彰子が台所へ走れば、庭でゴルフクラブを振っていた千五郎がダイニングへ顔を出しまして、

「いい加減にしなさいよ！　朝っぱらから、うるさいねえ！」

と、いつもの光景とはいえ、さすがに呆《あき》れ声でございます。

そのまま中へ戻りました千五郎、テーブルに溢《こぼ》れた牛乳を拭く彰子に、

「そういや、おまえ、最近、達夫《たつお》さんとは会ってんのかい？」

「え？　……うん、まあ」

「うん、まあ、って、おまえ」

そこに、やはり床に溢れた牛乳を拭いておりました母の桂子が、

「もう婚約したんですから、こっちからあれこれ口出すのはご迷惑ですよ。あとはもう、あちらのおうちにお任せしないと」

「そりゃそうだけど、向こうはほら普通の家だからいいけど、こっちは娘とはいえ、富士見屋《ふじみや》の祝い事だぞ、一日二日で準備ってわけにもいかねえからな」

「普通のおうちが聞いて呆れますよ。大きな証券会社の御曹司さんじゃありませんか。うちなんかより、よっぽどお付き合いありますよ」

「いや、そりゃそうだけどよ」

呑気《のんき》なようで、実はどちらが格上かというニュアンスも微妙にある、いつもの両親の会話から逃れるように、彰子は瓶に残った牛乳を飲み干しますと、

「いってきまーす」

バス停へ走ります。

考えてみますと、物心つく時分には「結婚するなら堅気の男と」「俺の娘は絶対に役者なんかにゃやらねえ」という父、千五郎の言葉を聞かされておりました。

もちろん、役者、特に歌舞伎の世界に嫁いだ女がどれほど苦労するかをよく知っているからの言葉なのですが、のわりにうちのママは幸せそうじゃない、というのが彰子の意見で、これに対して千五郎は、

「そりゃ、おまえ、そうならないようにパパがママを守ってきたからじゃねえか」

と惚気《のろけ》るのでございます。

しかし実際そうでもあるらしく、明治大正期を生きた千五郎の母である彰子の祖母がどれほどの辛苦を舐《な》めてきたかは、波瀾万丈の時代も相まって、数冊の伝記となって残っているほどでございます。

そんな彰子が両親の勧めで、久住《くすみ》達夫と見合いをしたのは一年ほどまえ、その温厚な性格に彰子が好感を持ったのはもちろんですが、幼稚舎から慶應に通いながら、大学は

東大へ進んで経済学を学んだというその経歴に、中学までしか出ていない千五郎が心底惚《ほ》れ込んだことで、まさにトントン拍子に話が進んだのでございます。もちろんまだ若い彰子に切実な結婚願望があるわけではなかったのですが、自身が通うお嬢様学校の同級生たちからはちらほらと縁談の話も聞こえてくるころ、そのうえ久住家といえば、その同級生たちも憧れる家柄とあって、この話を拒むという理由もありませんでした。

電車の乗り継ぎがよかったせいで、広尾《ひろお》にあります学校に到着したのは、まだ授業が始まる二十分もまえ、そこで彰子がキャンパスの公衆電話に駆け寄り、慣れた手つきでダイヤルを回しますと、聞こえてきましたのはまだ寝起きらしい喜久雄の声でございます。

「あー、まだ寝てるのー？　舞台に間に合わないよ。どうせまた、昨日も遅くまで飲んでたんでしょ？」

聞こえてきた彰子の可愛らしい声に、宿酔《ふつかよ》いのムカつきが少し引いた喜久雄は電話ごと抱えて台所へ向かいますと、蛇口から喉《のど》を鳴らして水を飲みます。まるでそんな喜久雄の姿が見えているかのように、水を飲み終えた途端、

「あ、ベランダのお花にもちゃんとお水あげてよ」

とは彰子の声。

「あ、そうか。……ジョーロは？」

「そこにあるでしょ？　冷蔵庫の横」

見れば、たしかに小さなプラスチック製のジョーロがかけてあります。

「……ねえ、喜久雄お兄ちゃん」

「だから、お兄ちゃんはもうやめろって言ったろ」

「あ、そうだった」

彰子の笑い声を聞きながら喜久雄がカーテンを開ければ、彰子が揃えた鉢植えが秋の日差しを浴びております。

「……じゃあ、喜久雄さん、このまえの話なんだけど、やっぱり一日でも早いほうがいいと思う。今朝もちょっと達夫さんの話になって」

急に声を落とす彰子に、

「そうだな。分かってる」

応えながら、たった今、自分が起き出してきた乱れたベッドを喜久雄は見遣《みや》ります。

「今月、パパ、お休みだから。やっぱり舞台がある月と違って、気分も落ち着いてると思うし」

「なあ、彰子ちゃん」

「何？」

「俺はもう覚悟決めてるよ。もし富士見屋の小父《おじ》さんが俺たちのこと許してくれなくて、たとえ歌舞伎界を追放されたとしても……」

「まさか、うちのパパがそんなことするわけないじゃない。それにね、私だってもう覚悟は決めてる。私は、誰に反対されても、喜久雄お兄ちゃんの奥さんになる！」

彰子からの電話を切りますと、洗面所に向かいました喜久雄は鏡に映る自分の顔をまじまじと睨みつけ、

「自分で決めたことだろ。やれよ！」

そう呟《つぶや》くのでございます。

万菊の後ろ盾による俊介の復活舞台が大好評のまま千穐楽《せんしゅうらく》を迎えたあと、その評判は衰えることなく、俊介は引き続き万菊に引き立てられる形で、翌月の歌舞伎座、その次の国立劇場と、次々と大きなお役をもらって舞台に立っております。

一方、自分はといえば、どの舞台に呼ばれても相変わらずの端役。後見人である鶴若《つるわか》などは、これを機とばかりに、

「歌舞伎役者があぁもプライベートをテレビで垂れ流されちゃ、舞台でどんなお役をやっても見物の方々は白けちまいますよ」

と、さらに喜久雄を追い詰めてくるのでございます。

喜久雄本人にすれば、ワイドショーでどんなに理不尽な扱いを受けようと、役者の居

場所は舞台だと、これまで以上に懸命に勤めているのですが、まるで濡れ太鼓のようにどんなに叩いても、どこにも、誰にも、響きません。

彰子が婚約中であることを、喜久雄は知っておりました。知っていたどころか、お祝いを贈ったほどの間柄であります。

策略で女を抱いたのも、喜久雄にとっては生まれて初めてのことでございます。もっと嫌な気持ちになるかと思っていたのですが、自分が女を騙していることに……、騙されたと知らずに女が喘《あえ》いでいる声に、これまでに経験したことのない淫靡《いんび》な思いを味わっている自分を、喜久雄は冷静に見つめてもいたのでございます。

それもこれも吾妻千五郎からの後ろ盾ほしさ。愛してはいない。しかし歌舞伎のためならば、彰子を愛せる。

洗面所の鏡に映る自分の顔を、じっと睨みつけておりました喜久雄は手にした練り歯磨きのチューブを握り潰しますと、

「……やれよ、……やるんだよ」

そう呟きながら、手の甲に溢《あふ》れた白い練り歯磨きを自分の顔にベタベタと塗りつけるのでございます。

外から聞こえてくるのは、苛立ったクラクションであります。ファン、ファン、ファ

ン、ファン、ファン、ファン、ファン、ファンと、その苛立ちは収まらず、しばし止んでもまたすぐに、ファン、ファン、ファン、ファン、ファンと不快な音で、世田谷のお屋敷町に響いております。おそらくは狭い道に路駐した喜久雄の車が邪魔で、身動きとれなくなったトラックのクラクションでありますが、吾妻千五郎の足元で、じっと土下座している喜久雄もまた身動きがとれません。

「な、何言ってやがんだ、てめえは！　チキショー、何が娘さんを下さいだ！　ふ、ふざけんじゃねえ！」

息切れするほどの千五郎の怒声が、まだ鳴り止まぬクラクションに重なります。

「パパ！　やめて！　パパ、お願い！」

土下座する喜久雄の肩を蹴る千五郎の足に、おろおろしていた彰子が思わずすがりつきますと、

「放せってんだよ。おい、放しやがれ！」

床に蹴飛ばされた彰子を、慌てて抱き起こしに向かう母の桂子は見て分かるほどその体を震わせております。

「てめえ、俺の娘に何しやがった！」

喜久雄の髪を引っ摑んだ千五郎、床に擦りつけるその顔を無理に起こしますと、

「その目ぇ見りゃ分かるんだよ！　てめえのその腐った目ぇ見りゃ、分かるんだよ！

バレてねえとでも思っててんのか！　てめえのその腐った根性が俺に見えてねえとでも思ってやがんのか！」

髪を摑み、喜久雄を引きずり回す千五郎の息は切れ、激しく上下するその肩が、まるで慟哭《どうこく》しているようでございます。

外からは未《いま》だに止まぬクラクションの音。ファンファンファンファンファンファンファンファンと先にも行けず、後にも戻れぬ運転手の苛立ちでございます。

「ふざけんじゃねえ！　ふざけんじゃねえ……、ふざけんじゃねえ……」

喜久雄の上着を鷲摑《わしづか》みにしたまま、床に尻を落としました千五郎、肩で大きく息をしながらも、最後の力を振り絞るようにそう繰り返します。

「パパ……、お願い。お願いだから……」

子供のようにしゃくり上げる彰子が母の腕のなかから這《は》っていったのは、苦しそうな父、千五郎ではなく、まだ土下座している喜久雄のもとでありまして、

「許さねえ、俺は絶対に許さねえ……。おまえ、騙されてんだぞ。なんでそれが分からねえんだよ。こいつは、コンチキショーは、おまえを利用してんだぞ。そんなことにも気づけねえのかよ……」

ほとんど喘ぐような千五郎のまえで、彰子が抱く喜久雄の顔からは、白い絨毯《じゅうたん》にぽとりぽとりと鼻血が垂れております。

「……なあ、彰子よ、なんでだよ？　なんでパパのこと信じてくれねえんだよ。おまえは達夫さんと一緒になるのが幸せなんだよ。間違いねえんだよ。役者の、それもこんな奴《やつ》と一緒になって、おまえが幸せになれるわけねえんだぞ。苦労ばっかりなんだぞ。朝から晩まで、こいつは舞台のことしか頭にねえんだぞ。おまえが病気したって、いくら苦しくったって、いくら泣いてすがったたって、こいつは舞台に上がるんだよ。おまえのことなんて……」

ほとんど涙声の千五郎のまえで、まるで庇《かば》い合うように身を縮める彰子と喜久雄、外からはまたファンファンファンファンとクラクション。さすがに近隣の人たちも表に出てきたようで、垣根の向こうから、

「富士見屋さーん、いらっしゃる？　これ、お宅のお車かしら？」

と、うんざりしたような声であります。

「俺は許さねえ、絶対に許さねえ。それでもこんな奴と一緒になりてえんなら、とっとこの家から出ていきやがれ」

そう怒鳴り、部屋を出ていく千五郎の気持ちを逆撫《さかな》でするように、またファンファンファンとクラクションが鳴り響きます。

「彰子ちゃん、と、とにかく……今日は帰ってもらって」

と、息も絶え絶えの母に、

「いや、喜久雄お兄ちゃんだけ帰せない。それなら私も一緒に出ていく」

そう応えた彰子の真剣な眼差《まなざ》しから、思わず目を逸らす喜久雄でございます。

第十二章　反魂香《はんごんこう》

　源吉に背負われて楽屋に到着しました一豊、ランドセルを投げ置きますと、まるで手練《て だ》れの役者のように、早速、鏡台に向かいまして化粧《かお》を始めます。とはいえ、まだ小学校に上がったばかり、もちろん自分では何もできませんので、そのかわいい制服を脱がせ、白粉《おしろい》をといてやるのは、肩で息をする源吉の仕事でございます。

「一《かず》くん、先に化粧したらパックンチョやるからな」

　源吉がお菓子などで釣らなくとも、父俊介が政岡《まさおか》を演じる『伽羅先代萩《めいぼくせんだいはぎ》』に、幼君鶴千代《つるちよ》として立っている舞台もすでに中日、幼いながらも自分の入りや出の流れも今ではすっかり頭に入っております。

　一豊が冷たい白粉にじっと我慢しながら座っておりますと、

「一くん、来たか。学校どうやった？」

楽屋に駆け込んでくるのは、来月の舞台のポスター撮りに出かけていた俊介で、いったん風呂を浴びてきたらしく、剃《そ》り上げた眉が青々としております。

「縄跳びで一番になった」

思わず開けそうになった一豊の目を、源吉が刷毛《はけ》で優しく押さえます。

「へえ、一番？　マユちゃんやったか、うまい子がおるんやろ？」

「今日はお休みだった」

一豊の返事に笑いながら、俊介も横で早速支度に取りかかれば、中日の挨拶《あいさつ》に回っていた訪問着姿の春江が戻りまして、

「ああ、良かった。一くん、もう化粧《かお》してもろうてるな」

「お母さん、ランドセルにプリント入ってるよ。今度の遠足の」

「遠足は……、悪いけど、一くん、行かれへんよ」

「うん、分かってる。でも、連絡帳に貼って下さいって」

春江がランドセルを開けますと、食べ残したパンなどと一緒にそのプリントが出てきます。

「あのー」

楽屋の外から、遠慮がちな男の声がしたのはそのときで、

「また野田さんやろ？」

一豊に白粉を塗り終えた源吉が、面倒くさそうに入り口のほうへ体を伸ばしますと、暖簾《のれん》の下から顔を出したその野田が、

「なんか、御用ないですか？」

この野田、すでに還暦も過ぎておりますが、痩せこけているせいか、その顔には年以上の深い皺《しわ》が目立ちまして、まるで棒がブカブカのズボンを穿《は》いているようでございます。

「今んとこ、なんも頼むことないわ」

春江が無表情で伝えれば、その短い会話を俊介が引き取りまして、

「野田さん、お弁当あんねん。持ってって。ほら、ここに二つ三つ残ってるわ」

ポスター撮りで食べられなかった自分たちの仕出し弁当をすっと畳の上で走らせますと、そこだけは機敏に動いた野田が、

「じゃ、お言葉に甘えて」

この野田、ご存知《ぞんじ》のように俊介が明治座での復帰舞台に立っているさなか、代々木の借家にふらりと現れた男でして、

「まあ、昔、世話になった人や」

という俊介の曖昧な紹介の後、そのままずるずると代々木の自宅に出入りするようになり、そのまま新生丹波屋に居ついてしまっております。

もちろん幸子などは、素性の知れない野田に警戒心を抱いてはいるのですが、どんな事情があるにしろ、この野田本人はいつも大人《おとな》しく、

「俊ぼんがええ言うんやったら、ええか」

と、今ではちょっとした用事などを頼むようになっております。

大事そうに弁当を抱えた野田が出て行きますと、春江はまず遠足のプリントに署名して連絡帳に貼り、今度は一豊が着る鶴千代の衣裳《いしよう》を広げます。

「そういや、今度、喜久ぼんが八重垣姫《やえがきひめ》を当ててくるらしいで」

一豊の小さな唇に、小指で紅を入れた源吉が急に口を開き、

「え？」

思わず振り返る俊介でございます。

「……八重垣姫て、どういうことなん？」

同じく驚いた春江も源吉に問いますと、

「せやから、十一月は歌舞伎座が俊ぼんの八重垣姫で『本朝廿四孝《ほんちようにじゆうしこう》』。その月、新橋演《しんばし》舞場では新派が喜久ぼんの八重垣姫でやっぱり『本朝廿四孝』をかけることに決まったらしいわ」

「歌舞伎座と演舞場なんて、目と鼻の先やないの」

「三友の竹野さんとしては、お客さんにどっちも観《み》にきてもろうて、『私は半弥が良か

った』『いや、私は新派の三代目のほうがいい』なんて言い合《お》うてもらう算段やろな。ほんま、あの竹野いう人は、ここの出来がええわ」

源吉が紅のついた指で自分の頭を指します。

さて、俊介はと見れば、ならば肚《はら》は決めたとばかりに、すでに鏡台を睨《にら》みつけ、八重《やえ》垣姫《がきひめ》として舞台に立つ自分を思い描いております。

喜久雄が歌舞伎ではなく、新派の舞台に立つようになったここ数年の経緯についてお話しするまえに、俊介と喜久雄が同じ月に同じ役で当たるという『本朝廿四孝《ほんちょうにじゅうしこう》』の八重垣姫というお役について少し紹介させていただきとうございます。

この八重垣姫、大名家の姫としての高貴な気品を醸《かも》し出すことは当然ながら、そのうちに秘めた恋心を表現しなければなりません。また、「奥庭狐火《おくにわきつねび》の場」の後半には人形振りという型が取り入れられておりまして、人形振りとは文楽の人形のような無機質な動きで人間の高ぶった心を表現する演出方法でありますが、顔は無表情、瞬《まばた》きもしてはならず、手は肘《ひじ》から先だけで動かし、指先を揃《そろ》えて曲げまして、まさに人形となって八重垣姫の恋心を表現しなければならぬ、至難のお役でございます。

「向こうは新趣向でいくんやろか？」

眉を入れながら尋ねる俊介に、

「そら新派やから女優も出るやろうけど、演出は敢《あ》えてそのまましいな」

とは、居眠りしそうな一豊の頭を押さえている源吉でございます。

さて、喜久雄が八重垣姫を演じる十一月新橋演舞場での新派公演『本朝廿四孝』の宣伝を兼ねた製作発表が行われましたのはそれから数日後のことでございます。

金屏風《びょうぶ》のまえに立ち、まばゆいフラッシュを浴びますのは、新派の大看板、曽根松子《そねまつこ》と、一年まえ正式に新派へ移籍してきました喜久雄で、記者たちの定例の質問に歯切れ良い口調で応えていきますのは曽根松子でございますが、質疑応答も最後の一問となったとき、

「先日、歌舞伎座のほうの八重垣姫にもインタビューしたのですが、『演舞場の八重垣姫の胸を借りるつもりで、一生懸命勤めたいと思います』とのことでした。三代目のほうからも歌舞伎座の姫に何か一言ございませんか？」

と質問があり、仕方なくマイクを持ちました喜久雄、

「私も同じ気持ちでございます。半弥さんの胸を借りるつもりで精一杯《せいいっぱい》勤めたいと思います」

と静かに応えたのでございます。

時間を戻しますと、彰子の愛情を利用して吾妻千五郎に取り入ろうとした喜久雄が、その千五郎の逆鱗《げきりん》に触れたのが四年ほどまえのこと。とはいえ、当初は、娘可愛さに千五郎が二人の仲を最終的には許すのではないかと思われたのですが、千五郎の怒りは収

まることを知らず、勝手に喜久雄と同棲《どうせい》を始めた彰子を勘当すると言い出す始末、そこは妻の桂子がなんとかなだめたものの、三友としても千五郎が立つ舞台に喜久雄を呼べるはずもなく、とりあえずしばらくは様子をみて、とやっているうちにあっという間に半年が過ぎ、もちろん喜久雄も彰子を伴いまして、何度となく千五郎への詫《わ》びに赴くのですが、容赦のない門前払い、世間はまさに喜久雄バッシングの真っ最中でもあり、丹波屋に俊介が戻り、その上、吾妻千五郎に見切られてはいよいよ喜久雄も役者廃業かというところまで追い詰められたのでございます。ただ、捨てる神あれば拾う神あり。彰子の母である桂子の遠縁に当たる新派の大看板、曽根松子が救いの手を差し伸べてくれたのであります。

とはいえ、当然、喜久雄が簡単に歌舞伎から離れられるわけがなく、当初は曽根松子の誘いも断るつもりだったのですが、さすがに何カ月も舞台に立てないというのは役者の気持ちを腐らせ、とりあえずものは試しで一度だけという曽根松子の優しい言葉にほだされて客演したのが『遊女夕霧《ゆうじょゆうぎり》』。

この薄幸の遊女を演じた喜久雄の姿が、世間から追い詰められた現実の姿と重なったのが一つ、そしてなにより舞台で主役を張れずにいた長い年月の鬱憤《うっぷん》を晴らすように滲《にじ》み出た、本来の喜久雄が持つ主役としてのカリスマが溢《あふ》れ出したことで、舞台は初日から異様な熱気、それが評判を呼んだのでございます。

このときすでに新生丹波屋を離れた喜久雄の世話を、それこそ体裁も気にせずやり通したのが彰子でございました。

また、千五郎の逆鱗に触れたあと、焦り、うろたえ、自分を見失い、次の一手を考えていた喜久雄のもとへやってきたのが徳次《とくじ》でございまして、もちろんずっと喜久雄のそばにいたとはいえ、まさか喜久雄ともあろう男が、女の気持ちを利用するなどそんな卑《ひ》怯《きょう》な手を使って立身しようと考えているとはつゆ知らず、開き直って本人から告白されてしまうと、悔しいやら情けないやらで、

「ここでこうせなんやったら、俺、一生、後悔するわ」

と先に呟《つぶや》きまして、不貞腐《ふてくさ》れている喜久雄に摑《つか》み掛かりますと、そんな気持ちなら役者なんかやめてしまえと、顔だろうが体だろうが容赦なく殴りつけたのでございます。

当然、喜久雄も反撃しましたが、

「見損のうたわ！　俺が知ってる坊ちゃんはな、そんな男やないわい！」

ほとんど涙ながらに殴りつけてくる徳次の拳を、顔や体ではなく、喜久雄は心で受けたのでございます。

彰子が遠縁の曽根松子に救いを求めにいったのも、女の意地だったのでございましょう。徳次との大喧嘩《おおげんか》のあと、顔を腫らした喜久雄に全てを打ち明けられたとき、

「中途半端なことしないでよ！　騙《だま》すんだったら、最後の最後まで騙してよ！」

彰子はそう叫んだのであります。

主演として、新派での客演を重ねるようになり、自分ではない何者かとして舞台に立つことで、喜久雄が懐かしい香りを嗅ぐようになったのは間違いがございません。もちろん新派の舞台でかかるものは、喜久雄が愛する歌舞伎とは違います。そこでは形式よりも写実が求められ、型の美しさよりも心情の生々しさが求められるのでありますが、それでも『歌行燈《うたあんどん》』『夢の女』『滝の白糸』と、新派の名作に立て続けに出演するうち、まだ十七のころ、京都の南座で花井東一郎《とういちろう》として初舞台を踏んだときに嗅いだ甘い香の香りや、まるで夢のなかで精を放ってしまったような、人目を憚《はばか》るほどの恍惚《こうこつ》感が蘇《よみがえ》ってきたのでございます。

そのうえ喜久雄もすでに三十半ばになっており、このころになりますと、そのどこか陰のあるといいましょうか、生来の悪の香りとでもいいましょうか、そのような男の色気が美しい容姿と相まって、まさに完熟の域に達しており、その滴るような雰囲気はもちろん遊女を演じようが、女侠客《きょうかく》を演じようが隠しようもなく、その色香に触れた客はそれこそ頬を火照らせて劇場を出ていく始末、となれば、テレビのワイドショーや雑誌から散々すり込まれていた喜久雄の悪性《あくしょう》までが、そのまま反転して魅力となっていくのに、そう時間はかからなかったのでございます。

となりますと、喜久雄生来の無愛想もまた、テレビのバラエティ番組などへ出演して視聴者に媚《こ》びる役者が増えるなか、いわゆる昔ながらの二枚目役者としての風格も出て、露出がなければないほど、新派の舞台に立つ喜久雄に向かう熱狂が増してくるのでございます。

しかし未《いま》だ千五郎の許しもなく、歌舞伎への復帰は絶望的なままで、喜久雄が再三曽根松子から誘いのあった新派への移籍を、正式に受けたのがちょうどそのころでございましたが、実は大きな問題もありました。それまでにも歌舞伎から新派へ移籍した役者は少なくなかったのですが、その際、必ず改名するのが慣例となっていたのでございます。

ただ、その改名という慣例と、喜久雄は闘います。

「この花井半二郎という名は、故花井白虎から譲り受けた大切な名跡《みょうせき》であります。私などには分不相応という批判があるのは承知しております。ただ、ならばこそ、この名跡を自ら十字架として背負い、今後の役者人生に命をかけたいのです」

最終的に喜久雄のこのわがままを周囲に説得してくれたのが、大阪大国テレビで定年を迎えたあと、相談役として三友へ戻っておりました梅木でございました。

これまで喜久雄に良かれと思ってしてきたことが、結果的に喜久雄を苦しめることになっており、その償いとして三友幹部はもちろん、吾妻千五郎に対しましては、まさに三拝九拝《さんぱいきゅうはい》の礼を尽くしたのであります。

正式に喜久雄が新派へ移ったことで、風向きが大きく変わってまいります。まず新派が喜久雄の参加で、歌舞伎の演目を積極的に公演するようになったのが一つ。となりますと、以前、竹野が俊介復活劇で使ったプロレス方式ではありませんが、今度はまさに字面通り、新しい風を吹かせる新派と、旧来の伝統を守る歌舞伎という世間の大好物でありますニ項対立となりまして、観客たちのあいだにも新派派と歌舞伎派が生まれ、いつの間にか、新派の「半二郎」と歌舞伎の「半弥」で、「半半族」と呼ばれる演劇ファンまで生まれたのでございます。

そしてこの流れでの、新派の喜久雄による新橋演舞場での『本朝廿四孝《ほんちょうにじゅうしこう》』と、俊介による歌舞伎座での『本朝廿四孝』の同月公演でございます。これまでも目と鼻の先である演舞場と歌舞伎座で、両者が同月に舞台に立っていることはあったとはいえ、さすがに同じ演目の同じ役を演ずるというのは初めてのこと、この企画を新派に持ちかけたのは、現在、大国テレビから栄転し三友本社の企画部におります竹野でありましたが、持ちかけられた曽根松子のほうも賭博師の血を引く女傑、そこは喜んで受けて立つと、竹野の話に乗ったのでございます。

さて、このとき、喜久雄と俊介の人生でまた風向きが大きく変わる出来事が起こります。と言いますのも、俊介復帰を引き立て、その後も後ろ盾となっている小野川万菊が、

同月同演目での『本朝廿四孝』という竹野の企画を耳にしまして、

「ほう、そりゃ結構でござんすね。ならば痩せ蛙《がえる》と太った蛙を戦わせたって面白くもなんともありませんからね、ここはあたしが一つ、二人に稽古つけて、思いっきりやらせようじゃありませんか」

と面白がったのであります。

そしてここは、その言葉通り二人に稽古をつけると宣言した万菊が暮らすマンションのエントランスでございまして、オートロックドアの前でチャイムを鳴らしているのは俊介でございます。

すぐに家政婦の声がして、エレベーターで上階へ上がって行きますと、廊下の一番奥にあるのが、数年まえに一人暮らしには不便極まると、世田谷の屋敷を売り払い、皇居の緑が見渡せるここ番町《ばんちょう》のマンションに越してきた万菊の部屋でございます。

当初は、当代一の歌舞伎役者がマンション住まいとは無粋な、と贔屓筋《ひいきすじ》を落胆させたのですが、元々新しもの好きな万菊、引っ越しを決めますとすぐに有名なインテリアコーディネーターに依頼しまして、内装を自分好みに変えますと、あとはフィンランドの建築家アルヴァ・アアルトの家具や照明を買い揃え、あっという間に、居心地の良い自邸を作り上げたのでございます。

この二百平米に近い自宅には板張りの稽古場もございまして、さすがに飛んだり跳ねたりは下階の住人に迷惑ですが、一通りの稽古なら十分可能であります。

さて、この稽古場に通された俊介が浴衣に着替えて待っておりますと、口の端に粉砂糖をつけた万菊が入ってまいりまして、

「やっぱり人形振りってのは、人形との違いってもんがちゃんと出てなくちゃ、やる意味がありゃしませんからね」

と早速始めるのでございますが、さすがに自分でも性急だと気づいたようで、

「いえね、さっきまでここで喜久雄さんにそう教えてたもんだから」

そこへ、休憩に出ていたらしい地方《じかた》も戻りまして、三味線の準備が整ったところで稽古開始。

教わるのは、「奥庭狐火《おくにわきつねび》の場」で見せる人形振りの場面で、早速、俊介が自分なりに稽古を重ねてきた踊りを三味線に合わせて披露いたしますと、すぐに遮った万菊が、

「まだできなくて当たりまえですよ。でもあなた、それじゃ文楽の人形じゃなくて、操り人形でしょうよ」

「すみません」

すぐに片膝《かたひざ》ついて話を聞こうとする俊介の腕を引いて立たせた万菊、

「ってのはなぜかというとね、あなたのは首がずっとふれてるからですよ。いいかい、こう立ち上がったときに、あなたのはこう。首がゆらゆら。じゃなくて、こう」

たしかに万菊がすっと立ち上がって見せますと、その手足は揺れるのですが、首だけはしっかりと据わっております。

早速、俊介もやってみますが、自分が人形になろうとすればするほど、なぜか首がゆらゆらと揺れてしまいます。

「あなたね、人形のふりしたって仕方ないじゃありませんか。ふりじゃなくて、人形になんないと」

もちろん頭では分かっているのですが、それがうまくいかないのでございます。

「人形振りに関しては、喜久雄さんのほうが一枚も二枚も上手ですよ」

稽古中、わざとなのか無意識か、万菊は喜久雄の名前をよく出します。

「……あの喜久雄さんってのはね、言ってみりゃ、いい意味でも悪い意味でも、本人が文楽の人形みたいな人ですからね。ある意味、このお役には打ってつけなんですよ。でもね、ずっと綺麗《きれい》な顔のままってのは悲劇ですよ。考えてごらんなさいな、晴れやかな舞台が終わって薄暗い物置の隅に投げ置かれたって、綺麗な顔のまんまなんですからね。なんでも笑い飛ばせばいいって今の世のなかで、そりゃ、ますます悲劇でしょうよ」

俊介は大きな鏡に映る自身に、なぜか喜久雄の姿を重ねるのでございます。

東京は赤坂にありますテレビ局の廊下を歩いておりますと、

呼び止められた春江のまえに立っておりますのは、大勢の取り巻きを引き連れた懐かしい弁天《べんてん》でございます。

「春ちゃんか？」

「やっぱ、春ちゃんやんな？　懐かしなー。何？　こんなとこで何してんの？」

素直に懐かしさを爆発させる弁天、見れば、全身を流行《はや》りのＤＣブランドの服で固めておりまして、似合っているのかどうか分かりませんが、とにかくその真っ黒な布を巻きつけたような格好に、昔、大阪は北新地のクラブに俊介や喜久雄らとよく来ていたころの面影はございません。

「……なんや、春ちゃん、すっかり梨園《りえん》の女将《おかみ》さんやな」

弟子や取り巻きたちを先に楽屋へ向かわせた弁天が、さらに懐かしそうに春江を見つめますので、

「懐かしなー、弁ちゃんの活躍、いつもテレビで見てるわ」

「春ちゃん、いっこも変わってへんわ」

「そんなお世辞、真に受けるかいな」

「ほんまやて。白状するけど、昔、春ちゃんのこと、ちょっと好きやってんで」

「よう言うわ」

「ほら、春ちゃんがまだ西成《にしなり》のオンボロアパート住んどったとき、冷蔵庫あげたりして

たやろ？」

「あったなあ。あれ、盗品やろ？」

「あほ。なんでやねん」

不思議なもので、弁天とちょっと話すだけで、長崎から大阪へ出てきた当時のことが思い出されます。

「で？　なんの用なん？　こんなとこで」

弁天が思い出したように尋ねますので、

「事業部の方にご挨拶やわ」

「ご贔屓さん回りかいな？」

「まあ、そんなとこやね」

「にしても、なんや、不思議なもんやわ。こうやって話しとっても、春ちゃんの旦那がまだ喜久ちゃんみたいに思えるわ」

廊下では人も多く通りますので、春江もなんとも応えようがなく、弁天もすぐに気づいて話を変えます。

「そういや、今かかってる二人の舞台、評判になってるらしいな。歌舞伎座と演舞場で同じ役やってんのやろ？　俺も行こう行こう思うてんのやけど、俺なんか行ってもすぐ寝てまうしな。せやから徳次に、『あんなええ席で大口開けて寝るんやったら来んでええ』言われんねん」

見かけは変わっておりますが、話せば話すほど弁天は昔のままでございます。

「……春ちゃん、ちょっと時間ないん？」

「うちはええけど、弁ちゃん、これから収録なんやろ？」

「ちょっと下の喫茶店に行こか」

そう言って春江の手を強引に引きエレベーターに向かう弁天は、遠い昔、長崎から出てきたばかりで大阪駅まえに立っていた春江に、「ねえちゃん、どっから来たん？　大阪初めてやろ？　顔にそう書いたあるわ」と声をかけてきた悪ガキのままなのでございます。

喫茶店に入りますと、さすがに今をときめく人気芸人の弁天、客たちはざわつきますし、ガラス張りの表通りには、早くも見物人たちが立っております。

「なんや、ゆっくり喋《しゃべ》ろう思うて来たのに、逆に騒がしな」

弁天がフルーツパフェを頼みますので、

「せや。弁ちゃんは甘いもんやったなぁ」

懐かしむ春江に、

「昔、春ちゃんがよう作ってくれてた、揚げ立てのドーナツ、懐かしわ」

「きなこやら蜂蜜やらつけてな」

遠い昔を偲《しの》ぶような春江の顔をまじまじと見つめていた弁天、急にしみじみと、

「しかし、春ちゃん、えらかったな。俊ぼんと一緒に姿消しとったあいだ、何があったんか知らんけど、こうやって俊ぼんも今じゃ立派に舞台に立っとるもんな」

「ほんまやねえ。あのオンボロアパートの共同流しでドーナツ揚げとったころには想像もせえへんかったわ。……それより、弁ちゃんこそ、すごいやないの。『弁天のお笑い放送局』『弁天のぶっこわせ！』、名前が冠についた番組だけでも、今いくつあんの？」

素直に感心する春江に、

「俺も、頑張ったやろ？」

冗談交じりながらも、弁天もまんざらではございません。

「テレビで見ぃひん日ないもんな。弁ちゃんは夢叶《かな》えたんやなあって、いつも思うてるわ。昔、酔っぱらうと言うてたもんな、『俺は偉い奴《やつ》が大嫌いや。この世の中で偉いと思われている奴が大嫌いなんや』て。『せやから、そいつらの化けの皮はがしたんねん。偉そうに立っとる場所から突き落としたるんや』て」

懐かしむ春江の言葉に、照れ臭そうな弁天でございますが、元は親に捨てられ、天王寺村《てんのじむら》の芸人横丁で育てられた子供、それを知る春江のまえでは感慨深くもなるのでございます。

彼の弟子たちが迎えにきたのはそのときで、「そろそろ本番です」とずらりと横に居

ならびます。

「ああ、分かっとる」

「なんや、今じゃ弁ちゃんがその偉い人やないの」

春江がからかえば、

「へ？　俺が偉い人？」

と驚いた弁天、まるで侮辱されたかのように顔を赤らめますと、

「……俺なんかまだまだやで。それにな、もしほんまにそうなったら、芸人なんてすっぱりやめたるわ」

「また、そんなん言うて」

「いや、ほんまやで。万が一でも俺がお偉いさんなんかになってもうたら、それこそ『天下の弁天、万引きで逮捕』とか『天下の弁天、痴漢の現行犯』とかな、一番みっともない姿晒《さら》して、この世界から堂々と干されたるわ」

「弁ちゃん、ほんま変わってへんわ」

「いや、ほんまやて。唯一、王様を笑えんのが芸人の特権やで。それが王様になってどないすんねん」

歯切れの良い弁天の声を聞いているだけで、春江には懐かしい大阪の風景が浮かんでおりまして、ふと横を見れば、そこに若き俊介や喜久雄までいるようでございます。

いよいよ収録時間が迫った弁天が、

「なんや、せっかく久しぶりに会《お》うたのに、俺の話ばっかりでごめんやで。でも昔っから春ちゃん相手やと、俺も徳次も、俊ぼんや喜久ちゃんらも自分のことばっかり喋ってたもんな。家出しとったあいだ、俊ぼんがどんくらい春ちゃんに甘えとったか、簡単に想像つくわ」

弁天の言葉に苦笑いしながら、

「弁ちゃん、また会おな」

手を振る春江でございますが、弁天の姿が見えなくなっても、なぜかその言葉が耳から離れないのでございます。

俊ぼんがどんくらい春ちゃんに甘えとったか、簡単に想像つくわ。

大阪を逃げ出した俊介と二人、落ち着いたのは名古屋でございました。もちろん当があったのではなく、大阪をあとにして、夏から秋へと季節が変わるほどの長いあいだ、城崎《きのさき》温泉から始まり、有馬、皆生《かいけ》。四国に渡って道後、鈍川《にぶかわ》。そのまま九州は黒川、霧島と行き当たりばったりの放浪生活の末の名古屋でございました。

今、思い起こしますと、この大人の真似事《まねごと》のような放浪生活のあいだ、俊介とどんな言葉を交わしていたのか、不思議と記憶に残っておりません。ただ強烈に覚えておりますのは、二人きりのはずなのに、なぜかそこに喜久雄も一緒にいるような妙な感覚があったことでございます。

たとえば、朝風呂へ向かった俊介を旅館の客室で待ちながら、戻ってくるのがなぜか俊介と喜久雄の二人のような、そんな奇妙な感覚で、おそらく同じような感覚が当時俊介にもあったのではないかと春江は思います。

この放浪のあいだ、どちらかが死のうと口にしたことは一度もございませんでした。夜になっても宿に戻らぬ俊介を心配したことは幾度かありましたが、このときもまだ、俊介のそばには喜久雄がいるような、そんな心強さもあったのでございます。

「俺な、なるべく全部自分でやってみたいねん」

これは、このころ俊介がよく口にしていた言葉ですが、歌舞伎の名家に生まれ育ったせいで、本来なら自分でやらなければならないことを全部誰かにやってもらってきた。何も大げさなことじゃない。たとえば身の回りの細かい整理、稽古に通うための段取り、そして何より自分の足で歩くということを、自分はこれまでやってこなかった。「そんなもん、面倒な回り道や」と、親からもやらせてもらえなかったのだと。そんな話を聞くと、その程度の思いで大阪を飛び出してきたのかと、貧乏育ちの春江は幼稚さに呆《あき》れるのですが、反面、何も学ばぬまま飛行機の操縦桿《かん》を握らされるような、そんな恐怖を味わわなければならない、俊介のような立場を哀れにも感じたのでございます。

あれは九州の指宿《いぶすき》あたりまで下りたころだったでしょうか、ある晩、いつものように

同衾《どうきん》しておりますと、

「これ眺めとっても、もう喜久ちゃんの顔、浮かんでこんようになったわ」

俊介がそう言って春江の背中にある刺青《いれずみ》を指で撫《な》でます。

「……なあ、春江、なんでこれ彫ろう思うたん？　そないに喜久ちゃんのこと好きやったんか？」

喜久雄のことが好きだったのは間違いございません。ただ、この刺青を入れながら、その一刺し一刺しの痛みに耐えていた十五の自分が胸のうちで呟いていたのは、「負けるもんか。誰にも負けるもんか」

そんな言葉で、これから自分を馬鹿にする人たちに、この刺青を後ろ指さして笑う人たちに負けるものかと思っていたのでございます。

「ぼちぼち、どっかで仕事探さなな」

俊介がそう漏らしたのはそのときで、窓の外のもみじもすでに色づき、九州にも深い秋が訪れておりました。

名古屋へ向かったのは、長く田舎《いなか》の温泉地を回っておりますと、若い男女の長逗留《ながとうりゅう》が奇異な目で見られるのも分かっておりましたし、「歌舞伎役者の人やろ？」と声をかけられることもごく稀《まれ》にあり、しばらく身を隠すという意味では都会のほうが都合がよかったからでございます。

とりあえず名古屋に落ち着きますと、俊介が手っ取り早く始めたのが、いわゆる日雇いの仕事でございました。とにかく歌舞伎というものから、いったん遠ざかりたかったようでございます。

ただ、このとき春江は、結局俊介もまた、堅気の人間ではないのだと思い知らされます。と言いますのも、堅気とヤクザの違いと申しますのは、世間のイメージとは少し違うところがありまして、真面目なイメージの堅気のほうが、実は要所要所できちんと手を抜くことができるのでございます。一方、堅気ではない人間は、なぜか総じてそれができませんので、結果、何をやっても自滅するのでございます。

こう言い切ってしまいますと、反論も多かろうとは思いますが、小狡《こずる》いのが堅気、一方、小狡くなれず、結局、大狡くなるしかないのがヤクザな人間と言えるのではありませんでしょうか。

名古屋で日雇い仕事に出るようになった俊介もまさにそれでありまして、最初は誰よりも早く現場に向かい、誰よりも汗だくで働くのですが、三日もすれば、慣れぬ仕事に体は痛み、朝も布団から起きられぬ始末、ここで堅気の人間なら事情を話して休ませてもらうのでしょうが、根が堅気ではない人間というのは、それができず、性分的に百かゼロしかありませんので、その休むというのが負けに思え、そんな自分に嫌気が差して、休むくらいなら辞めてやれと、結局その場から逃げ出してしまうのでございます。

そんな夜、足を蹴られて春江が目を覚ましますと、悪夢にうなされた俊介が自分の体を掻《か》きむしっております。

その異様な姿は、まるで生まれたときから自分の体に染みついている何かが、拭っても拭っても拭いきれず、必死に剝がそうとしているようであります。

結果、働きに出たのは春江でございました。それこそ名古屋の栄《さかえ》辺りの飲み屋で、二、三日も接客すれば、新地での経験は隠しようもなく、半年も経たぬうちに、ちょっとした店を任されたのでございます。

以前お勢が、子供のころから知っているからという前置きで、俊介はやはり悪い意味でのぼんぼんであり、甘えさせたらどこまでも甘えると分析していたことがありますが、実際、名古屋で春江が働くようになりますと、その本質はすぐに現れ、借りていた安アパートでの、まるで絵に描いたようなヒモ生活。たまに出かけるかと思えば、昼間からパチンコで、さすがに春江もたまりかねて小言を言えば、その不甲斐《ふがい》なさを一番感じているのは本人らしく、これまで何から何まで人任せできた人生、いざ自分で動き出せと言われても、どこからどう動いてよいのか分からぬ自分に、心底失望するようで、その狼狽《ろうばい》ぶりは見るに忍びないほど、自ら家を飛び出した俊介ながら、その心のどこかには、一、二年ほど修行したあと元の鞘《さや》に収まろうと考えていた節があったようでございます。

この場合の修行と言いますのは、とにかくぼんぼん育ちの自分に足りないものは、いわゆる地に足をつけた生活だと思い込んでいたらしく、朝から晩まで汗まみれになって働くことでそれを手にしたいと思っていたのでしょうが、前述通り、その第一歩から踏み外し、結局ぼんぼんが考えそうな甘っちょろい人生の辛苦さえも、現実世界からは与えてもらえず、ああもしたい、こうもしたい、しかしあれもできない、これもできないと、あっという間に心は蜘蛛手《くもで》。それでもこのとき借りていた安アパートの大家が、ちょっとした好事家で、何かの折に俊介相手に芝居や歴史の話をするようになりますと、俊介のほうも得意分野ですので話も弾みまして、そうこうしているうちに若い男が昼間からアパートでゴロゴロしててどうする、どうだ、私が経営している鶴舞《つるま》の古書店で働かないか、と声をかけてもらったのが潮の変わり目、早速、勤めさせてもらいますと、慣れぬ肉体労働よりは体質に合ったようで、これが初めて長続きしたのでございます。その上、この古書店が専門に扱っておりましたのが偶然にも、能、狂言、歌舞伎、文楽から邦楽、舞踊に至る芸能専門書だったのでありました。

この時期、勤務中でも家でも、とにかく俊介はこの店にある本を読み漁《あさ》っておりました。専門外の春江にはちんぷんかんぷんな内容でも、舐《な》めるように読んでいる俊介の顔は充実感に満ちており、

「なんや、不思議な感覚やねん。子供のころにもろうてたパズルのピースが一つ一つ、パチパチ嵌《は》まってく感じやわ」

要するに、物心ついたときから耳にしていた歌舞伎の話が、ほぐれ、繋《つな》がり、全体像が見えてくるような感覚だったのでございましょう。

春江が身ごもったのは、大阪を離れてそろそろ一年になるころでございました。妊娠を知った俊介の喜びようは、春江が思っていた以上で、赤ん坊が生まれた暁には、また一から出直すつもりで家へ戻り、婚姻や戸籍など正式なことも整えなければならないというようなことも、気早く話すようになっておりました。春江としましては、俊介の出奔の決意も結局この程度のものだったのかと、半ば呆れる思いはありましたが、それでも生まれてくる子供のことを考えれば、ここでいくら格好つけたところで仕方ないと割り切ったのでございます。

このころと言えば、俊介が出奔したあと、三友梅木の肝入りで、喜久雄を売り出そうと道頓堀座で催された三カ月連続公演がコケ、その後、低迷していた喜久雄が『霧の巡礼歌』という社会派ミステリー映画に出演してそこそこの評価をもらっていたころで、喜久雄がそのまま映画界に進むのならば、さらに自分が丹波屋へ戻るのは必然だろうと、俊介も軽く考えていたのではないでしょうか。

翌年、生まれたのは男の子でありました。名を豊生《とよき》と申します。早産で二千グラムほどしかない小さな赤ん坊ではありましたが、その泣き声は他のどの赤ちゃんにも引けを取らぬものでございました。

豊生に産着を着せ、大阪へ向かう新幹線に三人で乗ったときのことを、春江は未だにはっきりと覚えております。よほど緊張しているのか、俊介はずっと豊生を抱いたまま、その手をブルブルと震わせておりました。

向かいましたのは大阪の実家ではなく、その月、父の二代目半二郎が出ておりました中座でして、まずは父に許しを、という俊介の思いからでございました。

舞台が跳ねる時間を見計らい、賑《にぎ》わった御堂筋《みどうすじ》から路地を入った劇場の楽屋口で、ふたり身を隠すように待っておりますと、出てきましたのは、どこか足元のおぼつかない父、半二郎でございます。見ておりますと、タクシーに乗るまでついていこうとする源吉を、

「大丈夫やて。自分でせな、ますます見えんようになんねん」

と追い払い、そのくせ源吉がいなくなれば、劇場の壁、自動販売機と手で探り探り歩いてくるのでございます。

半二郎の目が糖尿病の悪化でいよいよ見えなくなり、舞台へ出るのも喜久雄の手引きが必要となるのは、このもう少しあとでございますが、それでも一年半ぶりに見た父親の哀れな姿に、思わず言葉を失った俊介の横顔は、見ている春江にも辛《つら》いものでありました。

豊生を抱いたまま近づいた俊介が声をかけたとき、半二郎はまず俊介の顔を見て、次

にその腕に抱かれた豊生を見たのですが、そのあいだ一切、表情は変わりませんでした。

「お父さん、俊介です」

深く頭を下げる俊介を、電柱を支えに立っている父親が見つめます。

「……長いこと、連絡もせんと、ほんまにすんませんでした」

どれくらい沈黙が流れたでしょうか、御堂筋から酔った一団が二人を飲み込むように通り過ぎたそのあと、

「おまえの子ぉか？」

そう尋ねた半二郎が、一瞬、豊生のおでこに伸ばそうとした手を、無理に堪《こら》えたのでございます。

「息子の豊生です」

抱いてもらおうと差し出された赤ん坊から、目を逸《そ》らした半二郎が、

「今になって、なんの用や？」

また壁や店の看板を伝い、よろよろと歩き出します。

「ちょっとの間でええから、話聞いてもらえませんか」

俊介の言葉に、思わず春江も二人に近づきますと、ふと足を止めた半二郎が春江をまさに穴が開くほど見つめまして、

「あんたとの子ぉか？」

「本当に申し訳ございません。うち……」

　自己紹介しようとする春江を今度は手で制した半二郎、眠っている豊生の顔を見つめながら、

「俊介が世話になったんやな。礼、言わせてもらうわ」

　と頭を下げるのでございます。

「とんでもない。うちのほうこそ……」

「なあ、ちょっと息子と二人きりにさせてもらえまへんやろか？」

　やけに丁寧に遮られ、慌てて春江が口を噤《つぐ》めば、

「俊介、ちょっと飲みいこか」

　そう言って、俊介だけを連れてタクシーに乗り込みます。

　このあと二人が向かったのは、俊介も子供のころからよく連れていってもらっていた花見楼という料亭で、久しぶりの半二郎親子の訪問を女将は大変喜び、遅い時間であったにもかかわらず、料理はもちろん、半二郎達《たっ》ての要望で、地方《じかた》の芸者も呼んでくれたそうでございます。

「で？　何や、今さら用て？」

　しかしその女将が座敷を下がりますと、そう半二郎に冷たく問われた俊介、

「もっかい、一から出直したいと思って戻ってきました」

「尻尾巻いて逃げたおまえとはちゃう人間になって戻ったんかいな？」

「自分なりに稽古もしました。なんしか歌舞伎というもんを改めて勉強し直した自信はあります」

そこに汗を浮かべて駆け込んできたのが古参の芸妓で、

「なんや、わざわざ君鶴姐《きみつるねえ》さんが来てくれたんかいな」

驚き喜ぶ半二郎に、

「俊ぼんが帰ってきたいうさかい、飛んできたがな」

君鶴、すでに涙声でございます。

「浴衣持ってきてくれたんやろ？」

半二郎に問われ、君鶴が風呂敷を広げますと、

「ほな、俊介、これに着替えておいで」

「え？」

「え？　て、あんたもとぼけて。試験やないか。あんたも、そうそう簡単に元の鞘に収まれるて思うてないやろ？」

有無を言わせぬ半二郎に、俊介も返す言葉もなく次の間に着替えに向かいますと、

「姐さん、このまえの大阪おどりで『本朝廿四孝《ほんちようにじゆうしこう》』やったんやて。あれの「奥庭狐火《おくにわきつねび》の場」、ちょっと弾いてえな。……おい、俊介、あんたもあれなら踊れるやろ？」

襖《ふすま》越しに聞こえる半二郎の声に、

「急に言われても……」

焦る俊介ですが、

「人形振りの場面や。別に正確に踊れんでもかまへん。ちょっとその筋見りゃ、あんたの性根が変わったか変わってへんかくらいすぐ分かるわ」

俊介が浴衣に着替えて座敷に戻れば、すでに君鶴も三味線を抱えております。

「ほんならええか？」

半二郎の合図に、「ハッ」と君鶴が声をかけ、俊介も書籍からの頭でっかちな成長ながら、とにかく見てもらおうと踊り出したのでございます。

ご存知『本朝廿四孝《ほんちようにじゆうしこう》』の八重垣姫《やえがきひめ》というのは難役で、その上、演じてみせるのは人形振り、持てる力を全て出して必死に踊る俊介を、君鶴の三味線が後押ししてくれるのですが、焦れば焦るほど心が役から離れていくのでございます。次の瞬間、ふと目にした君鶴の頬には涙が一筋。頑張れ、と強く弾《はじ》かれるバチとは裏腹に、すでに心は俯《うつむ》いておりました。

見れば、すでに目を逸らした半二郎のまえで、とりあえず俊介が踊り終えますと、君鶴がこっそりと洟《はな》を啜《すす》るなか、

「あと一年だけ待ったるわ。それでもダメやったら、ほんまにあんたには芽がないねん。

はっきりここで言うとくで。あと一年やってダメやったら、半二郎の名ぁは喜久雄に継がせる。ええか、肝に銘じなあかん。これがあんたにとって最後のチャンスや」

飲んでいたお猪口《ちよこ》を静かに置いた半二郎が柱から襖へ伝うように座敷を出ていきますので、慌てて君鶴も立ち上がり、

「ちょう待ってえな。一人やったら、階段危ないわ」

追いかけようとした足を止め、言葉もなく畳を見つめております俊介に、

「お父ちゃんはな、あんなん言いながら、俊ぼんのこと心から待っててんねんで。それは分かってるな？」

早口でそう伝えたのでございます。

この料亭での一件を俊介が春江に話したのは、かなりあとになってからのことで、この夜ホテルで待っていた春江のもとへ戻りました俊介は、

「不合格やったわ。せやけど、諦めへん」

それだけ言うと、眠っていた豊生を抱き上げたのでございます。

このときおそらく俊介は、今以上に努力をすることが前提ながらも、父親の言葉通り、あと一年すれば丹波屋へ戻れると考えていたのだろうと思われます。

いったん名古屋へ戻りますと、俊介の歌舞伎研究はさらに熱を帯びまして、書籍だけでは飽き足らず、いわゆる地芝居と呼ばれる、江戸時代から各地の農村に伝承されてき

た歌舞伎にも興味を持ち、北は山形県酒田市の黒森《くろもり》歌舞伎、福島県南会津の檜枝岐《ひのえまた》、埼玉の小鹿野《おがの》、長野大鹿《おおしか》、香川は小豆島《しょうどしま》の肥土山《ひとやま》と、休日を利用して日本各地に歌舞伎の源流を探し始めておりました。

自らが望んだこととはいえ、つましい暮らしのなかでも豊生は健やかに育ち、片や、これまでは愛憎入り混じっていた歌舞伎への造詣《ぞうけい》も深まってくる。この時期ほど俊介にとって充実した日々はなかったかもしれません。

いつものようにすやすやと眠っていた豊生の寝息が荒くなっているのに、俊介がふと気づいたのはそんなある夜のことで、読んでいた本を閉じて、その豊生の小さな頭を撫《な》でた瞬間、カッと燃えるような熱が手のひらに伝わりまして、慌てて布団を捲《まく》れば、白く美しかった肌に赤い湿疹が広がっております。

春江はまだ仕事から戻らぬ深夜のこと、慌てた俊介は苦しそうな豊生を抱きかかえ、安アパートの階段を駆け下りたそうで、

「病院、病院……」

と狼狽《うろた》え、一階にある電話の受話器を摑んで救急車を呼ぼうとするも、電話線が鼠《ねずみ》にかじられて明日まで使えないと大家に言われていたことを思い出し、ならば近くの診療所のほうが早いと飛び出したのが早計で、途中、草履《ぞうり》も脱げて裸足《はだし》で向かった診療所のドアを何度叩《たた》けども、ガラスドアの向こうに明かりがつくことはなく、ならば公衆電話

だと、また走り出してみたものの、安アパートが立ち並ぶ寂しい界隈《かいわい》にそうそう公衆電話も見つからず、それでも偶然通りかかったタクシーに、

「おい！　おーい！」

声を上げて追いかけるも気づいてはもらえなかったそうで、いよいよ焦って、抱きしめた豊生を見れば、その顔からはすでに血の気が引き、さっきまでの苦しそうな呼吸には力なく、そこへ誰のどんな恨みなのか、冷たい雨まで降ってきたのでございます。

「豊生、がんばりや。豊生、がんばりや」

強く抱きしめ、大通りの車道に飛び出た俊介、隣町の総合病院目指して駆け出しながら、タクシーでも普通の車でもなんでもいいから止まってくれと、車のライトが迫ってくるたびに手を広げるのですが、雨降る深夜に車道をうろつく男など相手にしてくれるはずもなく、響くのは苛立《いらだ》ったクラクションだけ、それでも、

「誰か、誰か！」

と叫びながら、追い抜いていく車に縋《すが》る俊介の腕のなか、どんな思いでいたのでしょうか、どんなに苦しかったことでしょうか、豊生はその短い命の最期を迎えていたのでございます。

それでも総合病院にずぶ濡《ぬ》れで駆け込んだという俊介は、

「誰か！　誰か助けてえな！　丹波屋の跡取りなんや！　この子は大事な丹波屋の跡取

りなんや！」

そう叫び続けておりました。

あえて病名をつければ、乳幼児突然死症候群、それまで目立った病気もなく元気に育っていた赤ん坊が眠っているうちに突然死してしまうという、そんな原因不明で前兆もない病気でございました。

最愛の子を腕のなかで失った俊介の悲しみようはまさに筆舌に尽くし難く、その絶望は丹波屋の坊ちゃんとして何不自由なく育った自分と比べ、こんな安アパートの薄い布団に寝かされて、冷たい雨のなかで息絶えた豊生の不憫《ふびん》さに向かうらしく、

「俺が丹波屋で堪えとったら、この子はいろんな人にかしずかれ、幸せな人生を送れてたはずや。いや、幸せな人生が送れへんでも、もっと……、もっとマシな死に方だけはできたはずなんや」

と、その無念、断ち切り難く、涙涸《か》れても泣きつづけ、まさに数日で髪は真っ白となり、気丈にも歯を食いしばって弔《とむら》いの支度をする春江から、

「大阪のお義父《とう》さんたちにも知らせてえな。線香の一本でもあげてもろうて。豊生がここで笑《わろ》うてたこと、可愛らしい顔で眠ってたこと、お義父さんたちだけやない、世界中の人に覚えててほしいねん」

と泣き縋られても、

「いやや、いやや、いやや。豊生にこんな惨めな思いさせたんは、この俺や。……その丹波屋や。……あの歌舞伎やないか！」

まだ若く未熟な父親は八つ当たりし、豊生の冷たくなった小さな体を、いつまでも抱き続けていたのでございます。

「豊生はきっと、あの小さな命かけて、俺を本物の役者にしようとしてくれたんやな」

これは後年、旅役者となった俊介がたびたび口にするようになる言葉でありますが、この境地にたどり着くまでには、豊生を失ったあと数年におよぶ荒《すさ》みきった生活が待っているのでございます。

お勢とふたり夕食の準備をしておりました春江が、玄関の開く音に、

「お父ちゃんやろか。うちが出るわ」

エプロンで手を拭き拭き廊下へ出ますと、やはり帰宅したのは俊介で、

「……今晩、東亜ガラスの社長にお呼ばれやなかったん？」

スリッパを出しながら尋ねれば、頷《うなず》いたきり、俊介が廊下を奥へ向かいますので、そのままあとを追っていきますと、仏壇に手を合わせ、何やらブツブツと唱え始めます。

「どないしたん？」

春江もなんとなくなかへ入り、仏壇の灯明をつけ、白虎の遺影と並んだ豊生の小さな

遺影を明かりの下へ少しだけ移動させ、

「お父ちゃんって、なんかあったん？」

再び尋ねれば、何やら仏壇に報告を終えたらしい俊介が、豊生の遺影を手に取りまして、

「さっき連絡もろたわ。『本朝廿四孝《ほんちようにじゆうしこう》』の八重垣姫《やえがきひめ》で、芸術選奨受賞した」

「え！」

「そない驚かんでも。せやから、このまえの八重垣姫で芸術選奨受賞や」

「ほんま？」

思わず膝をついた春江に、

「嘘《うそ》ついてどないすんねん」

と微笑《ほほえ》む俊介の表情の、なんと晴れやかなこと。

「いやー、ほんま？　ほんまに、お父ちゃんがそんなすごい賞もらいはったん？　豊生。お父ちゃん、賞もろうたで」

俊介の手から遺影を奪いました春江、

「……ほんならバンザイや。バンザイやな。豊生、ほら、あんたも一緒にバンザイや！」

喜びを爆発させる春江の声が聞こえたようで、二階にいた一豊と幸子、それにお勢もやってきまして、春江が受賞を伝えたとたん、幸子は腰を抜かしたようにしゃがみ込み、

一豊は意味も分からぬながら、お勢は手におたまを持ったまま、

「せやったら、ほんまにバンザイ三唱と相成ったのでございます。

と、俊介を囲んでのバンザイ三唱と相成ったのでございます。

「……ちょっと電話してくるわ」

俊介が廊下の電話に向かいますので、春江もなんとなく聞き耳を立てておりますと、

「……もしもし。喜久雄おりますか？」

喜久雄という名前に、何事かと幸子も慌てて廊下へ顔を出したところで、

「……一言、お祝い言いとうてな。喜久ちゃん、おめでとう。……うん、せやな。ありがとう。お互いにおめでとうやな。……え？　うん、せやな。そんなら」

短い電話を切った俊介、廊下に顔を出している春江たちの姿に苦笑しますと、

「喜久ちゃんも同じ賞もろたんや。こっちは歌舞伎で、向こうは新派で、同じ時に同じ役やって、同じように評価されたわ。向こうでも、なんやバンザイしてる声がしてたわ。あれ、きっと徳次の声やで。電話に出た彰子ちゃんも、なんやちょっと声が鼻声やったわ」

「ほんなら、二人で並ぶんやな？　その授賞式で二人並ぶんやな？」

思わず口にする春江でございますが、誘われている会食にこれから戻るという俊介を玄関に送りながら、

「……なあ、お父ちゃん、喜久ちゃんと連絡取り合《お》うてたん?」

「いや、もう何年ぶりやろ。久しぶりにちゃんと聞いたわ、喜久ちゃんの声」

おそらくこの四年のあいだ、俊介は俊介なりに、この歌舞伎界で復活するため、自分が演じるべき役を、たとえそれが竹野に用意された役だったにしろ、必死に演じてきたのでございましょう。

「喜久ちゃん、電話でなんか言うてた?」

タクシーに乗り込む俊介に春江が尋ねますと、

「『俊ぼんも、おめでとう』言うてくれたわ。でも、もう電話はいらんて。『俺らは宿敵同士や』って、いつも睨み合うてるからこそ、それを面白がってお客さんはそれぞれの舞台に足を運んでくれはるんやって」

結局、喜久雄もまた、自らが演じるべき役を、この世界で生き抜くために演じると決めた一人なのでございましょう。

第十三章　Sagi Musume

〽妄執《もうしゅう》の雲晴れやらぬ朧夜《おぼろよ》の
　恋に迷いしわが心

しんしんと降る雪のなか、鷺《さぎ》の化身である若い娘が、白無垢《しろむく》姿で傘をさして佇《たたず》んでおりますと、聞こえてくるのは悲哀のこもった長唄の名曲。

そんな幻想的な場面で始まりますのが『鷺娘《さぎむすめ》』でございます。

冒頭は女の恋の恨みを表現したあと、衣裳《いしょう》を引き抜いて町娘。冒頭とはがらりと雰囲気を変えまして若い娘の恋心を踊り、その後ふたたび雰囲気を変える後半では、白地に鷺の羽根を縫い取った振袖《ふりそで》姿で、地獄の責め苦を表現しながら、次第に弱り息絶えていく、まるで錦絵のような舞踊であります。

まずこの『鷺娘』で世間の喝采を浴びましたのは、芸術選奨を受けた直後に俊介が国立劇場の舞台で披露したものでございました。この『鷺娘《さぎむすめ》』という演目、その起源を大きく分けますと三種類あり、このうちもっとも上演されております型が、宝暦十二年（一七六二年）に二代目瀬川菊之丞《せがわきくのじょう》が市村座で見せた『柳 雛諸鳥囀《やなぎにひなしょちょうのさえずり》』の一つなのですが、このとき俊介が復活させましたのは、長く途絶えておりました文化十年（一八一三年）の『四季詠 寄三大字《しきのながめよせてみつだい》』によるもので、自ら古い文献を研究し、そこに新たな解釈も加えたものでございました。

この古典的かつ荘厳な『鷺娘』で俊介が見せた鷺の化身は、鷺の儚《はかな》さや美しさはさることながら、化身の部分である獣性までが見事に表現されており、一般の観客はもちろん目の肥えた歌舞伎ファンをも唸《うな》らせたのでございます。

さて、そこですぐに動きましたのが、このころには三友の社員というよりも、フリーの敏腕プロモーターのように芸能界を自由自在に動き回っておりました竹野でございまして、一方、千五郎からの許しは得られぬままながら、喜久雄の個人事務所の社長に収まっておりました彰子に、

「三代目には、もっと斬新な形で『鷺娘』をやってもらえませんかね」

そう持ちかけたのでございます。

早速、彰子が喜久雄に相談しますと、すでに俊介の『鷺娘』の評判を聞いて役者魂に火がついておりました喜久雄が、

「ちょっとアイデアあるんだよ」

待ってましたとばかりに口にしましたのが、なんとオペラとの競演。女性ソプラノ歌手のアリアで『鷺娘』を踊りたいと言うのでございます。

しかし、これには梨園《りえん》で生まれ育ち、その辺りの挑戦がなかなか上手《うま》くいかないことを見聞きしております彰子がすぐに反対したのですが、反論の途中でふと思い直し、

「国内で小さくまとめずに、世界的に有名な歌手と組めれば、芽はあるのかも」

こういう恐れ知らずなところがお嬢様育ちの長所でも欠点でもあるのですが、もともとこの彰子、世間知らずでのんびりした母親と、芸道一筋だった父親のあいだを取り持ってきたせいか、お嬢様育ちながら妙にしっかりしていて手際もよく、何より役者のマネージャーとして辣腕《らつわん》を振るい出していたのでございます。このときも、そうと決まれば動きは早く、お嬢様仲間の父親でベルリンフィルと繋《つな》がりのある人を見つけ出し、なんだかんだとやっているうちに、元々、日本文化に興味を持っていたという世界的ディーバのリリアーナ・トッチ嬢が好感触だという情報を得て、早速たった一人で彼女が暮らすパリへ向かい、なんとそこで話をまとめてきたのであります。もちろんリリアーナもすでに五十代、全盛期の人気はありませんが、それでも世界的に名の知れた歌手でございますから、帰国しますと、彰子はその足で竹野の元へ向かい、あとは着々と喜久雄とリリアーナの競演舞台を準備します。

さて、この舞台、たった七日間の東京公演ではありましたが、マスコミはこぞって報道し、何より悲哀に満ちたリリアーナの声質と、喜久雄演じる鷺の化身の、類い稀《まれ》なる美しさが共鳴し合い、獣性に満ちていると大評判だった俊介の『鷺娘《さぎむすめ》』の話題までをもかっさらったのでございます。

となりますと、パリの劇場からぜひうちで再演を、というオファーが来るのにそう時間はかかりませんでした。

「あれ、徳ちゃんはどこ行った?」

さて、そのパリはオペラ座でございます。

この劇場の楽屋にあります鏡台は、金色の豪奢《ごうしゃ》な額に飾られておりまして、楽屋といえども見上げるほどの高い天井に、白粉《おしろい》を塗りながらの喜久雄の声が響きます。背後にはル・モンドの記者とカメラマンが陣取り、浴衣姿の喜久雄を、またそこに塗られる白粉を、まるで東洋の深淵《しんえん》でも覗《のぞ》き込むような顔で見つめております。

「徳次さん、さっきまでそこにいたんですけど」

そう言いながら、紅茶用のポットで煎茶を淹《い》れているのは、花井蝶吉《ちょうきち》という喜久雄の弟子で、ほんの数カ月まえに入ったばかりのまだ十七歳ですが、その最初の仕事が、このパリのオペラ座という、なんとも運の良い少年でございます。

慣れぬ海外での公演ですので、余裕を持って支度しているのですが、さすがに着付けのときに徳次がおらぬと困り、

「もしかしたら、徳ちゃん、また天井のシャガール見上げてるかもしれねえな。蝶吉、ちょっと見てこい」

喜久雄に命じられました蝶吉が急いで出ていこうといたしますと、ぶつかるように入ってきたのが彰子でして、

「お義母《かあ》さんたち、今、ホテル出たって。ちょっと早めに来て、劇場のなかを見学するんですって」

と、はるばる長崎から喜久雄の晴れ舞台を見に来ているマツと、その友人たちのことを報告しますので、

「ホテル出たって、田舎もんのばあさんたちだけで大丈夫かよ」

と心配すれば、

「お迎えに行きますって言ったんだけど、歩いてすぐだから大丈夫だって。途中、みんなでカフェに寄るんですって」

呑気《のんき》な母たちに呆《あき》れておりますと、誰もいないホールで、やはりシャガールの天井画を見ていたらしい徳次が戻りまして、

「いやー、ほんま、吸い込まれるわ。なんぼ見とっても飽きひん。絵心のない俺がこう

なんやから、絵心ある人なんて死んでまうんちゃう？」

こちらも呑気な様子。

「徳ちゃん、シャガールの天井画見ると、どんな気持ちになるんだっけ？」

つられて喜久雄も話を振れば、

「せやから、なんや、ランラン、ラ、ラ〜ンいうメロディが聞こえてきて、自分の背中にも羽生えて、ふわふわ飛んどるみたいな、ええ気持ちになんねん」

徳次の感想を、付き添いの通訳から聞いて笑ったフランスの記者が、

「舞台に上がるまえに、何か儀式のようなものはあるんですか？」

と、インタビューの続きを始めます。

そこで眉を引く手をふと止めました喜久雄、

「舞台に上がることは特別でもなんでもないんです。十七歳のころからずっとです。毎日毎日、朝起きて劇場に入って化粧《かお》やって舞台に立って。一日のほとんどをこうやって楽屋で過ごすんです。一日のほとんどってことは、人生のほとんどってことですからね」

外国にいるせいか、珍しく饒舌《じょうぜつ》な喜久雄の返答に、なるほどとばかりに楽屋を見回し、徳次や彰子、そして蝶吉と微笑《ほほえ》み合いました記者が、

「ここがあなたたちのおうちなんですね。くつろいだり、笑い合ったり、喧嘩《けんか》したり、

お祝いしたり、私たちが家でやっていることを、ここでやってきたんですね」

「そのなかやったら、喧嘩が一番多いな」

　そう返す徳次であります。

「化粧《かお》をしているうちに、次第に役が降りてくる。楽屋とはそんな神聖な場所です」などと、格好つければいくらでも言えるのですが、舞台というのは月に二十五日間、土日もなく開くわけでございまして、残った五日間で次の月の稽古。それがほぼ一年ぶっ通しなのでございますから、笑い合ったり、喧嘩したりするどころか、食事をするのも、爪を切るのも、歯医者に通うのだってこの楽屋から、だからこそ役者には人並み外れた集中力が必要で、ある役者は楽屋を出た瞬間、ある役者は舞台袖に立った瞬間、さらに吾妻千五郎ほどの役者にもなれば、舞台袖で出番ギリギリまで相撲の話をしながらも、腰掛けたあいびきから立ち上がったその一瞬で、見事に弁天小僧菊之助《べんてんこぞうきくのすけ》になれるのでございます。

　シャガールの天井画を照らしておりました巨大シャンデリアの明かりが、ゆっくりと落とされてまいります。一八七五年にネオ・バロック様式で建てられたオペラ・ガルニエの絢爛《けんらん》たるステージを取り囲みますのは、金色に輝く装飾を施されたバルコニーと、ベニョワール、ロージュと呼ばれるボックス席。客席は東洋から渡ってきた一羽の白鷺を見ようと、多くの観客が詰めかけており、暗転したステージにうっすらと浮かび上がりますのは、紗幕《しやまく》の向こうにずらりと並んだ裃《かみしも》姿の長唄連中。まさにその姿、雪原にぼんやりと浮かぶ古《いにしえ》の日本の幻のようでございます。

〽妄執の雲晴れやらぬ朧夜の
　恋に迷いしわが心

長唄が始まりました途端、オペラ・ガルニエに詰めかけた観客たちからは早くも盛大な拍手。舞台にちらつき始めた白雪のなか、中央のセリからゆっくりと現れる白無垢姿の喜久雄に鳴り響いていた拍手は瞬時に鳴りやみ、ここオペラ・ガルニエに舞い降りた美しき白鷺に、誰もがただ息を吞《の》むのでございます。

白雪のなか、白無垢の裾からそっと出される白足袋《たび》や、最上階の客にさえ触れられそうに感じられる喜久雄の指先に、観客たちはすぐに心奪われます。この白鷺のもとへ、悲しげなアリアを歌いながら近づいてきますのが、この地で知らぬ者はおらぬリリアーナ・トッチ。客たちはまるで自分が舞台へ上がり、白鷺に手を触れるような思いとなっております。

当初不可能と思われた長唄とアリアの共演も、ふたを開けてみれば人間の感情という一点で共鳴し、物言えぬ白鷺の声がアリアとなり、飛べぬ歌手の思いが舞となって、見事一つ世界に混じり合ったのでございます。

さて、このオペラ・ガルニエで行われた七日間の公演は、予想を遥《はる》かに超えた大成功。千穐楽《せんしゅうらく》に行われたパーティーには、日仏大使はもちろん、フランスの大女優や世界的デザイナーも集まりまして、ガルニエ宮の壁にはＨＡＮＪＩＲＯのライトアップがまたたき、まさにパリの一夜が「三代目花井半二郎」一色に染まったのでございました。

フランスから凱旋《がいせん》帰国しましても、この騒ぎは収まることを知らず、書店へ行けばオペラ・ガルニエの舞台に立つ喜久雄の姿が表紙となった雑誌が並び、テレビをつければ、弁天たちコメディアンが面白可笑《おか》しく喜久雄の鷺娘《さぎむすめ》を真似《まね》するものですから、歌舞伎に興味のない若者たちでさえ、当代一の美しき女形役者といえば花井半二郎で、たとえばクラスの美少女に「〇〇ちゃんは二組の半二郎」などという言い方さえ定着したのでございます。

一方、このころの俊介人気が低調だったかといえばそうでもなく、どちらかといえば外見的にも地味で、美しさよりも生々しさを売りとする俊介の芸は、美しく華やかに喜久雄が活躍すればするほど、逆にいぶし銀の輝きをたたえ、それはそれで通好みの芸として一目置かれておりました。

さて、九州の辻村《つじむら》から喜久雄のもとへ直々に電話があったのはそんなころでございます。

まず楽屋の電話に出たのは徳次で、

「珍しな。辻村の叔父貴《おじき》からやで」

渡された受話器から聞こえてきた辻村の声は昔の威勢の良さはなく、

「おう、喜久雄か？　大活躍やな？」

「小父《おじ》さん、パリ土産のワインどうでした？」

「医者からは酒飲むなって言われとるっちゃけど、一晩で飲んでしもた」

「どうしたんですか？　直接、電話なんて」

「いやな、ちょっと、おまえに頼みがあって。早かもんで、俺《おい》が愛甲会継いで今年で二十年になる」

「二十年ですか。おめでとうございます」

そう応えながら思い出されるのは、その二十年まえ、ヤクザ同士の抗争のなか、凶弾に倒れた父、権五郎《ごんごろう》のことであり、また徳次と二人で大阪へ寝台列車で来たころのことでございます。

「喜久雄に頼みっちゅうのは、今度、辻村興産の創立二十周年のパーティーば盛大にやろうと思うとって、そこでおまえに、今、話題になっとう『鷺娘《さぎむすめ》』ば踊ってもらえんかと思うてな」

この当時の暴力団を取り巻く状況と申しますと、警察庁主導による、いわゆる頂上作戦の成果が全国の隅々にまで浸透してきたころでありまして、とりわけ影響力を持つとされる広域組織暴力団のトップ及び幹部が、服役中または公判中の者も含め、検挙対象者としてリストアップされ社会から隔離されようとしておりました。

九州で勢力を振るっていた辻村もまた、早い段階でこのリストに挙げられた一人ではあったのですが、若いころから地元の有力政治家などと如才なく付き合っていたコネはもちろん、愛甲会とは完全な別組織として金融・土木系の一般企業「辻村興産」を大きくしていたこともあり、法のあらゆる抜け穴をくぐっていたのでありますが、

「権五郎兄貴のころと比べりゃ、俺《おい》なんか義理も人情もなけりゃ、卑怯《ひきょう》なヤクザやったと思う。それは認めるばってん、今じゃ、そんな俺より卑怯な輩《やから》がのさばり出しとる。この世のなか、卑怯で浅ましか輩ばかりが生き残る」

と、その辻村が言うように、このころには九州の勢力図も変わりつつあり、三年ほどまえ、これまでは何があっても裏から手を回すことで盤石だったはずの辻村が、銃刀法違反で起訴されたことを機に、潮目が変わっていたのでございます。

このタイミングで辻村が盛大に行いたいという辻村興産創立二十周年の祝賀会でございますから、言ってみれば辻村がその力を見せつけ、今一度巻き返しを図る最後の機会であります。

「小父さん、その二十周年のパーティー、精一杯《せいいっぱい》踊らせてもらいますよ」

ほとんど間を置かずの喜久雄の返事に、

「おまえならそう言うてくれると思うた。おまえが来てくれたら、俺《おい》も鼻が高か」

心から嬉《うれ》しそうな辻村の声。しかし、この電話を切った途端、

「坊ちゃん、俺は反対やで」

とは徳次でして、

「……これまで辻村の叔父貴に散々世話になってきたんは間違いない。でも、このタイミングでそんな頼みきいたって、坊ちゃんにええことなんかいっこもないで」

このとき徳次が口を挟んだのにはもちろん理由がありまして、

「……これ坊ちゃんに伝えたら、気ぃ悪するかもしれへんけどな」

と始めた話によれば、まずこのパーティーへの出演依頼が喜久雄よりも先に弁天のほうにあったというのでございます。

「……そら、そうやで。今どき、なんぼ人気出ても歌舞伎役者より、毎日テレビに出とる弁天みたいな人気芸人呼んだほうが評判になるわ」

しかし続けた徳次によれば、弁天はこの依頼をすでに断ったそうで、と言いますのも、その手の事情に鼻の利く弁天のこと、どうもこのパーティーで大規模な逮捕劇があり、暴力団一掃を目指す警察庁の努力を世間に伝え、また他の暴力団への見せしめにもするというような噂《うわさ》が実《まこと》しやかに囁《ささや》かれているらしいのでございます。

手の白粉につけたアルコールに息をかけて飛ばしながら、そんな徳次の説得を聞き終

えました喜久雄、

「二十年って月日はやっぱり長いなあ。あの極道の徳ちゃんがそんなこと言い出すんだもんな」

と笑い飛ばしますので、

「冗談で済むかいな。その逮捕劇に巻き込まれてもみいな。せっかくいろいろあんじょう行き始めてんのに、また全部ひっくり返されるで」

「……徳ちゃん」

唾《つば》を飛ばす徳次を制しました喜久雄、

「……辻村の小父さんがどんな人か、俺だって知ってるよ。俺より先に弁天から当たるような抜け目のない人だ。でも、そんな小父さんと知ってて、これまでどんだけ世話になったよ」

「いや、せやけど、坊ちゃん……」

「いや、徳ちゃん、違う。俺は思う。もしここで小父さんの頼み聞いてやれないんだったら、俺、生まれてきた甲斐《かい》ないって」

「そんなん、大げさやわ」

声を落とす徳次ですが、喜久雄のこうと決めたら梃子《てこ》でもは昔からのこと、

「……しゃあない。なんかあったら、この徳次が盾にでも矢にでもなったるわ」

さて、この徳次の元へ、京都の市駒《いちこま》から電話がかかってきたのは、ちょうどそのころ。芸妓として座敷に出るかたわら、祇園《ぎおん》に小さなバーを出して繁盛させておりました市駒も忙しくしておりましたし、喜久雄はもとより徳次もまた、全国各地の舞台からパリのオペラ座まで飛び回っておりましたので、なかなか京都へ顔を出すヒマがなかったのですが、もらった市駒の電話によれば、ここしばらく綾乃が家に帰ってこないというのであります。

綾乃ももう十三歳、女友達との泊まりっこなら良いのですが、事態はそうかわいらしいものではないらしく、

「中学に上がったころからな、ちょっとヤンチャな子やらと遊ぶようになってな。このまえの夏休み辺りから平気で外泊するようになってん」

と、実は徳次が相談を受けていたのが半年もまえ、そのたびに市駒は綾乃を叱り、ときに手を上げることもあったらしいのですが、叱れば叱るほど家に寄りつかなくなるそうで、本来なら喜久雄に相談すべきが、

「……そのお父ちゃんのことが嫌いで嫌いで仕方ない子やろ。せやし、女親ではどうにもならへんし、恥を忍んで徳ちゃんに相談やねん」

思い起こせば、あの愛らしく、また活発すぎるくらいだった綾乃の様子が目に見えて変化したのは、ちょうど隠し子騒動で喜久雄が世間からバッシングを受けていたころ、

若狭《わかさ》の海水浴場で喜久雄に抱かれた自分の顔にまるで犯罪者のような黒線が引かれた写真が、繰り返しテレビで流されるたび、綾乃はただじっとそこに映る自分を見つめていたそうでございます。

「学校でお友達に何か言われてへん？」

市駒が心配して尋ねますと、

「もしなんか言われたら、倍にして返すわ」

実際学校でいじめに遭《あ》っている様子もなく、その上、母は祇園の人気芸妓、

「ええか。うちらは祇園の女や。いろんなことで世間の人とは違うねん。違うからこそ、特別やねんで」

と機会あるごとに言い聞かせていたそうで、その甲斐あってか、この当時、周りが心配するような変化が綾乃に見られたわけではなく、逆にこれまでがあまりに男勝りだったこともあり、「少し女の子らしくなったんちゃう」などとからかわれるほどだったのですが、綾乃は幼いながらも必死に我慢していたのでございましょう。そのしわ寄せが一気に出てきたのが中学に入学してすぐのころ、まず変化が現れたのが髪型や服装で、ときはまさにヤンキー全盛期、まだ中一ながら赤く染めた髪にチリチリのパーマをあて、般若《はんにゃ》のようなメイクに長いスカートを引きずる綾乃の姿は、すぐに上級生や他校の悪ガキたちの目につきまして、昨日はどこぞで乱闘騒ぎ、今日はどこぞで暴走行為と、市駒

でさえ警察へ迎えに行くタクシーのなかで声を上げて泣かずにはいられない日々が続いたのでございます。

それでもまだ、腹が減れば家へ戻ってきますので、バーをオープンさせたばかりで自身も忙しい市駒は、心配ながらも反抗期と捉え、この地獄のような時期が終わるのを待とうとしたのですが、日が経つにつれて綾乃の素行は悪くなり、たまらず頼った喜久雄が、やっと時間を見つけて帰宅した折には、叱る喜久雄に対して髪を振り乱して悪態をつき、家中の食器を割って暴れる始末、そんな娘に喜久雄はおろおろするばかりで、結果、裸足《はだし》で飛び出した綾乃をなんとか連れ帰ったのが徳次だったのでございます。

その後、徳次としても綾乃のことが心配ながら、喜久雄とともに忙しい毎日、やっと来週からしばらく休みが取れるので、綾乃の様子を見に行こうと思っていた矢先の市駒からの電話でありました。

「明日、一番の新幹線で行くわ」

取るものもとりあえずの徳次の返事に、市駒はすでに涙声でありまして、

「なんや、今回ばっかりは悪い予感がすんねん。徳ちゃん、おおきにな」

もちろん喜久雄も、自分が行くべきなのは重々承知しておりますが、明日の舞台に穴をあけるわけにもいかず、

「頼むぜ、徳ちゃん」

とは断腸の思い。蝶吉に全てを引き継いで、徳次は京都へ向かったのでございます。

翌日、岡崎《おかざき》の家に着きますと、自分でも探し回っていたのか、寝不足で憔悴《しょうすい》しきった市駒が、

「ごめんな。徳ちゃんにばっかり頼って」

「そんなことより、心当たりないんか？」

徳次が問えば、なんでもここ最近付き合っている暴走族の男が綾乃を連れ回しているらしいとのこと。

「朝ごはんだけでも食べてって」

と引き止める市駒に旅行かばんを預け、

「こういうのは一秒でも早いほうがええねん。蛇の道は蛇や」

と家を飛び出しました徳次が向かいましたのは、京都の裏社会にもちょっと顔の利く弁天から「京都のことならこいつや」と昨夜紹介してもらった若いチンピラの家で、実際、訪ねてみますと弁天からもすでに連絡をもらっているらしく、

「兄さんが探してる子やったら、たぶんマッドストーンいう暴走族のタカシいう男が連れてる子やと思うわ」

さて、この弁天が紹介してくれたチンピラ、まだ若い身空で前歯もなく、ズボンには小便を漏らしたあとが残っておりますが、弁天に言わせれば、組を抜けられただけでも

上出来で、

「おおきにな。せやけど、兄ちゃんもええ男が台なしやで。これで前歯でも入れえな」

徳次が財布から三万を渡しますと、

「前歯は保険がききませんねん」

と笑いながら受け取った男が、

「……兄さんも堅気やなさそうやから知ってはるやろうけど、その娘さんを抜け出すの、簡単やありまへんで」

「せやろな……」

男の言葉に徳次は静かに頷《うなず》きながらも、

「前歯は保険がきかんいうのはデマやで」

と笑い、そこをあとにしたのでございます。

向かったタカシという男の実家は、桂《かつら》で小さなストアをやっておりまして、店舗のレジ脇で弁当を食べておりましたタカシの両親に、綾乃の所在を尋ねたところ、

「うちら、もう息子には関わってませんねん。裏に家あるから勝手にして下さい」

とは目に生気のない母親でございます。

言われた通りに店の裏にある実家の玄関を開けてみますと、たたきには脱ぎ散らかされた少年少女たちの靴が踏む場所もないほどで、タカシの両親は店舗の二階にでも暮ら

しているのか、明らかにこの家は息子たちに占領されているようでした。

靴の多さに比べて室内が静まり返っているのが不気味でしたが、徳次はその靴を踏みつけ、土埃《つちぼこり》の舞う廊下に土足で上がりますと、ダイニングには食べ散らかされた菓子やインスタントスープの袋や弁当の残骸が放置され、肉の腐ったような臭いが、すぐそこの便所の臭いと混ざります。

ふと、立花組に入るまえに入り浸っていた仲間の家を思い出し、自分たちが抜け出してきた場所に、今度は綾乃が引きずり戻されたのかと思えば不憫《ふびん》極まり、それでも狭い階段を上がっていけば、今度鼻についてきたのはシンナーの臭い。開けっ放しの六畳に置かれた炬燵《こたつ》に若い男女がごろ寝しており、中には半裸の女もおれば、白目をむいて涎《よだれ》を垂らしている男もおります。

部屋に立ち込めているのはシンナーと、まだ幼い少年少女たちの唾の臭い。

見れば一人だけ炬燵に入らず、襖《ふすま》に寄りかかって眠っている制服姿の女の子が綾乃で、

「お嬢、ごめんな、遅うなって」

と思わず心のなかで呟《つぶや》く徳次、子供たちの体を踏まぬように部屋に入り、綾乃を優しく揺り起こせば、その派手な化粧のしたたに浮かぶのは幼いころの生意気な女の子の顔。

「鷺娘《さぎむすめ》やないか……」

徳次の声に目を覚ました綾乃が、一瞬、動揺しながらも、

「……あ、天狗や」

虚ろな目つきで呟くのは、いつもの再会の合言葉。

「お嬢、帰ろな」

「……うん。でも、うち、疲れてしもてよう立てへんわ」

自分で立つこともできない綾乃を、この日、徳次は病院に抱えていったのですが、残念ながらこの話にはまだ続きがございます。

シンナー吸引による頭痛、めまい、呼吸困難、耳鳴り、幻覚などの深刻な症状を訴える綾乃を入院させ、酸素吸入などの治療を施している最中、綾乃を連れ戻しにタカシという少年たちが病院へ乗り込んできたのであります。

幸い、病室におりましたのは徳次で、廊下で立ち塞《ふさ》がりますと、そのままタカシの髪を摑《つか》んで駐車場へ連れ出し、今後もし綾乃に近寄るようなことがあれば、この徳次がおまえを殺す、と真顔で伝え、

「おっちゃんになんの関係あんねん」

とふたたび病室に戻ろうとしたタカシの顔を、目から出血するほど殴って追い返したのでありますが、話はそれでも終わりませんで、人が道を踏み外すということは簡単でも、正道に戻るのは大変なものでございます。

タカシたちが所属する暴走族を下部組織として認定している南組という暴力団の組員

たちが、顔中に包帯を巻いたタカシを連れて病院にやってきたのはそれから数日後のこと。静かにノックされたドアを開けた徳次は一見して状況を理解し、

「他の患者さんに迷惑や。ちょっと外に出ましょか」

病棟外の喫煙所に向かい、ベンチに腰かけますと、自分を囲むように立つ三人の男たちにも煙草《たばこ》を差し出します。

その一本を受け取った兄貴分の男が、

「あの娘《こ》は、うちで面倒みてる娘やからな。そう簡単にはいかへんで、兄さん」

「花井半二郎の娘と知ってのことか？……いや、知ってのことやな。せやないと、たかが中学生の家出娘一人に、兄さんらが出てくるわけないしな」

そんな徳次たちを入院患者たちが遠巻きに眺めております。

「事務所に連れてってもらえへんやろか」

煙草を指先で揉《も》み消した徳次が呟いたのはそのときでありました。

兄貴分らしき男が、口の端だけで笑います。

事務所へ向かうベンツのハンドルを握っているのは、まだ中学生のような少年でございます。

この車中、徳次が辻村の顔を思い出さなかったといえば嘘《うそ》でございます。ただ、そこに頼るまいと決心しました理由は、つい最近その辻村のパーティーに出るなと喜久雄に

忠告したのが一つ、そして何より喜久雄がこれまでに一度たりとも、辻村が持つ暴力に頼ったことがなかったからでございます。考えてみますと、理不尽ないじめをやめない鶴若、またあることないこと書き立てたマスコミ、もしも喜久雄にその気があれば、当時絶大だった辻村の力を使って、鶴若の生殺与奪《せいさつよだつ》も、裏ルートからの芸能ニュース操作も思いのままだったはず。しかし喜久雄はそれをしなかった。そこに徳次は、極道育ちという自分の血に持つ、逆の意味でのプライドを喜久雄に見たのでございます。

京都の町中にある南組の事務所は、歪《いびつ》な形をしておりました。古い町屋の上に真新しいプレハブを載せたような作りで、玄関には表札はもちろん、電気やガスのシールもございません。

男たちに案内されて徳次が通されたのは、大きな革張りのソファばかりが目立つ煙草臭い事務所で、達磨《だるま》の絵が描かれた掛け軸のまえに座っていたのが、その達磨そっくりな南組長でございます。

組長はその丸々とした目で徳次を睨《にら》みつけますと、

「……使いっ走りに用はないわ。話は父親の半二郎はんとや」

話はこれで終わったとばかりに部屋を出て行こうとする組長を呼び止めた徳次、

「その半二郎の名代《みようだい》で来てますねん。恥かかさんといて欲しいわ」

ふと足を止めた組長、今にもこぼれ落ちそうなその眼球に血を滲《にじ》ませ、

「あんた、何者《なにもん》や？」

「半二郎の付き人ですわ」

「へえ、役者の付き人いうんは、みんなあんたみたいに肝すわってんのかいな？」

その瞬間、組長の眼球からすっと力が抜けて笑い出し、

「な－んや、あんた、死ぬ覚悟で来たんやな？　今どきヤクザの子分でもそんな奴《やつ》おらへんで」

組長の言葉に、なるほど自分はたしかに死ぬ気でここに立っているのだと今さら気づいた徳次が、思わず苦笑いをこぼせば、

「……あの娘っ子の父親はあの半二郎はんや。これから思う存分、うまい汁吸わしてもらおう思たんやけど、そうなると、そのたんび、あんたみたいなんが出てくるっちゅうこっちゃな」

急に砕けた物言いの組長に、

「十七のときから、ずっとその半二郎の尻拭いばっかりしてますねん」

と徳次が笑い返しますと、

「俺な、こう見えて歌舞伎、嫌いやないねん。『忠義ならでは捨てぬ命……』てな」

このとき組長が口にしたのは『仮名手本忠臣蔵《かなでほんちゅうしんぐら》』九段目、加古川本蔵《かこがわほんぞう》という侍の台詞《せりふ》で、その組長に視線を振られた徳次が、

「『……子故《こゆえ》に捨つる親心』」

と続けます。

家臣が忠義のために死ぬのが当たりまえである歌舞伎演目のなか、私は子供のために命を捨てると宣言する珍しい台詞でございます。

「……なんや、あんたのこと気に入ったわ。あんたの忠義心か親心かしらんけど、それに免じて、あの娘のことは諦めたる。指つめて帰ったらええ」

組長の口からさらっと出た言葉にざわついたのは組員たちのほうで、当の徳次はといえば、「子故に捨つる親心」と口にしながら、すでに覚悟ができていたような心持ち。もしかすると、事務所に連れていってくれ、と頼んだときから、いや、ヤクザと関わりのある暴走族から綾乃を連れ戻すと決めたときすでに、その覚悟はできていたのかもしれません。

その後、徳次のまえに用意されましたのは、白木のまな板とよく磨かれた鑿《のみ》でございます。

袖をまくり、酒を口に含み、淡々と準備を進める徳次に、

「あんた、役者の付き人にしとくの惜しいわ」

とは組長で、

「兄弟の盃《さかずき》交わしたんが、あいにくの色男。しゃーないですわ」

答えながら、小指の関節に鋭い鏨を置きました徳次は、その小さな鏨の上に自分の体をのせたのでございます。

福岡一の繁華街天神《てんじん》から延びる大通りに植えられた紅葉《もみじ》も、今を盛りとばかりに色づきまして、その赤い葉が行き交う人々の肩にひらひらと舞い落ちております。

この大通りに建ちますホテルグランドに、先ほどから次々と黒塗りの車が到着しておりまして、日本のモダニズム建築の流れを汲《く》む重厚な意匠を凝らしたエントランスには、愛甲会や辻村興産の若い衆がずらりと居並び、車から黒紋付《もんつき》や黒いコートを羽織って降りてくる招待客たちを、

「ご苦労さまです」

と恭《うやうや》しく迎えるのですが、その声がなかなか揃《そろ》わないのは、必要以上にパーティーを大きくしたため、客の出迎えにまでは手が足らず、その辺りの暴走族を慌ててかき集め、臨時で雇っているからでございます。

さて、ホテルで一番大きなホールに集まってきておりますのは、戦後から愛甲会と付き合いのある九州各地の親分衆はもとより、その後、辻村が手を広げた土木業、金融業の関係者たち、そしてさすがに本人たちの参加はないにしろ、この堅気の商売で相談役等に就任している地元の政治家たちの秘書など、それぞれのテーブルを囲む男たちの佇

まいもそれぞれで、そこに宴《うたげ》を華やがせるように着飾った女房たちや、一流とは呼べないまでも世間に多少は顔の知れた演歌歌手や俳優、加えてコンパニオンの若い女たちもおりまして、壁際には記録映画用のカメラや照明、いやがうえにも雰囲気は盛り上がってくるのでございます。

辻村が古女房を伴いまして、会場に入って参りましたのはそのときで、両開きのドアから出てきた二人は強い照明を浴びまして、会場は拍手に包まれます。

壇上に案内された辻村が、強い照明に目を細めながらも、広い会場内をじっくりと見渡す様子はさすが堂に入ったもので、

「皆さま、本日はお集まりいただき、誠にありがとうございます。来る途中、車から眺めとったんですが、表通りの真っ赤に染まった紅葉の葉に、なんやこれまでのあれやこれや思い出されて、こんな男にも懐かしさなんてもんがあるんやなぁと驚かされとったところです」

少し湿っぽい辻村の挨拶《あいさつ》で始まりました宴は、来賓からの挨拶が続くなか、次第に酒も入って座も崩れ、立ちのぼる紫煙を潜《くぐ》るように、こちらで名刺交換、あちらで記念撮影と、和やかな雰囲気でございます。

もとはと言えば、盤石だった辻村の立場に亀裂が入り始めましたのは、長く付き合いのあった津田《つだ》一郎《いちろう》という代議士が急激に力を失ったせいでありまして、と言いますのも、

この津田一郎に秘書として愛甲会の若い奴を貸し出すほどズブズブの関係だったのですが、数年まえ、津田の選挙区が統合され、そこでは明治期に製鉄業で財を築いた、いわゆる日本のエスタブリッシュメント一族の世襲者が盤石の地盤を持っており、当然そちらが付き合っているのは愛甲会とは比べものにならぬ広域組織の星野組で、津田一郎は会派を追われる形で即廃業、その煽《あお》りを食った格好で愛甲会のシマも、星野組傘下の地元組織によって食い荒らされるようになってきたのでございます。

とはいえ、辻村落日の噂も創立二十周年祝賀会のこの盛況を見れば俄《にわ》かに信じられず、また辻村自身もいつ切られても不思議ではない綱の上にありながら、まだ持つかもしれぬという漠然とした楽観と、たとえ落ちるとしても、そのときは誰彼なくその腕をひっ摑んで引きずり落としてやるとばかりの執念がわいてくるのでございます。

「ご歓談の最中恐れ入ります。これよりステージ演出のため、会場内の照明が落とされますので、席をお立ちの方はどうぞお戻り下さいますようお願いいたします」

そんなアナウンスに客たちがそれぞれテーブルに戻りますと、会場に漂う紫煙だけを残すように場が暗くなってまいりまして、それとは逆に、ぼんやりと浮かび上がってきた紗幕の向こうから聞こえてきましたのが、ずらりと並んだ長唄連中の声と三味線の音でございます。

見ればステージには、はらはらと白雪。

〽妄執の雲晴れやらぬ朧夜の
　恋に迷いしわが心

紗幕の向こうから、雪原と化した舞台へ白無垢姿の喜久雄が一歩ごと何かを語るように出てまいります。

その美しさに息を呑んだ客たちは拍手も忘れ、物言わぬ白鷺の眼差《まなざ》しや羽ばたきに、まるで自分までが声を奪われたようになり、この雪景色のなか、舞台に立つ白鷺の体温だけが指先に伝わってくるようでございます。

辻村もまた、そんなほのかな体温を感じながら舞台を見つめております一人で、なぜかその目には、雪ではなく、外で舞っていた紅葉が、はらはらと落ちてまいります。

ふと浮かんでくる実母の背中は赤く焼け爛《ただ》れ、幼い辻村がその小さな手で払っても払っても、黒々とした蠅《はえ》がたかります。

八月の長崎、風も通らず、鼻が曲がるような悪臭こもる教会の講堂の床には、足の踏み場もないほどの熱傷者。いくら幼い辻村が「母ちゃんば、助けて」と叫んだところで、子供の声など大火傷《やけど》した者たちの断末魔の喘《あえ》ぎや、肉親を探し回る大人たちの声にかき消され、幾晩もつきっきりだった辻村が、たった一度だけ外へ小便に出た短い隙に、微《かす》かに繰り返していたその息を、母は引き取ったのでございます。

頼りにしていた父は戦地から戻らず、原爆で焦土と化した長崎の町には帰る家もなく、その後自分がどこでどのように生きていたのか、辻村には記憶がございません。ただ、闇市で喜久雄の父である権五郎と出会ったあの瞬間を境に、辻村には鮮烈な色で戦後の記憶が戻り、幸せだった子供のころの記憶との時間が繋《ふ》がるのでございます。

腹を空《す》かせた幼い辻村は、闇市で中国人が売る蒸かし饅頭《まんじゆう》を旨《うま》そうに食う復員兵の姿を野良犬のように見つめておりました。

「腹減っとるんか?」

若い復員兵に声をかけられたのはそのときで、這《は》うように近づくと、

「おい坊主! 飢え死にしとうないなら、俺《おい》の首、食い千切って奪い取れ!」

男は辻村の頭を摑むと、自分の汗臭い首にその顔を押しつけたのでございます。その瞬間、初めて風景に鮮烈な色がつき、辻村は饅頭を食うために、男の首に嚙《か》みつきました。本気で、この男、権五郎の首を食い千切ろうとしたのでございます。

ふと気がつけば、舞台では最終場、恋のために落ちた地獄の責めに白鷺がもがき苦しむ場面でございます。曲調は激しくなり、鳥の姿に戻った娘の、切り裂かれた肩の傷からは血が滲み、降りしきる白雪のなか、息絶え絶えとなりながら、それでも飛び立とうと懸命に羽ばたくその姿が観客たちの哀れを誘っております。

しかし、ついに力尽き……。

会場に興ざめするような安っぽい照明がついたのはまさにその瞬間、白鷺が今生《こんじよう》の別

れとばかりに微かに羽ばたこうとしたときでございました。

一瞬、演出か、はたまた何かの手違いかと、会場がざわつきましたところに響きましたのが、

「みなさん、動かないで下さい！　静粛にして下さい！」

という拡声器の声。

何事かと振り返る者あれば、勘の良い者はすでに席を立ち会場を出ようとしたところを、ドアに立ちふさがった警察官に阻まれます。

次の瞬間、一斉にどよめいた会場に、再び「静粛にして下さい！」との拡声器。化けの皮でも剝ぐように光量の上がった照明のなか、会場には警官たちがなだれ込み、衆目に晒《さら》されておりますのは、まだ一人だけ鷺娘の世界にいるような顔をした辻村でございます。

この辻村に歩み寄りました刑事の口が、麻薬、労働基準法、銃刀法、と数々の逮捕容疑を告げる様子を、喜久雄は舞台で体を起こし、じっと見つめておりました。

無遠慮に強い照明は、力尽きた白鷺が美しければ美しいほど、魔法のとけた無残な姿を浮かび上がらせるのでございます。

刑事たちが辻村とその幹部たちを連行しようといたします。喜久雄がほとんど無意識のまま舞台を降り、辻村のもとへ駆け寄ったのはそのときで、客たちはもちろん、警官

たちの視線も一斉に白鷺に集まります。

「……小父さん」

喜久雄の声に振り返った辻村は、何も言うなと、無言で首を横に振ったのでございます。

その後、この福岡での辻村逮捕劇は、警察庁の暴力団撲滅運動のPRとして大々的なニュースとなりまして、なかでもその舞台に立っていたのが今をときめく「半二郎」。他にも多少名の知れた歌手や役者がいたとはいえ、世間の関心はまっすぐに喜久雄に集まりまして、まず暴かれたのが喜久雄の後援会と辻村との関係で、次に長年の喜久雄と愛甲会の付き合いが明るみに出た辺りから、スクープ合戦に歯止めが利かなくなってまいります。と言いますのも、これまでマスコミ、特に芸能マスコミに存在していた持ちつ持たれつの関係が、この時期の暴力団排除の世論のなかでは悪習としか映らなくなっており、いよいよ明るみに出始めたのが喜久雄の出自についてでございました。

十五歳のころから歌舞伎の世界におり、喜久雄自身、なんの隠し立てもせずにおりましたし、父親が立花《たちばな》権五郎という愚連隊上がりの侠客《きょうかく》であったことも、自身の背中に入った彫り物についても周知のこと。これまでは記者がプロフィールをぼやかしてくれたり、撮影の際にはカメラマンが背中の彫り物が入り込まないように気を遣ってくれたりと守られてきたのでございますが、今回の一件でその歯止めが一気に崩れ、まず出たのが楽屋で撮影された背中の彫り物の写真で、浴衣姿で手に短刀を持っているせいもあり、その上、写真に重ねて掲載されたのが、いわゆる戦後の「長崎抗争」と呼ばれた一連の暴力事件の数々。なかでも、長崎本線の肥前山口駅での組織同士の乱闘騒ぎで、その場にいた当時新婚の車掌が脇腹を刺されて腎臓に損傷を負い、また流れ弾を受けた主婦が右耳を失うという事件については、たまたまこの時期に大阪で似たような事件もあり、この陰惨なイメージがそのまま喜久雄のイメージにつながってしまったのでございます。

これを受けて、NHK並びに民放各局、また世論を気にした一般企業も、喜久雄との付き合いはもちろん、所属する新派への協賛からも辞退という大きな流れになりまして、となれば潤沢な資金のある組織でもない新派はすぐに死活問題。

結局、背に腹は代えられぬと、座長の曽根松子もしばらく喜久雄抜きでの公演を考えざるを得ず、とりあえず熱《ほとぼ》りが冷めるまでと、喜久雄に対して「謹慎」という、なんとも曖昧な状態を与えたのでありますが、血筋がなくて歌舞伎界を追われた喜久雄が、その後どうにか拾ってもらった新派からも、今度はその本来の血筋のせいでふたたび追われるという、なんとも皮肉な運命となったのでございます。

そしてこの謹慎中、親交のある記者の依頼に応え、一度だけインタビューに応えた喜久雄は自身の出自について、

「そこで生まれ育ちましたから、悪く言いたくない気持ちはあります。ただ、そこで生まれ育ったからこそ言えますのは、あそこが決して美しい場所ではないということでございます」

とだけ語ったのでございます。

ちょうどこのインタビューに応えたころのことですが、徳次が救い出した綾乃も未《いま》だ回復の途上におりました。退院後いったんは徳次に連れられ市駒のもとへ戻っていたのですが、二週間もすると、シンナー欲しさか、はたまた男に会いたさか、ふたたび家を出てしまったようで、ただ、会いに行った男は、南組から綾乃と会うことをきつく禁止されておりますので、綾乃を追い返し、となれば、その理由も分からぬ綾乃は混乱するばかり。さらに夜の町を徘徊《はいかい》し、さらに質《たち》の悪い人種と付き合い、取り返しのつかない薬物に手を出そうとしたところを補導されます。

狼狽《うろた》えるばかりの市駒からの連絡に、さすがに喜久雄も徳次を伴いまして、すぐに京都へ飛んだのですが、綾乃が閉じこもっている部屋を、徳次とともに喜久雄が無理にこじ開けてみれば、まだ中学生の娘が、まるで中年女に見えるような憔悴ぶりで、

「何された……、誰に何された！」

と思わず叫んだ喜久雄に、

「あんたに、捨てられたんや！」

と叫び返してきた修羅のような実の娘に、これがおまえの生まれ育ってきた極道の世界なのだと、その血を突きつけられたのでございます。

このまま綾乃を京都に置いて帰れば、また同じことの繰り返し、ならばと、徳次と二人で東京に連れ帰る決心をしたのですが、もし隠し子騒動のころ、まだ小学生だった綾乃の体をこうやって抱き、一度でも東京へ呼んでやっていれば、もしかすると何かが違っていたのかもしれませんが、その時期を逸しているのは誰の目にも明らかで、東京へ向かう新幹線のなか、不貞腐《ふてくさ》れたまま弁当に箸をつけようともしない娘の姿に、まるで生まれたときからずっと娘から憎まれていたような、そんな真実を突きつけられた喜久雄でございます。

これまで歌舞伎のことばかりで娘のことなど何も知らない喜久雄ですから、とりあえず彰子と暮らす東京のマンションの一室を綾乃の部屋にしてみても、父と娘が初めて一緒に暮らすというよりは、娘を監禁しているような殺伐とした雰囲気でございます。

春江からちょっと話があるから会えないかという電話をもらったのは、それからしばらくしたころで、一瞬、俊介に何かあったのかと勘ぐった喜久雄でしたが、呼び出されたホテルのラウンジへ彰子とともに行ってみれば、

「うちでしばらく綾乃ちゃん預からせてもらえへんやろか」

という突然な申し出に、とりあえずその理由を尋ねれば、

「喜久ちゃん、自分らのこと思い出してみいな。十三、十四いうたら、もう立派な大人やで。子供扱いしてもどうにもならへんて」

彰子を気遣いながらもそう前置きした春江が言うには、

「薬は地獄や。今のうちに徹底的にやらんとどうしようもなくなる。うちな、大切な人がそれに苦しんで、必死に闘った経験あんねん」

口にせずとも、その大切な人が俊介であることは明白で、失踪中の十年にそんな苦労があったのかと改めて春江を見つめれば、

「……綾乃ちゃん、うちが預かるわ」

そう言い切る春江の目の奥に喜久雄は出会ったころの彼女を見たのでございます。

さて、当の綾乃はと申しますと、後日、迎えにきた春江を一瞥《いちべつ》し、私は別にどこだってかまわない、とばかりに荷物をまとめ、あっさりと家を出て行きました。

さすがに父親として不甲斐《ふがい》なく、喜久雄はその日から毎日のように春江に電話を入れ、綾乃の様子を尋ねるのですが、

「悪いけど、こき使わせてもろてるわ」

と笑う春江の言葉通り、綾乃は朝早くから掃除、洗濯、炊事とこき使われているようで、当初は反抗もしたらしいのですが、春江にしつこく追い立てられるうちに朝もきちんと起きるようになり、あるときなど喜久雄がかけた電話の向こうから、

「春江おばちゃん、この百合根《ゆりね》て、どんくらい下茹《したゆ》ですんの？」

などという明るい声が聞こえてくるようになっていたのでございます。

とにかく、どんな状況であろうと自分には舞台に立つ以外にできることはなく、新派が無理なら自分で小さなホールを借りてでも踊り続けようと、喜久雄も自ら動き出します。

とはいえ、このご時世、暴力団との交際で謹慎中である役者に、それが三代目花井半二郎とはいえ、なかなか貸してくれる劇場もなく、公営などまず無理な話、次に小ホールを当たっても、今度は料金をふっかけられる始末、最後にはいわゆる素人劇団が立つような小劇場か、地方の温泉旅館くらいしか相手にしてくれません。

「ここで頭抱えてても仕方ないよ。まずはこの熱海《あたみ》のホテルでやらせてもらおう。何も座敷芸ってわけじゃない。ちゃんとした小ホールがあるんだし」

暗い顔をした彰子と徳次に宣言するように、喜久雄が席を立ったとき、廊下で鳴り始めた電話を蝶吉が取りまして、

「あのぉ、女将《おかみ》さん、なんか横柄なおっさんが、『彰子を出せ』って」

「横柄なおっさん？」

首を傾《かし》げながらも、彰子にはそれが父の千五郎だとすぐに分かったようで、慌てて廊下へ飛び出します。いよいよ窮地に陥った喜久雄のもとから、やはり娘だけは救い出し

たいのでございましょう。

　その後、短い電話を切った彰子が戻りますと、

「パパからなんだけど、今夜、二人で家に来いって」

　やはりそうかと、喜久雄が俯《うつむ》けば、

「……別れろって話なら行かないって言ったんだけど、とにかく来いの一点張りで」

　父の背後に心配している母の姿も見えるのか、彰子も歯切れはよくありません。

「分かった。行こう」

　喜久雄がそう応えますと、

「いいの？　嫌な思いするよ」

「だろうな」

　空元気とはいえ、吹っ切れたような喜久雄の笑いに、彰子や徳次はもちろん、思わず蝶吉まで噴き出すのでございます。

　さて、覚悟を決めて千五郎の家へ向かい、相変わらず仏頂面をした千五郎のまえに二人で並びますと、開口一番、

「おまえ、こっちに戻って来い」

　当然、彰子が、

「だから、パパ……、私はもう決めたの」

と言い返したところ、

「おまえじゃねえよ。俺はこいつに言ってんだよ」

とは千五郎でして、きょとんとした喜久雄を睨みつけるに、

「……曽根の松子姉さんにはもう話した。新派やめて、こっちに戻ってこい」

と繰り返します。

「ど、どういう風に受け取れば？」

思わず尋ねる喜久雄ですが、

「おめえ、大したもんだよ。自分が世話になってきた親分さんの顔、ちゃんと立てたんだってな？　貧乏くじ引くの覚悟で、そのパーティーに出たんだろ？　俺はな、そういう奴は買うんだよ。世のなか、自分の損得でしか動かねえ奴ばっかりだ」

そこまで言うと、話はこれで終わったとばかりに部屋を出て行きます。

「パパ！」

思わず彰子が呼び止めれば、

「おまえも姉ちゃんの典子《のりこ》みてえに、銀行員の嫁にでもなってりゃ、こんな苦労しねえんだよ」

言い捨てて立ち去るその背中に、俯くしかない彰子でございます。

喜久雄に対する千五郎の許しが出たという噂はあっという間に、三友はもとより歌舞

伎界に広まりましたが、とはいえ、喜久雄は世間からのバッシングの最中、そう簡単に復帰はないだろうとの臆測が流れ始めたその矢先、なんと千五郎自らが三友幹部と掛け合いまして、

「うちの娘婿がやったことを咎《とが》められる奴が、この世界にいるんですかね？　あいつを咎めるってことは、自分たちを咎めることだ。自分たちの芸を汚すことだぜ。役者が立派なふりしてどうすんですかい？　いいですか。立派な人間じゃねえからこそ立派ってこともあるんだよ」

千五郎の啖呵《たんか》に、その場で異を唱えられる者はおりませんでしたが、さすがにそう簡単に喜久雄を歌舞伎界に復帰させては、時代の潮流に逆行するという意見は残り、苦渋の策として、喜久雄に記者会見を行わせ、そこで自身の出自である立花組がすでに解散しており、今後一切、暴力団との付き合いはしないと宣言させることになったのでございます。

結果、忸怩《じくじ》たる思いはありながら、喜久雄はこの提案を受け入れます。

「十五のころから、ただ芸に生きてきて世間を知らず、これから先もただ芸に生きたいと思っております」

後日、多くのカメラのまえで、そう語った喜久雄の姿は世間からの許しを得、結果として芸道の厳しさも世間に伝えました。

この会見から一年を経て、三友の竹野が満を持して発表したのが、なんと喜久雄と俊介の共演による『源氏物語』でございます。その脚本は、昭和二十六年に初演された舟《ふな》橋聖一《はしせいいち》脚色、谷崎潤一郎《たにざきじゅんいちろう》監修によります戯曲を元にした壮大な一大絵巻でありまして、何よりも世間を驚かせたのが、光源氏に立役《たちやく》を迎えて喜久雄と俊介が藤壺《ふじつぼ》の宮や空蟬《うつせみ》などの女形をやる従来の形ではなく、なんと配役を日替わりにして、まず光源氏を喜久雄が、女たちを俊介が、そして翌日は入れ替わり、俊介の光源氏に、喜久雄が演じる女たちという前代未聞の趣向だったのでございます。

第十四章　泡の場

舞台裏というところには、妙な生々しさがございます。照明も届かぬこの場所は、ぼんやりとした闇のなか、女形の役者たちからはまだ男の臭いが、逆に白粉《おしろい》を塗った立役《たちやく》はなぜか女っぽく見え、行き交う大道具や黒衣《くろご》たちの足袋《たび》や雪駄《せった》の音が、まるで雪道のように檜《ひのき》の板に吸い込まれてまいります。そこはまるで男と女の、有音と無音の、現《うつつ》と幻の、そして生者と死者のあわいのような場所なのでございましょう。

この舞台袖《そで》で、じっと出番を待っておりますのが、薄紫の平安装束に身を包んだ光君《ひかるのきみ》、喜久雄でありまして、うっすらと差し込む照明に、透き通るような白い顔が浮かび、その美しさたるや、隣に立つ徳次をしましても、

「なんや、光君やってる坊ちゃん見てると、ヘンな気になるわ」

と言わしめる色香であります。

さて、舞台では幼少の光君《ひかるのきみ》が亡き母にそっくりな藤壺《ふじつぼ》の宮と出会う第一幕が終わり、十七歳となった光君が夫ある身の空蟬《うつせみ》と逢瀬《おうせ》を重ねる第二幕に入っております。

いとかく憂き身の程の定まらぬ
ありしながらの身にて
かかる御心ばへを見ましかば……

舞台から聞こえてきますのは、独身時代にこうして光君と巡り合っていたならば、と苦しむ空蟬の心のうち。

「坊ちゃん、水ええか？」

徳次が差し出した水を一口ふくみました喜久雄、岡持ちから手鏡を出しまして、少し紅色を加えた眉を確かめますと、「はい」と小さく呟《つぶや》いて胸を張り、ゆっくりと舞台へ出て行きます。途端、歓声ともどよめきともつかぬため息が立ちまして、あとはもう割れんばかりの拍手でございます。

「……そなたは、あのとき私の無謀を許してくれた。一度は拒んでも、許した人は二度とは拒まぬと信じて、密《ひそ》かに二条院を抜け出してきたのに……、なぜ、そうまで、私を憎いもの、疎ましいものにばかり思われるのだ」

苦悶《くもん》の表情を浮かべ、愛《いと》おしさに身も張り裂けんばかりの光君の台詞《せりふ》に、大入りの観客は息を呑《の》み、その静寂は袴《はかま》の衣摺《きぬず》れが最上階の幕見席まで届くほどでございます。

「このような人妻という身上にならない昔、まだ身の振り方の定まらぬ娘のころでしたなら、私も身の程知らぬ自惚《うぬぼ》れから、今はご冗談にもしろ、末は誠のお情けにも与《あずか》れようと自分に納得もさせましょうが、名もない受領《ずりよう》の妻となっては、かりそめに結ばれる浮寝《うきね》の慌ただしさを、どうして誠と信じられましょう。それにこのあいだの一夜の契りが、ふと伊予介《いよのすけ》の耳に入りましたら、私はともかくも、光様のご迷惑になるようでは、私も生きてはいられません」

と応える俊介の空蟬、その深い慈愛に満ちた言い回し、そして愛するがゆえに拒絶する表情に、観客たちは女の業を見せつけられるのでございます。

「空蟬、よく分かったよ。私はまだ歳も若く、前後をわきまえる力が足りなかった。この間の晩は、紀伊守《きいのかみ》はじめ、皆々のもてなしの楽しさに、つい一献《いっこん》また一献、芳醇の酒も回る。さらに空蟬、そもじも小舞、舞い召されたに心をうつし、酔に誘われてついやみがたい恋の淵にも溺れた。そもじに無体をしかけたのかも知れぬ」

そこで、この逢瀬を取り持ってくれた空蟬の弟君である小君《こぎみ》を呼び寄せた光君、硯《すずり》を持ってきておくれ、と頼みますと、

空蟬の身をかへてける木《こ》の下《もと》に　なほ人柄のなつかしきかな

蟬の殻を脱ぎ捨てるように、小袿《こうちぎ》だけを残したあなただが、それでもやはり人柄が懐かしく感じる、と詠《うた》うのでございます。

光君《ひかるのきみ》のこの想《おも》いに、「恐れ多いことにございます」と泣く空蟬《うつせみ》。

「その代わり、あなたの着ている小袿を形見に下さい」

「でも、女の衣などは汚れ多くて」

そこへ思わず弟君が、

「姉さん、そんなこと仰《おつしや》らず、せっかく光君様のご所望なのですから、差し上げるものですよ」

「そうでしょうか」

と小袿を脱ぐ空蟬。


空蟬の羽《は》におくつゆの木《こ》がくれて　しのびしのびに濡《ぬ》るる袖かな

蟬の抜け殻の羽におりた露が、木陰に隠れているように、あなたのことで思い悩み、魂を失った空蟬のように人目を忍びながら涙しています。

さて、喜久雄と俊介が十六年ぶりに共演いたしましたこの『源氏物語』を、のちに劇評家の藤川教授は、次のように評しております。

光源氏と空蟬などの女たちを、半二郎と半弥という当代人気の女形二人が日替わりで演じるという趣向は、ひとまず成功を収めたと言える。原作の大胆な改編も、なにより興行面で大成功だったはずで、その上、それぞれの光源氏を見た客なら、役というものが役者によってどれほど違ってくるかが一目瞭然だったはずであり、これは昨今の宙乗り流行《ばや》り、がなれば熱演と受け止める悪しき歌舞伎ファンの教育にもなったであろう。

さて、まずは三代目半二郎の光源氏だが、この圧倒的な美しさは天賦の才を超えて、何かが乗り移ったとしか言いようがない。とにかく半二郎の光源氏からは、その色香が滲《にじ》み出てくるのである。ただ、では半弥が劣るかと言えば、まったくそうではなく、こちらの光君からは、性の匂い、青年の色欲が匂い立つようだったのである。余談だが、個人的には半弥の頭中将《とうのちゆうじよう》も見てみたい。また、半二郎の演じる女たちは、明石《あかし》の君であっても高貴そのものであり、逆に半弥が演じれば、葵《あおい》の上からもまた女の業が滲み出た。とにもかくにも私は認めなければならない。今から二十年近くもまえ、山陰の芝居小屋で私が初めて見た二人の少年たちは、それぞれの仕方で必死に歌舞伎に食らいつき、今やその歌舞伎にとり憑《つ》かれてしまった、と。

楽屋挨拶《あいさつ》に来た新橋の芸者衆との会話が長引きまして、その日、風呂を出た喜久雄は歌舞伎座の楽屋口に向かう時間がいつもより少し遅れたのでございますが、下足番に靴

を出してもらっておりますと、横に並んだのが俊介で、

「珍しな、こんな時間まで」

「ちょっと客との話が長引いて」

互いに靴を履き、地下の駐車場へ向かおうとしたところで、

「たまには酒でも飲まへんか？」

声をかけてきたのは俊介でございます。

もちろん共演者でありますから、稽古からずっと顔を合わせておりますし、言葉も交わしているのですが、改めて二人で飲みに出かけるというのは久しくございません。

「じゃあ、やきとりでも食おう」

そう言って喜久雄が俊介を連れて行ったのは歌舞伎座から近い「武ちゃん」という店で、炭火の煙が煙るなか、客同士が肩をぶつけ合うようなカウンターの片隅に落ち着きますと、とりあえず頼んだビールを手酌でグラスに注《つ》ぎます。

「乾杯くらいしたほうがええか？」

一度口をつけたグラスを離した俊介が言いますので、

「何に？」

と喜久雄が尋ねれば、

「何にって、公演の成功にやんか」

「ああ」

「ああって……。なんやねん。相変わらず会話にリズム感ないやっちゃなあ。九州から出てきたときのまんまやで」

懐かしい俊介のからかいに苦笑しました喜久雄、乾杯しようと伸ばした手をふと止めまして、

「そのまえに。綾乃のこと、本当にありがとな。おまえんとこの奥さんには、何度も電話で礼言ってるけど、俊ぼんにはまだちゃんとお礼言ってなかったもんな。おかげで綾乃も落ち着いてきたって」

「綾乃ちゃん頑張ってるで。なあ、そのまえに春江は春江でええんちゃう？　喜久ちゃんに『奥さん』なんて呼ばれたら、あいつかてむず痒《がゆ》いで」

思い起こせば、お互いまだ鼻の下の産毛が伸び始めたようなころ、今は懐かしき大阪の屋敷で、

「なんや、今度の下働き、えらい若いな」

と俊介の憎まれ口から始まったのが二人の出会い。その透き通るような白い肌に、田舎育ちの喜久雄は呆気《あっけ》にとられ、はたまた弁慶のような徳次を引き連れた喜久雄の品格に、実は俊介も怖気《おじけ》づいての憎まれ口だったのでございます。となると、思い出されるのは、その際、喧嘩《けんか》になりそうなところに響いた幸子の言葉。

「あー、邪魔くさい。どうせ、アンタら、すぐに仲良うなるんやさかい。いらんわ、そんな段取り。でもまあ、しゃーない。喧嘩するんやったら、今日明日でさっさと終わらしといて」

あれからすでに二十余年、今日明日で喧嘩は終わったのか長引いたのか。とにかくそこにいた乳母日傘《おんばひがさ》の御曹司は、息子をその腕のなかで失うという壮絶な悲しみを背負ってここにおり、そしてあそこにいた極道育ちの牛若丸もまた、決して順風満帆にこの場所へたどり着いたわけではありません。

鳥モモ、つくねと、二人は無言で口に運んでおりますが、「懐かしいなあ」と、どちらかが一言口にすれば、あとは無尽蔵で溢《あふ》れ出すはずの懐かしき思い出の数々。しかしそれを何かが引き止めるのはどちらも同じ。一つ懐かしさに浸れば、その裏にあるのは誰かとの悲しい別離。

「なあ」

長い沈黙を破ったのは喜久雄のほうで、

「……この『源氏』の全国公演が終わったら、今度は新作じゃなくて、ちゃんとした古典で共演してみたいな」

「……『仮名手本《かなでほん》』の九段目とかな」

すぐに演目が出てくる辺り、俊介もまた次を考えていたのでございましょう。

「九段目かあ。そうだよな、俺たちも三十も半ば過ぎ。もうやってもおかしくない年だもんな」

冷酒を旨《うま》そうにくいっと呷《あお》る喜久雄でございます。

さてこの『仮名手本忠臣蔵《かなでほんちゅうしんぐら》』と申しますのは、言わずと知れた赤穂《あこう》浪士の討ち入りに材をとりました全十一段からなる狂言で、なかでもこの九段目は「女たちの忠臣蔵」とも呼ばれております。

雪の朝、山科《やましな》にある由良之助《ゆらのすけ》の侘《わ》び住《ず》まいに到着しましたのが戸無瀬《となせ》と小浪《こなみ》。継娘の小浪を由良之助の息子力弥《りきや》へ嫁がせようとする戸無瀬と、それを拒絶する由良之助の妻お石《いし》との対決が見せ場の一つで、嫁入りがダメなら自害するという戸無瀬と小浪に主君が殿中で師直《もろのお》を討ち漏らしたのは、戸無瀬の夫、本蔵が抱き留めたからだとお石が責め、嫁入りしたければ本蔵の首を差し出せと迫るのであります。

「なあ、喜久ちゃん、近いうちに竹野んところに二人で話しに行ってみいへんか？」

松茸《まつたけ》と鴨《かも》の串を旨そうに齧《かじ》りながらの俊介に、喜久雄が首を傾《かし》げれば、

「……せやから、仮名手本の九段目、二人でやりたいいう話やないか」

呆《あき》れたように笑った俊介を、喜久雄がなぜかまじまじと見つめますので、

「……なんや？　なんかついてるか？」

慌てて顔を叩《たた》く俊介に、

「いや、感慨深いなって。だって考えてみろよ。今、二人で竹野のところに行って、九段目やらせてくれって頼んだら、間違いなくやらせてくれるだろ」

「せやな」

俊介にもすぐに喜久雄の思いは伝わったらしく、

「……今、俺と喜久ちゃんで、あの歌舞伎座の演目、決めようとしてんねんな」

とはまさに感慨無量、

「まさか、こんな日が来るなんて、夢にも思ってなかったよ」

「せやな」

「なあ、旦那が道頓堀座《どうとんぼり》で戸無瀬《となせ》やった舞台、覚えてるか？」

「お石が、万菊さんやったな？」

「懐かしいな」

先ほどは振り返るのを躊躇《ためら》ったはずの思い出も、それが舞台のこととなれば話は別なのでございます。

さて、喜久雄と俊介の共演で大評判となった『源氏物語』の歌舞伎座での初演は一九八六年の十二月。翌年には大阪、京都、名古屋と、それぞれで公演を行いまして、それでも「半半コンビの源氏ブーム」が衰える気配はなく、竹野たち三友は急遽《きゅうきょ》、九州へ巡る西回り、また北海道までの東回りの巡業を追加しまして、一年をかけてこの全国公演を終えましたときには、なんと観客動員数五十万人という画期的な数字を叩き出していたのでございます。

この『源氏物語』が一段落いたしますと、次に控えていた演目が、例の『仮名手本《かなでほん》忠臣蔵《ちゅうしんぐら》』九段目でありまして、東北の巡業先から戻るや否や、早速二人は稽古に入りまして、ここから数年、まさに破竹の勢いで半半コンビの名舞台が全国各地で上演されることになってまいります。

さて、二人が共演した『源氏物語』の初演が一九八六年の十二月、ものの本によりますと、のちにバブル景気と呼ばれるようになります時期というのが、この一九八六年の十二月から一九九一年二月までの、四年と三カ月の期間と定義されております。

この四年余りの熱狂の最初の年を、二人は『源氏物語』のなかに生き、それから三年余りの年月も、休演する月もほとんどない状態で、『仮名手本忠臣蔵』九段目で共演したあと、喜久雄は吾妻千五郎劇団に呼ばれて、『義経千本桜《よしつねせんぼんざくら》』の静御前《しずかごぜん》、『籠釣瓶花街酔醒《かごつるべさとのえいざめ》』の遊女八ツ橋、『切られ与三《よさ》』のお富《とみ》と、千五郎相手に若手立女形《たておんながた》の地位を築き上げ、一方、万菊についた俊介も、さすがに二番手ながら『女殺油地獄《おんなごろしあぶらのじごく》』『伽羅先代萩《めいぼくせんだいはぎ》』『四谷《よつや》怪談』と、万菊のその芸を間近で盗み、ときにあの万菊を食っていると絶賛されるような演技を見せていくのでございます。

この当時、どこよりもバブルを謳歌《おうか》していたテレビ業界から歌舞伎役者への誘いも多かったはずで、実際に高額なギャラに飛びついた役者たちもあったなか、

「あの二人は舞台に立たせといてやろう」

と、経済的にもいろいろと助けていたのが竹野でありました。

とはいえ、時代の空気といいますのは、それが熱ければ熱いほど、どんな隙間にも吹き込んでまいります。

実際、この当時の喜久雄たちの遊び方も豪快でして、日本全体が浮かれている町の様子は、年がら年中、劇場と自宅を往復するだけの車のなかからちょっと覗《のぞ》くだけでも伝わってまいりますし、なによりも「初日おめでとう」「初役《はつやく》おめでとう」と、受け取るご贔屓筋《ひいきすじ》からのご祝儀が、これまでとは桁が違ってくるのでございます。

金には無頓着な喜久雄といえども、さすがにご祝儀の詰まった重い紙袋を持って帰るときには気分もよく、

「徳ちゃん、車買い換えたい言うてたな？　これで買い換えたらええわ」

と紙袋ごと渡しますので、

「最近、坊ちゃんが景気ええの知ってるさかい、遠慮せんともらうで」

と笑った徳次が、

「……せやけど、坊ちゃんも景気ええ話するときだけは大阪弁に戻るんやな」

「あってもなくても金の話は大阪弁のほうがピンとくんねん」

つられて笑い出す喜久雄であります。

ちなみにこの当時、長崎で悠々自適の暮らしをしておりました母マツのために、喜久雄はハワイのワイキキにコンドミニアムを購入しまして、自身は忙しくて行けないながらも、マツから送られてくる手紙やビーチの写真を楽しみにしておりました。

実際、喜久雄がこのコンドミニアムに行けたのはたった一度きりのことでございまして、珍しく取れた一週間の休みが、当時春江のもとから高校に通っていた綾乃の春休みと重なっており、半ば強引に誘い出し、四泊六日という強行軍ではありましたが、二人きりの旅行をしたのでございます。

高校生になった綾乃が、昔に戻ったとは残念ながら言えませんで、学校でちゃんと勉強しているのかいないのか、どちらかといえば仲間たちと組んでいるというロックバンドの練習のほうが優先で、それでも春江の言いつけ通り、毎日門限の八時に帰宅して、一豊の宿題を見てやったり、春江の手伝いもしております。

もちろん四泊六日の旅行で、父と娘のわだかまりが取れたというわけにはまいりませんが、それでも借りたオープンカーを飛ばして、夜中に島内を走るのは喜久雄と同じく綾乃も気分が良いようで、他は退屈そうにしていながらも、このドライブだけは誘えば必ずついてきますので、喜久雄はアクセルを吹かしてハワイの夜風を浴び、綾乃は大音量で好きな音楽をかけながら、互いに言葉を交わさぬながらも、紛れもない父と娘だけの時間を過ごしたのでございます。

一方、このころの俊介のほうはと言いますと、以前、万菊が知人に売った自宅の土地の半分が売りに出ることを耳にしまして、これも何かの縁と買うことを決意したのですが、となれば、まとまった金を三友に借りることになりますので、白虎が借金に苦労していたことを知っております幸子が大反対したのですが、珍しくこのときばかりは春江がその幸子に反論しまして、

「お義母《かあ》さんのお気持ちはよう分かります。せやけど、あの土地を買う言うたんは、あの人の覚悟や思うんです。先代に見せたいんや思うんです。あの人のその思い、何があっても、何をしても、うちが支えていきますよって」

さて、この時期に二人が立ちました数々の共演舞台のなか、一つだけその最たるものを挙げるとすれば、平成の世となった一九九〇年の新帝祝賀の舞台で披露した『春興《しゆんきよう》鏡獅子《かがみじし》』でございましょう。

この演目、可憐《かれん》に踊る女小姓《こしよう》に獅子の精が乗り移り、豪快な獅子に変身してふたたび現れるという、いわば女形と立役の両方に優れた芸がないと演じ得ないものでして、当時の活気に満ちた時代にぴたりと合った華やかさがあったのはもちろん、通常は一人で踊るこの演目を、喜久雄と俊介とで並び立ち、見せ場である花道から揚幕《あげまく》への引っ込み

などは、本花道と仮花道を二人が同時に駆け抜けまして、そのまさに鏡写しの絢爛《けんらん》たる世界観に、スタンディングオベーションの習慣のない歌舞伎の観客たちが思わず席を立ち、惜しみのない拍手を送ったのでございます。

さてここは、その『春興鏡獅子』の舞台、江戸城の大広間でございます。小姓の弥生《やよい》がお鏡曳《かがみび》きの余興として舞を披露することになり、家老らは待ち構えております。

〽花の東《あずま》の宮仕え

忍ぶ便りも長廊下

そこへ局《つぼね》たちに手を引かれ、無理やり連れてこられるのは二人の弥生、喜久雄と俊介で、恥ずかしさにいったんは逃げ出すのですが、ふたたび連れ戻されますと観念して手踊りを始めます。

二人が身につけている几帳草花文様《きちょうそうかもんよう》を刺繍《ししゅう》で表した藤色の振袖は、江戸時代武家女性の振袖によく見られた格調ある意匠でありまして、髪は文金高島田《ぶんきんたかしまだ》に結い上げ、とにかく品よく踊り出すのでございますが、同じ舞を披露しましても、それがまったく別に見えるのが、この二人の不思議なところで、二枚の扇を持ちまして踊りだしますと、片や喜久雄の弥生は、惚《ほ》れ惚《ぼ》れするほど美しく、片や俊介のほうは、唸《うな》るほどに粋に見えます。

最初は照れていた弥生たちも次第に興に乗ってくるのがこの演目の面白いところ、踊りにのめり込み、祭壇に飾られた獅子頭を手に取り、ふたたび舞い始めたときに、それは起こるのでございますが、その小さい獅子頭を二人が手に持ち、可愛らしく鼻と鼻を合わせた瞬間、なんとこの獅子頭が独りがってに動き出し、偶然そこに迷い込んできた胡蝶《こちょう》を追い始めるのでございます。

実はこの獅子頭、文殊菩薩《もんじゅぼさつ》の霊夢により獅子の精が乗り移ったもの。獅子頭はさらに胡蝶を追い回し、弥生たちはその力に引きずられてまいります。

さて、ここがこの演目の一つの見せ場で、手につけた獅子頭の強い力に引きずられ、喜久雄弥生は花道から揚幕へ、俊介弥生は仮花道のほうを、まさに疾風に飛ばされるようなスピードで駆け抜けていくのでございますが、その速さ、その美しさ、そしてその場に起こる典雅な風に、観客たちは我を忘れて席を立ち、

「丹波屋！」

「ご両人！」

盛大な大向《おおむ》こうでございます。

一旦、二人の弥生が花道から揚幕に引っ込みますと、舞台で始まりますのが二人の女《め》の童《わらわ》たちの舞。しかし実はこの子たち、先ほど獅子頭が追いました胡蝶の精でございます。

〽 世の中に絶えて花香《はなか》のなかりせば

我はいずくに宿るべき

まさに胡蝶のような可愛らしい女の童たち。それをのどかな気持ちで眺めております
と、不穏な空気を舞台に運び込んでくるような鼓の響きに、さらに緊張を煽《あお》る三味線の
音色。そこへ何かを知らせるような高らかな笛の音が響きます。

次の瞬間、シャリンと開いた花道、仮花道、両方の揚幕からゆったりと登場しますの
が、可憐な女小姓から豪快な毛振りの白頭《しろがしら》に、紺地金襴《きんらん》の法被《はっぴ》姿の獅子の精に変身した
喜久雄と俊介。

両者、いったん花道、仮花道の七三で立ち止まりますと、後ろ向きのまま、これまた
目を見張るような速さで揚幕へ引っ込んでいき、客が呆気に取られているその隙に、今
度は勇壮に現れて舞台へ進み、そこで眠りにつくのですが、

〽牡丹《ぼたん》の花に舞い遊ぶ

葉陰に休む蝶々の

その獅子の精たちを揺り起こすのが可愛らしい胡蝶の精たち。

一瞬にして目覚めた二人の獅子の精は、狂ったようにその長い毛を振り回して胡蝶の
精たちを追いまくります。

巴《ともえ》に振り回される長く白い毛。二畳台へ上がって広げる広袖には金糸の文様。その姿、
まさに荒れ狂う百獣の王となり、舞台狭しと暴れまわりますと、

〽花に戯《たわむ》れ枝に臥《ふ》し転《まろ》び
　実《げ》にも上なき獅子王の勢い

鼓、三味線、笛、太鼓が獅子に負けじと乱れ打ち、それに応えるかの如《ごと》く、長い白頭を右に左にと振り回す二人の獅子王。

これでもか、これでもか、の必死な毛振りに、観客たちも割れんばかりの拍手で応えます。その拍手も鳴り止《や》まぬなか、

〽獅子の座にこそ直りけれ

静かに幕が閉じていくのでございます。

舞台が盛り上がれば盛り上がった日ほど、幕を下ろして誰もいなくなった劇場といいますのは、なんとも重苦しゅうございます。ついさっきまで鳴り響いていた歓声が、まるで澱《おり》のように舞台や客席の床に積もっているのでございます。

ただ、当然のことながら、そんな劇場の様子を、実は誰も見たことはないのでありま す。何しろ、幕を下ろし、誰もいなくなったあとのことでございますから。

さてここはその歌舞伎座からほど近い、夜の銀座六丁目。黒塗りの白タクが路地で渋滞を巻き起こしておりまして、このご時世、タクシーなど摑《つか》まるわけもなく、それぞれの店から客を連れて出てきた銀座の女たちが、まさに夜の蝶よろしく、自分が呼んだ白

タクを探し回っております。

そんな車のあいだを、両手をポケットに突っ込みまして、ひょひょいと抜けてくるのは徳次で、喜久雄たちが待つクラブザボンに向かう途中なのではありますが、さすがに知り合いも多く、

「徳ちゃん、最近来てくれないじゃない」

「徳ちゃん、近いうちに覚悟してきてよ。ちょっとした爆弾あるからね」

と、あちこちの銀座の女たちから声がかかります。その都度、「おっ」とか、「よっ」などと挨拶する徳次ですが、さすがに爆弾だけは聞き捨てならず、

「なんや、その爆弾て」

と思わず立ち止まれば、いい匂いをさせた女が徳次の耳元に口を寄せ、

「来てくれたら話す」

「なーんや、新手の呼び込みかいな。おまえ、あっちゅーまに自分の店持てるわ」

機嫌よく笑いながら徳次が高級クラブばかりのビルに入りますと、寒空の下、客を見送ったドレス姿のホステスたちが身を寄せ合ってエレベーターに乗り込んできますので、その尻を、「ほれほれ」と押しまして、

「肩に寒いぼ、出てるで」

と一緒に乗り込めば、

「徳ちゃん。遅いよー。もう喜久雄お兄ちゃんたち来てるよ」

　とは、まだこの世界に入って三カ月目の、本職ピアノ教師の女でございます。

まるで花束のなかのような店内はほぼ満席で、見れば、奥のボックス席では喜久雄と弁天が、素子《もとこ》ママを挟んで何やら大口開けて笑っておりまして、

「もうちょい上品に飲みぃな」

　飛び込むように徳次が合流すれば、

「今、ちょうど徳ちゃんのお嫁さんの話してたのよ」

　とは徳次贔屓の素子ママ。これまで事あるごとに四十を超えてもずっと独り身である徳次を心配しておりまして、

「店の子なら誰でも好きな子、連れてっていいから。みんな徳ちゃん贔屓なんだし」

　とは太っ腹なことでございます。

「なんや、ママ。また、徳次だけ特別扱いするんか」

　そこへ口を挟んできたのは弁天で、

「……夜の街での徳次人気は、ほんまによう理解できんわ。こいつのどこをどう見たら、俺やここにおる天下の二枚目の半二郎よりええ男に見えんねん？」

　と首を傾げますと、

「それをうまく言えないいんじゃない」

とはママ。

「なんや、褒《ほ》めるんやったら、もうちょっと具体的に褒めてえな」

当の徳次も肩透かしでございます。

実際、夜の街での徳次人気、若いころからのことでありまして、銀座だろうが祇園だろうが中洲《なかす》だろうが、いろんな男たちを見てきている夜の女たちの目には、徳次が違って見えるようで、もちろん徳次が夜の街で真面目に遊んでいるわけもなく、あっちへふらふら、こっちへふらふらなのですが、そんな女との遊び方にもまた、彼女たちは好感を持つという、何しろ得な男なのでございます。

さて、賑《にぎ》やかな一席に一段落つきますと、ふと思い出したらしい弁天が、

「あ、せやせや、今度、鶴若さんいう歌舞伎役者が、サバイバルズいうコンビのコント番組にレギュラー出演するらしいで」

鶴若という名に、一瞬、喜久雄と徳次の表情は硬くなりますが、他には事情を知る者もおらず、

「サバイバルズ。あたし、今一番好き」

と女の子たちは盛り上がります。

「ちょう待ってえな。鶴若て、姉川《あねかわ》鶴若さんかいな？」

鶴若とコント番組というのが、どうもうまく繋《つな》がらず、思わず口を挟んだ徳次に、

「せやで。仲ええの？」

とは、知らぬとはいえ、弁天も呑気《のんき》な物言いで、

「……俺も詳しゅうないんやけど、その鶴若さん、金に困ってるらしいな。都内のどこぞでビル買《こ》うたんはええけど、高い金利でその資金借りてしもたらしくて。ほんでも、これまでは一階と二階にスーパーが入っとったんで、その賃料だけでも大儲《もう》けやったらしいんやけど、そのスーパーがちょっとまえに潰れてもうて、次の借り手は見つからへん。賃料下げたら赤字になる。その上、今じゃ、そのビル自体の価値もダダ下がりで売るに売られへん。ほんなら、まあ、借金は焦げつき出すわなあ」

弁天がそこまで一気に喋《しゃべ》りますと、

「あ、この話。内緒やで」

と、ふたたび女の子たちとの猥談に戻ります。

その後もとりあえず賑やかに飲みました喜久雄と徳次は、これから深夜のラジオ番組があるという弁天とともに店を出ますと、酔い醒《ざ》ましに銀座の喧騒《けんそう》を逃れて、日比谷のほうへ歩き出したのですが、途中、自動販売機で煙草《たばこ》を買おうとした徳次が、ふとその手を止めまして、

「ええ気味やんな。鶴若さん」

思い起こすまでもなく、喜久雄が鶴若から受けた数限りない嫌がらせ、もちろん気持

ちは徳次と同じで喜久雄も思わず、

「嫌がらせが一番ひどかったころ、鶴若さんが衝突事故起こしたことあったろ」

「ああ、あったな。結局、電柱に自分でぶつけただけやったけど。最初、大事故やて伝わってきたもんな」

「あんとき、俺、とっさに『死ね』って思った。本気で『鶴若、死ね』って」

珍しい喜久雄の本音に、徳次は黙って頷《うなず》きますと、

「ほんま長いことかかったけど、坊ちゃん、とうとうあの鶴若に勝ったんやな」

「そうかな？」

喜久雄が尋ねれば、勝者が敗者を語るのは無粋とばかりに、

「坊ちゃん、そこでラーメン食うてこ。飲み過ぎて、ちょう腹減ったわ」

と、縄のれんの中華そば屋へ入っていきます。

しかし巡り合わせと申しますのは不思議なものでございます。喜久雄がこの鶴若に預《や》けられて間もないころ、明治座での『伽羅先代萩《めいぼくせんだいはぎ》』で、主役の政岡《まさおか》を万菊、相手役の八汐《しお》を鶴若が演じた舞台で、鶴若の血筋である鶴之助《つるのすけ》には台詞のある侍女、澄《すみ》の江《え》の役が与えられたのに対し、喜久雄には本来、大部屋俳優がやる腰元役が振られたことがありました。しかし、あれから月日が流れ、今月その明治座でかかっておりますのが、まさにその『伽羅先代萩』で、万菊がやった政岡を俊介が、鶴若がやった八汐を喜久雄が、

そして何よりあの鶴若が、

「どんな役でも舞台に立ちたい」

と自ら志願したらしく、なんと侍女の澄《すみ》の江《え》をやっているのでございます。

とはいえ、年功序列のこの世界、毎日舞台が始まるまえと終わりには、必ず喜久雄が鶴若の楽屋へ挨拶に出向きます。

「よろしくお願いします」

「ありがとうございました」

毎日、楽屋の入り口に膝《ひざ》をつき、深くお辞儀して繰り返されるこの挨拶に、鶴若はこれまで一度も返事をしてくれたことはございません。

さて、そのサバイバルズというお笑い芸人の番組が始まったのは、それからすぐのことでございました。

このサバイバルズ、目上の人に対する傍若無人な振る舞いが若者たちに受けているようで、ゴールデンタイムに放送された番組は初回からの高視聴率、普段ほとんどテレビを見ない喜久雄の耳にさえ、その評判が聞こえてくるのにそう時間はかからなかったのですが、さて、その聞こえてきた評判と申しますのが、

「さすがに見てらんないよ。あの鶴若さんが、頭にでっかいお釜かぶらされて、『女形《おやま》ピンク』なんて戦隊モノのパロディやらされてんだから」

ただ、そんなコントをやらされている鶴若自身は、さほど嫌がっている様子もないとの噂《うわさ》なのですが、本来の気位高い鶴若を知っている者には、それが本心とは俄《にわ》かには信じられず、となれば、お茶の間で自分を笑っている視聴者や、若い共演者たちに対して、借金返済のためとはいえ、その役者一流の演技で、楽しそうに見せているのかと思えばせつなさも極まってまいります。

実際に喜久雄がこの番組を見たのは、数日後のことで、先に聞いていたのでショックも少なく、と申せればよいのですが、その醜悪さ、喜久雄の想像をはるかに超えておりまして、コントとはいえ、あの鶴若が敵を倒しそこねたからと、若い共演者たちから折《せっ》檻《かん》を受けるのですが、バケツの水をかけられ、「宙乗り」と称してワイヤーで吊《つ》り上げられたかと思えば、三味線の音に乗ってグルグルと回されて、挙げ句、降ろされたところで目が回ったまま、あっちにフラフラ、こっちにフラフラと走らされているのでございます。

正直、これの何が面白いのか、喜久雄にはさっぱりですが、横で一緒に見ていた蝶吉にはたまらぬほどの面白さらしく、ケタケタと声を上げますので、

「どこがそんなに面白れえんだよ？」

さすがに喜久雄が呆れれば、叱られたとでも思ったのか無理に笑いを堪《こら》える始末。

それでも、これまで鶴若から受けた数々の仕打ちを思えば、悔しさ、腹立ち、恨みが

ないはずもなく、おそらく鶴若がこのような世間の笑い物になっている姿を自分の目で見れば、そんな気持ちも少しは晴れるかと思っていたのですが、なぜかこのとき喜久雄が感じましたのは、まるで自分がバケツの水を浴びせられ、ワイヤーに吊るされ、若い共演者たちに小突き回されているような気分でございました。

喜久雄が弁天に、ちょっと会えないかな、と連絡を取りましたのは、それからすぐのことでありまして、

「弁天に相談してみるよ。さすがに鶴若さんの、あの扱いは見るに忍びないよ」

と、そのわけを徳次にも話したのですが、

「そら、やめとったほうがええわ。坊ちゃんにそんなんされたら、鶴若さん、それこそ、バケツの水ぶっかけられるより惨めに思わはるわ」

返ってきたのは徳次のそんな言葉。とはいえ喜久雄の気持ちも収まらず、結局呼び出した弁天に話してみますと、

「確かに、あら酷《ひど》いわ」

と、気持ちは同じらしく、

「……簡単に言うたら、あいつらには鶴若さんに対する敬意がいっこもないねん。あの鶴若さんが、それこそ三つのころから小学校にも行かんと、舞台に立ってきはった人やいうことを知ろうともせえへん。……まあ、あんまり無礼な扱いはせんように、あいつ

らにも言うとくわ。……ほんでもな、喜久ちゃん」

そこでふいに声を落としました弁天が、

「……お笑い芸人が低う見られてるいうのもほんまの話やで。もちろん喜久ちゃんはそない思うてない。それは長い付き合いやから、ちゃんと分かる。でもな、歌舞伎役者が入れる場所に、お笑い芸人が入れへんいうこともあるんやで」

姉川鶴若は昭和五年（一九三〇年）に先代の四代目姉川鶴若と新橋の芸者のあいだに生まれた駿河屋《するがや》の次男坊で、生まれてすぐに先代が本宅に引き取ったそうでございます。先代と本妻のあいだには十歳になる長男がすでにおり、この長男はたいそう鶴若を可愛がってくれたそうですが、戦争が始まりますと、昭和十八年に出征した中国の地で、二十二歳の若い命を落とします。

鶴若が初舞台に立ちましたのは昭和八年三歳のころ、血筋は良かったのですが先代が病弱であったため、そのころ駿河屋は落ち目だったそうで、この初舞台は子役のなかでも目立たぬものだったそうであります。それでも戦中戦後をほぼ舞台の上で過ごし、人知れず芸を磨いて五代目鶴若を襲名したのが昭和三十年、がなり立てるような台詞回しに品はなく、「演技は臭く、踊りは愚鈍」と陰口を叩かれながらも、舞台では誰よりも大汗をかいての熱演を見せ、三十年以上のあいだ正統派の万菊に食らいつくようにして、この歌舞伎界を生き抜いてきた役者なのでございます。

ここ京都の南禅寺《なんぜんじ》は、天授庵《てんじゅあん》から見渡す紅葉が有名でありますが、実は今日のように粉雪の降るなか、じっと佇《たたず》んでおりますのもまた格別でございまして、しんしんと降り積もる雪と、漆黒の寺門とのコントラストはまさに山水画に迷い込んだごとく、雪道につく参観者の足跡までどこか浮世離れしております。

さて、この幽玄な雪景色のなかをのんびりと散策しているのが喜久雄でありまして、今月は師走《しわす》恒例の京都南座吉例顔見世興行に出演しているのですが、『源氏物語』大ヒットから長く続いた超過密スケジュールに、たまには一息という三友からの計らいもあり、今月の舞台は夜の部だけとなっており、逆に時間を持て余しまして、毎日のようにこうやって冬の京都を歩き回っているのでございます。

午前中に散策し、昼になれば、九条ネギたっぷりのあったかいそばを冷えた体に流し込んで南座へ向かう。もう何年も味わっていない、のんびりとした京都の冬でございます。たまにはと市駒にも声をかけまして、この日は南禅寺近くの店で、一緒に湯豆腐と揚げたての飛龍頭《ひろうす》の昼食を食べたのですが、銀杏《ぎんなん》と百合根《ゆりね》がたっぷり入ったこの飛龍頭は喜久雄の大好物で、これも考えてみれば、まだ十代だったころ、市駒とこの京都を遊び歩いていたときに覚えた味であります。

さて、この日、市駒と別れて南座の楽屋へ向かいますと、そんな呑気な喜久雄の様子

に、徳次がなぜか苛々《いらいら》しておりますので、その理由を尋ねれば、

「なんや、最近の坊ちゃん緊張感ないわ。南禅寺が綺麗《きれい》やったんと、飛龍頭が旨いいう話、もう三十分もしてるで」

とまず嘆きますので、

「それ、さっき市駒からも言われたよ。『なんや、うちらも年とったなあ』って」

と笑えば、

「さっき三友の人から聞いたんやけど、俊ぼん、今度は『土蜘《つちぐも》』を女形でやるいうて、今、寝る間も惜しんで準備してるらしいで」

ちなみに、この『土蜘』という演目、能の『土蜘蛛《つちぐも》』に倣って作られました舞踊劇で、主人公は、英雄源《みなもとの》頼光《らいこう》に襲いかかって日本を魔界にしようと企《たくら》む妖怪、土蜘の精でありまして、両手から白い糸をシュシュッと繰り出して敵を搦《から》め捕ろうとする立ち回りは派手で、悪のオーラを湛《たた》えるような迫力のある芝居でございます。

さて、その主人公、比叡山《ひえいざん》の僧智籌《ちちゅう》に化けた実は土蜘の精を、なんと俊介が女形に変えて演じるというのでございます。

「そりゃ、見たいな」

思わず口にしてしまった喜久雄、その呑気さを改めて徳次に咎《とが》められますが、

「……でも、どういう風に変えるんだろうな」

と興奮気味に尋ねれば、

「比叡山の坊さんを尼僧に変えて、『女蜘《おんなぐも》』にするらしいわ」

と徳次もまんざらではない様子で、自分も思わず、「早《はよ》う、見てみたいわ」と言いかけまして、

「……せやから坊ちゃん、ええか、今みたいにのんびりしてると、あっちゅーまに俊ぼんに差つけられるで」

と念押しでございます。

とはいえ、もちろん喜久雄もまさか『鷺娘《さぎむすめ》』からの一連の舞台の成功に、役者として満足しているわけもなく、もっと高みを、もっと先を、と貪欲《どんよく》に願っているのは俊介と変わりないのでありますが、できればその高みや先を新作にではなく、古典から探したいと思っておりまして、また、この思いはすでにパリのオペラ座で『鷺娘』を舞っていたころからあったもので、実はこっそりと、あの『阿古屋《あこや》』をやってやろうと、自分なりに努力もしているのでございます。

この『阿古屋』、正式には『壇浦兜軍記《だんのうらかぶとぐんき》』「阿古屋琴責《ことぜめ》」と申します。

剛勇で知られた平家の残党、景清《かげきよ》の行方を追う源氏。禁裏守護《きんりしゅご》に任じられた畠山重忠《はたけやましげただ》は、景清の愛人でその子を身籠《みごも》っている五条坂の遊女、阿古屋を呼び出し、「失踪した恋人の居場所を言え」と取り調べるのでございます。

捕手《とりて》たちに囲まれた阿古屋は、満艦飾《まんかんしょく》に着飾った豪華絢爛な花魁《おいらん》姿。縄縛《なわしばり》、水責めも厭《いと》わぬという詮議《せんぎ》に、それでも阿古屋は、知らぬものは白状しようがないと突っぱねるのでございますが、この拷問に用いられるのが、琴、三味線、胡弓《こきゅう》の三種の楽器。それぞれを阿古屋に弾かせ歌わせながら、その音色に出るはずの曇りを以《もっ》て、阿古屋の嘘《うそ》を暴こうとする華麗かつ艶《あで》やかな裁判劇でございます。

この阿古屋を完璧な形で演じようと、喜久雄はこっそりと胡弓の稽古に励んでおりまして、三味線や琴は十代のころから師匠のもとに通っているのですが、それでもさらに足らぬのが、この『阿古屋』。幸い、三味線、琴と弦和楽器の素地がございますので、師匠からも筋はいいと褒められているのですが、この七十を超える古典胡弓の師匠がまた完璧主義者でございまして、入門したその日にまず約束させられましたのが、

「三代目さんがうちにいらっしゃったってことは、『阿古屋』でございましょう。ようございます。私が一から教えて差し上げましょう。ただ一つ、条件がございます。この私が『よし』と言わないうちは、決して『阿古屋』の舞台に立たないでいただきたい。それでよければ、不肖青野《あおの》みつゑがこの命かけてお教えしましょう」

さて、喜久雄がそんな地道な稽古を続けておりますうちに年が明け、華やかだった時代にバブル経済という呼称が正式につけられたころ、俊介が準備しておりました新作『女蜘』が、いよいよ京都南座で初お目見えの運びとなりました。

その際、三友との話し合いのなか、この『女蜘《おんなぐも》』を成功させた暁には、息子の一豊とともに同時襲名の準備に入らないかという打診があったそうでございます。

俊介もすでに四十代、いくら愛着があるとはいえ、いつまでも「半弥」を名乗っているわけにも行かず、かといって「半二郎」を喜久雄から奪うわけにもいかない。となれば覚悟を決めて半弥を一豊に譲り、己が名乗るのは時期尚早なれど丹波屋の大名跡《みようせき》「白虎」でございます。


京都南座のエントランス、その傍らでぶ厚い絨毯《じゆうたん》から一歩退きまして、ご贔屓筋の来場を恭《うやうや》しく迎えておりますのは、すっかり白髪となった髪を短く揃え、薄い柿色に梅の花を染めた訪問着に、白刺繍の帯をきりっとしめた幸子でございまして、その立ち姿の美しさが、最近では劇場でのちょっとした名物になっており、先ほどから本人は遠慮するのでありますが、客たちがひっきりなしに一緒に写真を撮ってくれと近寄ってまいります。もちろん横には春江もおりまして、その美しさ、女ざかりではありますが、多くの女性客たちの目には還暦を超えて尚《なお》、凛《りん》とした幸子のほうが断然人気でございます。

賑やかなグループ客との撮影を終えたころ、可愛らしい二人の舞妓を連れて入ってくる旦那を見つけました幸子、慌てて春江を引っ張って向かいますと、

「いやー、西嶋《にしじま》さん、今回はほんまにお世話になってます。なんや、今日もまた楽しそ

うな宴会に呼んでもろてるいうて、半弥も楽しみにしてますわ」

幸子が声をかけましたこの西嶋という男、居酒屋チェーンを全国展開しておりまして、昨今の遊び慣れていない新興企業の社長たちとは違い、遊ぶとなりますと、役者たちはもちろん、祇園中の芸妓舞妓をあげての大宴会となるお大尽でございます。

「今回の南座は丹波屋さんが初役《はつやく》だってんで、東京から駆けつけたのはいいけど、今夜は祇園で大宴会、明日からはみんなを連れて城崎《きのさき》温泉だってんだから、いつ東京に戻れるか」

呵々《かか》と響く西嶋の笑いのまた景気の良いこと。この西嶋たちを席まで送り届けた春江が戻りまして、

「さっき、楽屋の方に西嶋さんとこの方が見えて、初役のお祝い頂いたそうですわ」

と報告しますので、

「なんぼ？」

と思わず幸子が尋ねますと、春江も素知らぬ顔で他の来場客に会釈しながら、その指を一本立ててみせます。

「春江ちゃん、あんたも明日からの城崎、ちょっと顔出してきたほうがええな」

「ええ。祇園の井政の女将《おかみ》さんもご一緒らしいんで、ちょっと聞いてみますわ」

「襲名となったら、西嶋さんにもなんやかんやお願いごとせんならんしな」

ふと自分の口から出た襲名という言葉に、思わず、

「あ」

と声を漏らしました幸子、これまでは襲名の話を耳にしながらも、なんとなくその話題を避けていた自分も、結局心の隅ではもう準備を始めていたのかと、その習性といいましょうか、本能のようなものに、自分で呆れます。

と言いますのも、襲名という言葉で幸子に思い出されますのは、なんといっても夫の二代目半二郎が白虎を、そして当時東一郎だった喜久雄が三代目半二郎を継いだあの日々で、当時の喜びを今度は春江に味わわせてやれるのかと思えば楽しみでもあるのですが、同時にあの苦労もまたと思えば、さすがに姑《しゅうとめ》としても忍びなく、そしてなによりあの襲名初日の口上の席で、血を吐いて倒れた白虎の姿ばかりが浮かんでくるのでございます。

実際、三友から二代同時襲名の話があったと俊介から聞かされたとき、幸子はつい、

「そない急がんでも」

と口を挟んでしまったのですが、きょとんとする俊介に、これという理由も告げられませんので、

「いや、なんとなくやけど……」

そう応えながらも、心のなかでは「なんや嫌な予感しかせえへんねん」というのが正

直なところで、このまえの襲名を機に起こったのが、白虎の死、そして喜久雄の不運の連続だったとすれば尚、それを口にできないのでございます。

「春江ちゃん、うちな、今度の襲名まえに勝光寺《しょうこうじ》さんで滝行やろう思うて、今からお風呂で水浴びして稽古してんねん」

幸子がそう口にしますと、

「お滝行？」

と驚いた春江も、

「せやったら、うちもお供しますわ。もうやれることはなんでもやっとかな」

今夜にでも風呂で水浴びの稽古をしそうな勢いの春江ですが、そこに響くのは開演五分まえを知らせるブザー。幸子と春江も席へと急ぎます。

「ほな、行こか」

紫衣《しえ》を纏《まと》う俊介、女の命でありますす髪を剃《そ》り落とした尼僧がその頭にかぶりますのは純白の帽子《もうす》。長い数珠を手に楽屋を出ながら、気になるのは今夜も後見《こうけん》で舞台に出ます源吉のことでございます。

「源さん、水いらんか？　喉《のど》、湿らせてたほうが咳《せき》出ぇへんで」

そう声をかけた俊介に、

「どんなに老いぼれても、舞台で咳なんかしますかいな」

とは頼もしい源吉ですが、数カ月まえ大腸癌《がん》の手術を無事に終えたとはいえ、すでに七十の高齢、袖から出たその手は病状を物語っております。

舞台はすでに開いており、場面は病床にある源頼光《みなもとのらいこう》の屋敷で、秋の夜長を過ごした朝帰りのこと、露に濡れた萩《はぎ》を眺めているうちに悪寒が走り、以来、薬も祈禱《きとう》も効き目がなくなり、そこへ朝廷からの薬を持って現れたのが侍女の胡蝶《こちょう》。頼光の求めに応じ、紅葉の名所の様子を上品に舞い描きますと俄かに苦しみだす頼光。見れば、暗闇に一人の尼僧。音もなく現れたこの女こそが、俊介演じる土蜘《つちぐも》の化身でございます。

この尼僧が祈禱のために頼光に近づきますと、灯火に映る怪しい影が人間のものではございません。それを太刀持《たちもち》が見咎《みとが》めたとたん、灯火が消え、自分が土蜘の精だとほのめかした尼僧、頼光に蜘蛛の糸を投げかけて襲いかかります。

その後、舞台は家宝の名刀膝丸《ひざまる》を抜いた頼光と尼僧との大立ち回り、ひとまず尼僧は闇に姿を消すのでございますが、

「源さん、大丈夫か？」

舞台袖に駆け込みましたとたん、肩で息をしながら俊介が尋ねましたのは、大立ち回りの際、舞台端でふらついた源吉であります。

「ちょっと足が絡まっただけや」

と短く言葉を交わしながらも、尼僧姿から土蜘の精への早変わり支度。袈裟《けさ》を脱ぎ捨て、薄暗い舞台裏の鏡に向かえば、ハア、ハアと背中を波打たせて、妖怪を表す茶色の隈《くま》取《ど》りを描き、すぐに立ち上がって衣裳《いしよう》を羽織りながら、手のひらに千筋の白糸を仕込みます。

「行くで！」

準備万端整いまして、俊介が舞台へ向かおうとしたそのときでございます。

あい引きを持ち、先に駆け出した源吉の姿が、ふっと俊介の視界から消え、

「あ」

と俊介が声を漏らしたときにはすでに、床に倒れた源吉を踏みそうになっておりました。慌ててしゃがもうとするのですが、衣裳が邪魔して膝が曲がらず、

「源さん、源さん！」

と思わず叫んだ俊介に、

「舞台や！　俊ぼん、はよ！」

と見上げる源吉の顔には滴るような脂汗《あぶらあせ》。

「源さん……」

「ええから、はよ行き！」

ふたたび怒鳴られ、狼狽《うろた》える俊介の背中を弟子たちが強く押します。

「わ、分かった。行ってくる」

舞台へ戻り、土蜘《つちぐも》の精の住処《すみか》である古塚に隠れますと、出番を待つあいだも、血の気の引いていた源吉のことを忘れられるわけもなく、いつになく出番までが長く感じられ、あと少し、あと少し、と焦るあいだに、なぜか浮かんできますのは、父白虎のころから身内の宴会といえば、決まって源吉が披露して俊介たちを笑わせていた裸踊り。両手に扇子を持ちまして、口三味線で舞いながら急所を隠すその姿。丹波屋一門勢揃《せいぞろ》いの宴会では、いつも誰よりもその場を沸かしていた若き源吉の姿なのでございます。

そこへ土蜘退治を命じられた四天王がついに住処を見つけたという出の合図。

俊介は布一枚で仕切られた古塚のなか、心で唸って顔を歪《ゆが》ませ、異形《いぎょう》の化け物となりますと、凄《すさ》まじい勢いで舞台に飛び出ます。

高々と名乗りを上げる女蜘。日本全国を魔界にしようと、その手始めに襲ったのが源《みなもとの》頼光《らいこう》。女蜘は千筋の蜘蛛糸を繰り出して四天王を惑わせ、苦しめ、まさに舞台を魔界へと変えながら、のたうちまわるような激しい立ち回りを見せたあと、最後は力尽き、四天王の刃《やいば》に、ついに斬り伏せられます。

幕が下り、俊介が楽屋へ駆けもどりますと、源吉はすでに春江の付き添いで病院に運ばれたとのこと。そう伝える幸子が、

「源さんには少し休んでもらわんとあかんな」

「休んでもらうて、どういうことや？」

珍しく食ってかかりました俊介に、幸子も驚きながら、

「あの年で大立ち回りの後見は無茶やろ」

諭《さと》すように言いますが、俊介に納得する様子はなく、

「今度の襲名で、俺と一豊と一緒に源さんにも幹部役者になってもらおう思うてる。三友は俺が説得する。源さんは、親父《おやじ》の代から五十年以上も丹波屋のために生きてきた人や。もし三友に反対する奴《やつ》がおったら、刺し違えるつもりで交渉するわ」

俊介のように生まれたときから幹部役者である者と、それを五十年じっと支える者がいて初めて、歌舞伎の幕は上がるのでございます。

「せやな。襲名の口上の席には、源さんに並んでもろうて、立派に幹部昇進の挨拶してもらお」

幸子の言葉に、やっと素直に頷く俊介であります。

病院の春江から電話が入ったのは、それから一時間後のことで、とりあえず命に別状はなし、病後間もないこともあり、とにかく安静を命じられたとのことでございました。

楽屋の風呂を出てきて、その報を聞きました俊介は、ほっとしてバスタオル一枚で座布団にドカンと座り込みますと、しきりと足の甲をもみ始めます。

「どないしたん？」

気になって声をかけました幸子に、

「なんでもないねん。なんや知らん風呂入っても、足先だけすぐ冷えんねん」

「もっとゆっくり浸《つ》かったらええのに」

「せやかて、このあと西嶋さんとこの宴会あるし。せや、西嶋さんにも、源さんの幹部昇進の話しとくわ。喜びはるで、あの人、源さん贔屓やから」

鏡に映る自分の火照った顔を見つめながら、今度の襲名披露で舞台の下座に列席し、恐縮しながらも誇らしく、立派に挨拶する源吉の姿がすでに見えてくるような俊介でございます。

第十五章　韃靼《だったん》の夢

タクシーの窓を叩《たた》きますのは冬の雨でございます。築地市場の手前で車を降りました喜久雄は雨傘を差しますと、着物の裾が濡《ぬ》れないように少し持ち上げ、竹野に呼ばれている料亭「新喜楽」へ急ぎます。水たまりを飛び越えたそのとき、

「おい、喜久ちゃん」

とかかった声に振り返れば、やはり着物の裾をちょいとつまんだ伊藤京之助《いとうきょうのすけ》がガニ股で水たまりを越えてまいります。

「兄さんも今ですか？」

水たまりを並んで越えながら尋ねる喜久雄に、

「雨の日に着物なんて面倒くせえなあ」

二人が着ておりますお召《めし》一《ひと》つ紋付《もんつき》の肩や裾も、すでにずぶ濡れでございます。

さて、初登場となりますこの伊藤京之助ですが、吾妻千五郎と並んで江戸歌舞伎の双璧をなす伊藤京四郎《きょうしろう》の長男で、喜久雄よりも七つほど年長の、人気二枚目の立役《たちやく》役者でございまして、普段、千五郎劇団の舞台に出ることの多い喜久雄とは、これまでほとんど共演する機会もなかったのでありますが、もちろん同じ釜の飯を食う同時代の役者同士、気心知れた付き合いであります。

「喜久ちゃん、今日の宴会、誰がいるんだっけ？」

見つめられるとヒヤリとするような二枚目ながら、どこか抜けたところがありまして、おまけに大阪でいうところのゲラ。舞台で一旦《いったん》笑いが込み上げてきますと、太腿《ふともも》をつねろうが、舌を噛《か》もうが堪《こら》えきれず、当然先輩役者にはそのたびに楽屋で叱責《しっせき》されるのですが、喜久雄たちのような後輩役者たちには、笑いを堪えて舞台で体を震わせている京之助の姿がなんとも愛らしく、妙な人気がございます。

「竹野の接待で、矢口《やぐち》建設の若社長たちと食事ですよ」

喜久雄が教えますと、

「あ、そうだそうだ。あの若社長たちだ」

料亭に着きますと、出迎えた女将《おかみ》が泥に汚れた二人の足袋《たび》を見まして、「あらあら大変」と、早速新品の白足袋を用意してくれます。

さて、この夜、料亭の座敷に揃《そろ》いましたのは、今や三友の最年少取締役に収まっております竹野を筆頭に、伊藤京之助と喜久雄、そこに矢口建設の若社長夫妻と三人の部下たちでございます。

　この矢口建設、戦前から続く大手ゼネコンでありますが、未《いま》だに非上場の同族会社、この若社長もまた徹底的に帝王学を叩き込まれた粋な旦那衆の一人であります。

「私が歌舞伎好きになったのは、女房に連れられていったのが最初ですからね」

　若社長と言いましても、すでに五十代半ば、その妻もまた同年代ではありますが、楚々《そそ》として華やかなことは、座敷に居並ぶ芸者衆も見とれるほど。

　若社長の言葉を受けた竹野が、

「そういえば、先月だったか、来日した女優のナターシャ・ポートを招いて、奥様がフランス大使館で開かれた歓迎のパーティー。あれに京之助さんも呼んでもらったんですって？」

　と話を向けますと、

「私が開いたんじゃないんですよ。ここ何年か箱根の美術館をフランス大使館と共同でやってますでしょ。その関係で声をかけてもらっただけで」

「雰囲気の良いパーティーでしたよ。ありゃ、奥様のお人柄ですね。私が中庭の芝生に即席の舞台作って、ちょっと踊ったんですけど。みなさん喜んでくれましてね」

　場馴《ばな》れた京之助のお愛想に、今度は若社長が茶化すように口を挟み、

「とにかく、うちのは若いころから大の京之助さん贔屓《びいき》でしょ。あのパーティーだって京之助さんが来てくれないんだったら、あそこまで張り切ったかどうか」

「また、そんなこと言って……」

年甲斐《としがい》もなく顔を赤らめる夫人を救うように立ち上がりました幇間《ほうかん》が、

「この辺りでお座敷遊びでも。今日は新橋の有名どころが勢ぞろいですからね」

「よし、じゃ、私が先陣切りましょうかね。京之助さんや三代目にこういうことやらせると、とにかく場が白けるんですよ」

と受けた竹野が芸者相手に「とら、とら、と〜ら、とら」のお遊びでございます。

さて、このお座敷遊びの通称「虎々《とらとら》」、元は近松門左衛門《ちかまつもんざえもん》が人形浄瑠璃《じょうるり》のために書き、その後、歌舞伎演目ともなりました『国性爺合戦《こくせんやかっせん》』からきた遊びでございまして、ルールは簡単、屏風《びょうぶ》の裏に隠れた二人が「とら、とら、と〜ら、とら」のかけ声とともに、武人か、おばあさんか、虎のどれかになって出てくるのですが、その際じゃんけんの要領で、勝ち負けを決めます。

実はこれらが『国性爺合戦』の登場人物たちでありまして、簡単にその筋を説明すれば、明《ミン》国の遺臣《いしん》を父とし、日本人を母とする熱血漢の和藤内《わとうない》が中国に渡り、明国再興のために奮闘する物語。実在する英雄、鄭成功《ていせいこう》をモデルとした、エキゾチックでスケールの大きな演目でございます。

このなかに千里《せんり》が竹の虎退治という場面がありまして、明国に上陸した和藤内が竹やぶで人喰《く》い虎に出会い、怪力に任せて退治しますと、その虎の背に老母をのせて獅子《しし》ケ城《じょう》を目指すのですが、ここから生まれた遊びが「虎々」。老母は虎には勝てず、しかし和藤内は虎より強く、老母はその和藤内に勝るのでございます。

若社長たちも含め、ほろ酔いの勢いで一通りこの遊びを終えますと、

「あー、楽しい。女房が伊藤京之助。俺が三代目半二郎。夫婦が一番贔屓にしてる役者衆と、こうやってバカやれるんだから、ほんと贅沢《ぜいたく》な晩だよ」

江戸切子のおちょこに注《つ》いだ冷酒をくいっと呷《あお》る若社長でありますが、この晩、これだけの面子《メンツ》が揃いましたのは、もちろんお座敷遊びのためではございません。発端は竹野と若社長の酒の席での話からだったのですが、レーザーディスクなど性能の良い映像技術が開発された昨今、喜久雄たちが活躍する現代歌舞伎を、一流の制作スタッフを雇い、きちんとした形で後世に残そうじゃないかと盛り上がったのでございます。

そして、その際、若社長の口から出ましたのが、まず一作目は自身が大好きな『国性爺合戦』を、伊藤京之助の和藤内、半二郎の錦祥女《きんしょうじょ》で見たいというリクエストでございました。

「いやー、ほんまにこんな年の瀬まで申しわけないわ。お正月も、みなさん、実家には

戻られへんなあ」

テレビの撮影クルーを後部座席に乗せまして、颯爽《さっそう》とハンドルを握るのは春江でございます。この撮影隊、いよいよ来年の秋に迫った俊介と一豊の二代同時襲名披露を盛り上げるためのドキュメント番組で、ほぼ一年丹波屋に密着という大プロジェクトであります。

もちろんハンドルを握りながら若いスタッフの帰省の心配をする春江の横顔もカメラに収められておりまして、

「ほんまに毎年の恒例行事とはいえ、明日が大晦日《おおみそか》いうときにバスケットの親善試合なんてなあ」

とこぼす春江に、

「一豊くん、レギュラーなんですか?」

とは若いディレクター。

「今年からな」

「ところで、これ、女将さんたちが着るんですか?」

「せやねん。チームメイトのお母さんらとお揃いで作ったジャンパー。派手すぎる言うて、息子らには不評買っててんねんけどな」

若い女性ディレクターが広げたピンク色のスタジャンはたしかに派手で、車内に笑い声が起こります。

「……役者はなんしか怪我《けが》だけは注意せなあかんでしょ？　せやから一豊がバスケットやりたい言い出したときは夫婦でどうしたもんか困ったんやけど、学校卒業して役者になったら、そんな機会もなくなるんやからって、お父ちゃんがな」

「一豊くん、良い息子さんですよね」

「そう？　ほんでも、ええ子過ぎて、なんや逆に心配してますねん。学校も稽古も真面目に通うには通うてんのやけど、楽しいんやらつまらんのやら、いっこも顔にも言葉にも出しませんやろ」

「今どきの子なんですよ」

「せやったらええんやけど……。ほんまに自分から『これやりたい』言うたんは、このバスケットくらいやわ」

　車が高校に到着しますと、すでに試合が始まる時刻、ピンク色のスタジャンを羽織りました春江はすぐに体育館へ駆け出し、その後ろ姿をすかさずカメラが追います。

　この襲名記念の密着ドキュメント番組、当初はもちろん、来年白虎を襲名する俊介と、これまでの花井虎助《とらすけ》から半弥になる一豊をメインにした番組だったのですが、ディレクターが女性だったこともあり、いざ密着を始めてみますと、とにかく忙しくあちこちを駆け回る春江と、それを要領よく指示している幸子という女二人の舞台裏のほうが面白くなりまして、最近ではこの二人ばかりをカメラが追っております。

この日も春江は体育館の応援席に、チームメイトの母親たちとポンポンを持って並べば、練習してきたというチアダンスを披露しまして、フォトジェニックなところを見せたのですが、試合後に撮影隊が当の一豊にカメラを向けたところ、

「恥ずかしいですよ。シュート打とうとするたびにお母さんたちが目に入って動揺するし。あんなの、敵チームの応援ですよ」

と憎まれ口ながらも、その紅潮した白い肌に浮かぶ笑みは、愛情たっぷりに育てられた梨園《りえん》の息子の理想的な笑顔でございます。

撮影はその後も大晦日、元旦と続く予定で、以前、万菊が暮らしていた土地に建てた新居で迎える名家丹波屋の正月を映像におさめます。

さて、俊介が無理をして建てましたこの新居、さほど大きなものではございませんが、数奇屋《すきや》造りのその姿、どことなく大阪にあった懐かしい屋敷に似ております。

この台所で、大女将幸子の陣頭指揮のもと、カメラのまえで関西風おせちの最終工程に忙しくしておりますのは、春江を筆頭に、丹波屋のお勝手の生き字引であるお勢、そこに弟子の半之《はんの》、半祐《はんゆう》、半政《はんせい》の女房たちまで集まりまして、

「女将さん、床の間の掛け軸、あれでよかったか見て下さいね」

「女将さん、このお椀《わん》でいいんでしょ？」

と丹波屋の女衆勢揃いでかしましく、

「掛け軸はあれでオーケー。そのお椀やなくて、お正月用のが二階にあるわ」

と指揮する春江の手際もあっぱれでございます。

さて、この慌ただしさのまま迎えました元旦、東京の空は真っ青に晴れ渡り、例年になく暖かな陽気であります。

濃紺のお召一つ紋付に正装しました俊介、一豊と共にカメラのまえで訪問客たちを迎えますのは、めでたい絞りの着物姿の春江と、ここ最近、家では紬《つむぎ》を好む幸子でございまして、

「あけましておめでとうございます」

朝から次々とやってくる正装した弟子たちをにこやかに迎え入れれば、丹波屋の恒例で、一門、稽古場に集まりまして、まずは当主俊介から年始の挨拶《あいさつ》でございます。

「みなさん、おめでとうございます。いよいよ襲名の年を迎えました。とにかくみんなで心を一つにして、精進してやっていきましょ。私は五代目花井白虎襲名というものを、そしてみなさんもそれぞれの思いを持って、今年一年が心に残るように」

格式のなかにも家庭的な雰囲気のある挨拶が終われば、一豊を先頭に一人一人が俊介のまえに出て、祝いの屠蘇《とそ》を受け、横におります春江からは、「無駄遣いしたらダメやで」という注意付きのお年玉でございます。さてこの少し堅苦しい行事が終わりますこ

ろには、一門以外の客人たちもちらほら現れ、座敷に出された卓には華やかなおせちが並び、振る舞われますのは幸子自慢の西京白みその雑煮であります。入れ替わり立ち替わりの賑《にぎ》やかな宴席に、座敷に繋《つな》ぎ並べた卓は四つ。

「源吉さん、来たで」

という嬉《うれ》しい声。俊介が玄関に飛び出せば、妻に支えられ、入院先の病院から駆けつけた源吉が、

「俊ぼん、お年玉もらいにきたで」

源吉の声が座敷にも届いたのか、どっと笑い声が沸いております。

丹波屋一門が揃った新年会もたけなわ、酒や料理を忙しく運んでおりました女たちも、台所の一角に陣取りましての小休止、

「恵美《えみ》ちゃん、それあとでええわ。ちょっと座って、うちらも乾杯しよ」

からすみを男たちの座敷へ運ぼうとする俊介の付き人を引き止めまして、春江が冷蔵庫から出したのは冷えた缶ビール。小さなグラスを女たちの分だけ並べますと、

「今年はいよいよ襲名です。ほんまにみなさんだけが頼り。うちが周り見えんようになって眉間《みけん》に皺《しわ》寄せとったり、物言いが荒《あろ》うなったりしたら、遠慮のう注意して下さいね。なんしか、ほんま今年一年、よろしゅうお願い申し上げます」

乾杯を終え、グラスのビールをみんながくいっと飲み干しますと、

「女将さん、お勝手に野田さん見えてます」

と半祐が呼びにきますので、春江が面倒臭そうに立ち上がれば、テレビカメラもついて来ようといたしますので、

「あ、ごめんやけど、ここは映さんといて」

これまでにない冷たい春江の表情に、思わずテレビクルーの足も止まります。

一人、春江が勝手口に向かえば、一応一張羅らしい背広を着た野田が、「新年の挨拶に」と遠慮がちに立っております。

「今、お客さんら来てるから、明日にでも出直してえな」

春江の一言に、俯《うつむ》く野田ですが、

「正月くらいええやないか」

そのとき背後に聞こえたのは俊介の声で、これから弟子たちを連れて、先輩役者の家々へ挨拶に行くらしく、

「……野田さん、上がってえな。あいにく僕ら出かけますけど、座敷に料理も酒もありますから、ゆっくりしてって下さい」

との言葉に、野田は春江の視線を気にしつつも上がり込みまして、廊下の端を歩いて座敷へ向かいます。

「なあ春江、育ての親やないか。正月くらい……」

「うちは、あの人を親なんて思うたことといっぺんもないわ」

思わず声を荒らげる春江でございます。

あれは長男の豊生を自らの腕のなかで失ってからというもの、すっかり生きる気力を無くした俊介が、いよいよ春江一人では手に負えなくなったころのことでございます。

薬物に手を出しまして、それこそ廃人となりかけておりました俊介を、世間から隠すように必死に世話していたのですが、ひどいときには糞尿《ふんにょう》を垂れ流すその状況に、いよいよ救いを求めて連絡したのが、故郷長崎の母でございました。

なにはともあれ、どうにか歩けるような状態の俊介を連れて、その実家に帰ってみれば、この野田が母とよりを戻していたのでございます。

元々、春江は父親を知らずに生まれた子ですが、三歳のころ、この野田が母親と所帯を持ちまして、春江が小学校の五年生になるまで共に暮らしておりました。

ただ、とうぜんこの野田との生活に、いい思い出など一つもなく、ないどころか酒に酔っては母や自分を殴り蹴り、あるときなど母とともにドブ川に投げ入れられたことさえございます。

そのせいで、小学生のころは生傷が絶えず、「赤チン」というあだ名で苛《いじ》め抜かれ、中学になって喜久雄というヤクザの息子と知り合ったことでやっと、自分が呼吸をしていたのだと気づくような、そんな人生でございました。

　そのすべての元凶が野田なのでございます。

　その上、俊介を連れ帰ったときに再会しました野田は、すっかり老いさらばえておりまして、長年の不摂生がたたって肝臓を悪くし、胃はすでに半分切除したあと、母のヒモのような暮らしぶりは、以前とまったく同じでございます。

　それでも暴れようとする俊介を押さえつけるときの男手として重宝したのはたしかで、また偽名を使って闇医者の治療を受けさせる手はずを整えてくれたのも、この野田だったのは間違いなく、忸怩《じくじ》たる思いはありながらも、春江はその助けを必要としたのであります。

　先輩役者の家へ出かける男たちを見送る春江の機嫌の悪さに気づきました俊介が、

「なんや、正月からきっつい顔して」

　と咎《とが》めますので、

「お父ちゃんが甘やかすから、あの人が調子に乗るんやないの」

「ほんでも、おまえかて、なんやかんやで見捨てられへんのやろ？」

　と盾突きますと、

「あんなん、どっかで早《はよ》う野垂れ死にしたらええねんて、いっつも思うてるわ」

「そない言うて、もう何年、うちに出入りさせてんねん」

「野良猫と一緒や。餌もらいにくるから、あげてるだけのこっちゃ」

「まあ、ええわ。あ、せや。長崎のお母さん、今年十三回忌ちゃう?」

「もう向こうのお寺さんに頼んだある」

「俺も行くで」

「ええわ。うち一人で」

「んなもん、ええことあるかいな。一豊も連れていかな」

表にタクシーが到着したらしく、半祐たちが呼びに参ります。

「ほなら、いってくるわ」

「うん、いってらっしゃい。あんまり飲んだらあかんよ。明日初日やし。襲名の年やで、気ぃ引き締めてや」

「へえへえ」

晴れ渡った冬空のせいもあるのか、呑気《のんき》に手を振って出ていく俊介の姿に、

「ええ正月やなあ」

ふと呟《つぶや》きました春江、なぜか浮かんでくるのは長崎の火葬場で母の骨を拾ったときの光景でございます。

あんた、弱い人やったわ。いっこも娘のことを助けてくれへんかった。男に甘えて捨てられて、娘に甘えて捨てられて。うちはあんたみたいには絶対ならへんで。

……なあ、お母ちゃん、うちら真冬に放り込まれたドブ川から、もう出られたんやろ

か？　あのドブ川、ほんまに冷たかったもんなあ？

〽仁ある君も用なき臣は　養う事能《あた》わず
　迷わで急ぐ誠の道　赤壁山《せきへきざん》の麓にて

稽古場に置かれたモニターから、腹に響くような太棹《ふとざお》の調べとともに響いております
のは、竹本が語る『国性爺合戦《こくせんやかっせん》』の浄瑠璃であります。

この映像は戦後再建された歌舞伎座で撮影されたもので、白黒の粗い映像ながら当時
の役者たちの漲《みなぎ》るような息づかいと熱が伝わってまいります。

この稽古場は数年まえから喜久雄が自宅の近所に借りているもので、元はエアロビク
ススタジオだったらしく、全面鏡張りという使い勝手のよい場所でございます。

「やっぱり、先々代の伊藤京之助ってすごいな」

思わず喜久雄が呟きましたのは、主人公である和藤内《わとうない》が花道へ登場したところで見せ
る見得《みえ》で、その血の気の多さといいますか、無鉄砲さといいますか、そういった性格を、
まさにこの登場の場だけではっきりと観客たちに伝えております。

ちなみにこの映像に映っております十一代目伊藤京之助といいますのは、今度この
『国性爺合戦』で喜久雄と共演することになっている十三代目伊藤京之助の祖父に当た
る人気役者で、『勧進帳《かんじんちょう》』の弁慶や『暫《しばらく》』の鎌倉権五郎景政《かまくらごんごろうかげまさ》など荒事《あらごと》の役を得意として

おりました。そしてこの『暫《しばらく》』の鎌倉権五郎こそ、喜久雄の実父である権五郎の名の由来。おそらく当時権五郎が見た『暫』でその役を演じていた役者こそ、この十一代目伊藤京之助なのでございましょう。

「楼門の場」を最後まで見終わりますと、

「しかし不思議な縁だよ。その孫の京之助兄さんと、今度は俺が『国性爺《こくせんや》』やるんだから」

独り言のつもりで呟いた喜久雄が顔を上げますと、鏡に徳次が映っております。普段、この手のビデオを最後まで付き合って見ることのない徳次ですので、喜久雄が珍しがれば、

「坊ちゃん、ちょっと話あんねん」

と、神妙な顔。どうやらそのために待っていたようでございます。

「何？　改まって」

思わずビデオのスイッチを切りました喜久雄、徳次のほうに向き直りますと、

「坊ちゃんの研究熱心にケチつけるつもりはないけどな、昨日まで舞台に立っとったいうのに、今日はもう昔のビデオ見て次の芝居の稽古て、ちょうやりすぎやで。一日くらい体休ませへんと、いつまでも二十代の体ちゃうねんから」

「無理に稽古休んだところで、芝居のことしか考えてないんだし。だったら素直に稽古

してたほうが体にいいよ」

と笑い飛ばしました喜久雄、

「……わざわざ待ってたの、そのため？」

と首を傾《かし》げれば、

「あ、せや。あんなぁ、俺、大陸行くわ。中国。特にあてあるわけちゃうねんけどな、なんや最近、妙に体がムズムズしてしょうがないねん。俺も、ここらでもういっちょ勝負に出たろか思うてんねん。坊ちゃんともいよいよ離れ離れやわ。まあ、二度と会われへんこともないしな。せやから、中国大陸でなんか商売でも始めて、大金持ちになった暁には、誰よりも立派な坊ちゃんのご贔屓さんになって、楽屋にペルシャ絨毯《じゅうたんこ》買うたるし、もっと成功したら坊ちゃん専用の劇場も作っ……、あれ？　これ、どっかで聞いたことあるな？」

と首をひねる徳次に、

「そう言って、昔、弁天と二人で北海道に行ったんだよ」

と呆《あき》れる喜久雄、しかしすぐ、徳次がこうやって口にするということは、散々考えた末のことであり、強い覚悟があることも知っておりますので、

「ちょ、ちょっと待ちなよ、徳ちゃん。大陸で商売って、そんな急に……」

と慌てるのでございます。

しな」
「大丈夫やて。行ったら行ったでなんとかなるわ。坊ちゃんのお陰で小銭も貯《た》まってる
「そんなん、この俺の貯金かて知れたもんやのに、徳ちゃんの貯金なんかもっと知れと
るわ」
「ほんま、坊ちゃんは金の話になると、大阪弁に戻るんやな」
「いやいや、冗談じゃすまされないって。いつから考えてたんだよ、そんなこと」
さらに慌てる喜久雄に、
「まあ、離れ離れになったって、俺《おい》と坊ちゃんの関係は変わらんたい」
と、とつぜん懐かしい徳次の長崎弁でございます。
「……俺みたいな根無し草が、こうやって一《ひと》っ所《ところ》に落ち着いておられたんも、ぜんぶ坊
ちゃんのお陰や。坊ちゃんのお陰で普通の人が見られんような景色、どんだけ見せても
ろたか。この俺が歌舞伎座の舞台で照明浴びてトンボ切ってるなんて、俺の子供のころ
知ってる誰が想像できるかいな。これまでの俺の人生はな、ほんまに坊ちゃんのお陰で
最高やってん。……ほんでもな、この徳次、この辺りでもう一勝負したなってん。根無
し草の習性や。それか、俺や母ちゃん捨てて大陸に渡ったまま音沙汰なしの親父《おやじ》の血ぃ
やろな」
何か言葉を返さなければならないのは分かっておりながら、何をどう言えば、自分の

気持ちが伝わるのか分からぬ喜久雄。ただ一言、自分にとってあなたは兄なのだと伝えられればいいのでしょうが、本当の兄弟がそんな言葉を交わさぬように、やはりそれが口から出てこないのでございます。

「ちょっと考えさせてくれよ。そんな急に言われても、舞台の段取りのこととか……」

言いながら、そんなことどうでもよいのは喜久雄にも分かっておりますが、とはいえこの場で、「分かった」とは受け入れられるはずもなく。

「俺も、さすがに明日出て行くとは言わへんわ。次の『国性爺合戦《こくせんやかっせん》』の舞台まできっちり勤めさせてもらうつもりでおる。なんしか、派手な立ち回りも多い舞台やし、俺の見せ場もあるやろ」

そう言いますと、ひょいと立ち上がりました徳次、その場でクルリとトンボを切ってみせ、

「……この年で、このキレやで。中国やろうが、どこやろうが、まだまだ通用するがな」

呵々《かか》と声を上げ、まるで飛び六方を披露する和藤内《わとうない》のごとく、稽古場をあとにしたのでございます。

さて、それから月日は流れまして、鳴り物入りで幕を上げた喜久雄と伊藤京之助の

『国性爺合戦《こくせんやかっせん》』も好評のなか、すでに中日を迎えております。

折しも本日は、例の「歌舞伎映像大全集」の収録日。五台のカメラが満員の観客とともに幕が開くのを待っております。

定式幕《じょうしきまく》の下ろされた舞台には、すでに威風堂々たる獅子《しし》ケ城《じょう》のセットが組まれておりまして、開幕三分まえ、まだあちこちを行き交う大道具や黒衣《くろご》の姿がございます。

この獅子ケ城の楼門の二階で開幕を待っておりますのが、鮮やかな朱門にも劣らぬ唐風の衣裳をつけました錦祥女《きんしょうじょ》の喜久雄で、左右に四人の侍女《じじょ》たちを侍《はべ》らせまして、唐風の団扇《うちわ》も雅《みやび》でございます。

この喜久雄の背後にしゃがみ込み、後見しておりますのが黒衣の徳次でして、慣れた手つきで錦祥女の乱れた裾を直しておりますと、

「徳ちゃん」

ふいに落ちてきました喜久雄の声に、

「なんや？」

立ち上がって顔を寄せれば、プンと立つ白粉《おしろい》の匂い。

「俺がいくら引き止めても行くんだろ？」

開演まであと一分、珍しく喜久雄が声をかけてまいります。

「せやな。行くと思うわ」

他の出演者たちに聞こえぬように囁《ささや》き合う二人の声を、錦祥女の髪飾りの音がシャランシャランとさらに隠します。

「この世界に入って、ずっと徳ちゃんだけ味方やったわ」

「分かってるて。もう幕開くで」

幕の向こうからは三代目花井半二郎の登場を待つ客たちの期待感が、波動のように伝わってまいります。

「出発の日は、綾乃や市駒も呼んで盛大に見送るから」

「いらんわ、そんなん。そんなん一番苦手やて坊ちゃんが一番知ってるやろ。いらんいらん。その代わり、約束してえな」

「約束って？」

幕開きを知らせる笛太鼓が、いよいよ黒御簾《くろみす》のなかで始まります。

振り返った喜久雄の頭で、髪飾りがシャリンと音を立て、

「坊ちゃんには芸の道を極めてほしい。日本一の女形になってほしい」

そう言って、徳次がポンと喜久雄の肩を叩き、

「……ほんで、俺はこれから大陸でもう一勝負や。あ、せや。なんや向こうに大きな河あったな？」

「大きな河？　長江《ちょうこう》か？」

「せや。その長江や。もし坊ちゃんが日本一の女形になれたら、俺がその長江に白粉でも流して真っ白にしたるわ。それが俺からのお祝いの合図や」

徳次の言葉に、思わず噴き出しました喜久雄、慌てて口を押さえますと、

「だったら、こっちからも約束がある。絶対に河を赤く染めるな」

そう真顔で伝えた喜久雄を、

「分かってるて。俺かて、もうそんな若《わこ》うないわ」

笛太鼓が高鳴りながら幕が開いたのはそのときで、まずは花道から伊藤京之助演じる和藤内《わとうない》が、盛大な拍手のなか駆け出してまいります。

さて、この『国性爺合戦《こくせんやかっせん》』には「紅流し《べにながし》」という有名な場面がございます。簡単に説明いたしますと、錦祥女《きんしょうじょ》が、夫である五常軍《ごじょうぐん》の将軍甘輝《かんき》を和藤内に味方するように説得できれば白粉を川に流して合図を送り、もしできなければ紅を流して知らせるというものなのですが、物語ではその説得は成功せず、両親への孝行と夫への忠義のはざまに立たされて自害しようとした錦祥女が、その血を川に流して知らせます。

さて、徳次が自身の言葉通り、誰にも知られぬように姿を消しましたのは、その月の舞台が無事に千穐楽《せんしゅうらく》を迎えた翌日のことでございました。

自分なりに準備は進めていたようで、借りていたアパートもきちんと引き払い、何も無くなったその部屋には、舞台裏を走り回って履き潰した雪駄《せった》だけが、一足残っていた

そうでございます。

「自分でお父ちゃんに、ちゃんと言わな」

春江が学生服の一豊を引き連れて入ってきましたのは明治座の楽屋でございます。昼の部と夜の部のあいだに遅い昼食をとっておりました俊介のまえに、二人揃ってなにやら畏《かしこ》まりますので、

「なんやねん？」

出前のカツ丼をかき込みながら俊介が尋ねれば、

「お父ちゃん、俺、やっぱり大学行くよ」

とは一豊で、そこにすかさず春江が、

「うちに言われたんやなくて、ちゃんと自分で決めたんやな？」

と念を押し、

「うん、そう」

と心細げながらも頷《うなず》きます。

「『うん、そう』て。まえから言うてるやろ。役者に学問なんかいらんいう時代でもないんやから、大学に行くのはかまへんで。ただ、おまえがなんぼ行きたい言うても、向こうさんから、どうぞ来てください言うてもらわへんと……」

「せやから、これから塾にも通うて、必死こいて勉強するんやろ？」

また口を出す春江のまえで、こちらもまた心細げに頷く一豊でございます。

春江の希望で、一豊には中学受験をさせまして、大学までエスカレーター式の私立の一貫校に通わせているのですが、この中学受験でかなり無理をさせてしまったこともあり、入学してからはさほど勉強勉強とうるさく言ってこなかったのがいけなかったのか、成績は常に下位で、その上、舞台にも出ますので出席日数もぎりぎり、さすがに大学は無理だろうと、担任教師との面談でも言われていたのでございます。

俊介としては、自分が行かなかった大学に息子を通わせたいとの気持ちは強く、

「大学には全国からいろんなとこの子が集まってくるやろ。せやから、一豊にはそこでぎょうさん友達作ってほしいねん。それが役者になったときの財産になんねんで」

と諭《さと》しているのですが、

「友達なんて、親友が一人いればいいんだよ」

などと生意気な口を叩きます。

カツ丼を食べ終わるころには、春江が持参した進学塾のパンフレットに一通り目を通しました俊介の、

「また、綾乃に勉強みてもろうたらどうや？　こういう塾は、舞台に出てる月なんか行かれへんから、また一人だけ置いてかれたら、なんぎやで」

との意見はもっともですが、

「綾乃ちゃんも今、就職活動で忙しいわ」

とは春江で、

「せや、綾乃ももう大学卒業やもんな」

「ついこないだまでは売り手市場やったのに、バブル弾《はじ》けて大変や言うてたわ。出版社に入りたいんやて」

「へえ。うちでも本ばっかり読んどったもんな。あれ、徳ちゃんの影響やで」

「たしかにな。ああ見えて、徳ちゃん、本の虫やったもんな。読み書き覚えたんが遅かったから読めるようになったら何読んでも面白《おもろ》い言うてなあ」

「ほんでも、一番好きなんはチャンチャンバラバラの時代もんやで。それこそ切った張ったの人情もん」

「せやったな。贔屓の登場人物が死んでしもうたりしたら、二、三日、本気で落ち込んどったもんな」

いつの間にか両親の会話が、徳次を懐かしむものになったのを機に、一豊が楽屋を出て行こうと立ち上がったところ、

「あれ、あんたらも来てたん？」

と暖簾《のれん》をくぐって来ましたのは幸子で、

「……なら、ちょうどよかったわ」

と一豊が立った座布団に座るなり、

「……あんた、襲名で『曽根崎心中《そねざきしんじゆう》』やるんやて？　まあ、気持ちは分からんでもないで。言うてみたら、お父ちゃんが交通事故で怪我して、その代役を喜久雄にして、そのせいであんたが家出てったようなもんや。その仕返しのつもりかなんかしらんけど……」

幸子の口調に遠慮がない分、逆に今の自分たちがそこから遠く離れた場所まで来られたのだという実感が不思議と湧いてくる俊介でございます。

「仕返しやないわ、その逆や。言うてみたら、あのお陰で俺の今があんねんから」

俊介の本心に、幸子もそれ以上は口を挟むつもりはないらしく、

「まあ、あんたがそない思うてるんやったらええけど。なんや、同時襲名やら『曽根崎心中』やらで、二十年まえのことばっかり思い出して、お母ちゃん、ほんまハラハラしてんねん」

ここ最近の幸子の取り越し苦労には、さすがに俊介も辟易《へきえき》しており、

「せや、お母ちゃんの幼馴染《おさななじ》みが、どこぞの出版社の社長になった言うてたやろ？　綾乃が出版社で働きたいんやて」

と話を変えますと、

「せやから綾乃ちゃんに紹介したるで言うたんやけど、あの子、そういうの嫌いやんか。ほら、あれいつやったか、あの子が好きなアメリカのバンドが来日したときも、それこそチケットなんて誰にでも頼めんのに、そういうの逆に気ぃ遣う言うて」

この辺りでいよいよ退屈になったらしい一豊が出ていこうとしますので、

「一《かず》くん、帰んの？　帰るんやったら、おばあちゃんと一緒に帰ろ？」

「タクシー？」

「電車やがな。その代わり、おばあちゃんの買い物につき合《お》うてくれたら、あんたの車用の貯金にまた少しカンパしたるわ」

「結局、荷物持ちじゃん」

などと不貞腐《ふてくさ》れながらも、小遣いにつられてついていくところを見れば、まだまだ子供なのでありますが、春江の話によれば、すでに先輩役者たちに連れられて、銀座や京都でも遊んでいるらしく、一度、俊介が祇園《ぎおん》のお茶屋に連れていったときなど、やってきた舞妓とはすでに顔見知り、一緒に映画を見に行こうなどと約束している姿を見れば、自分や喜久雄が若いころに富久春《ふくはる》や市駒と遊んでいたときの姿に重なり、甘酸っぱくもあり、また危なっかしくもあり、なんとも奇妙な感覚なのでございます。

「あ、せや。チケットの話しとかな。石崎社長と、田丸さんとこはお願いする枚数多いから、お父ちゃんにも一緒に行ってもらわへんと」

そんな春江の声に、さっと現実に戻される俊介でございます。

このように準備が着々と進みまして、いよいよ迎えました親子二代同時襲名の年でございます。身近なところから行きますと、まずは一豊は大学進学を目指して猛勉強の末、なんとか進学クラスに返り咲き、心配していた綾乃は綾乃で、老舗《しにせ》出版社に自力で内定。これにはさすがに喜久雄と市駒も大喜びしまして、綾乃が暮らす大学の女子寮に駆けつけますと、帝国ホテルの鉄板焼きでお祝いしまして、片や白虎を襲名する俊介、片や「歌舞伎映像大全集」のために大舞台を勤め続ける喜久雄という親たちにも劣らぬ活躍を、その子供たちも見せているのでございます。

さて、これと時を同じくして、もう一つ嬉しい出来事がございました。と言いますのも、あるとき喜久雄は久しぶりに相撲観戦に出かけました。なかなか国技館に足を運ぶことはかないませんが、若いころから大の相撲好き、この日は午前中から出かけまして、まだ客もほとんどいない客席で序二段の取組から見始めたのであります。そんななか、まだ形にもなっていない相撲ながら、なんとなくその乱暴な立ち合いに懐かしさのある若い力士がおりまして、その日はその勢いが裏目に出たうっちゃりで黒星だったのですが、帰宅後なんとなく気になって調べてみますと、この「荒木《あらき》」という弱冠十五歳の力士、なんと若いころに親交のあった、あの荒風《あらかぜ》の息子だったのでございます。

あまりの懐かしさに、思わず古い知人たちを伝いまして、秋田に戻った荒風に電話をかけてみますと、今は向こうで小さな居酒屋をやっているという荒風、相変わらずの口下手ながら喜久雄からの電話をとても懐かしがってくれまして、

「大変だ世界だがら、俺は反対したんだばって、最後は息子に押し切られだよ」

「立ち合いなんか、昔の関取にそっくりだったよ」

受話器の向こうから聞こえてくるのは、照れ臭そうな笑い声だけ。無口な者同士、妙に気が合うのは十五年まえと同じで、会話もそう続きませんが、それでも互いに気分が良いのでございます。

さて、この荒風との交友再開にはまだ続きがございまして、話は少し前後するのですが、喜久雄が国技館で荒風の息子を見つけたのが、ちょうど綾乃の就職内定祝いをするまえのこと、この祝いの席でなんとなく荒風とその息子の話になりますと、

「お父ちゃん、まだ相撲好きやったん？」

と綾乃が驚きまして、

「せや。この子も子供のころから相撲好きやもんなぁ。こういうの、血なんどっしゃろなぁ」

と、市駒も妙に感心し、

「……小学生のころなんか十両以上の力士の名前はみんな覚えてたな」

続ける市駒に、当の綾乃は子供のころの話などされて少し面倒臭そうな顔をしており

ますが、

「そういえば、昔、徳ちゃんと四人で大阪場所見に行ったことなかったか？」

と喜久雄が問えば、

「三保《みほ》の湖《うみ》が八回目の全勝優勝したときや」

と即答の綾乃。

その後、今度喜久雄が荒風の息子たち若い力士にご馳走《ちそう》する約束があるという話になりましたので、断られるのを覚悟で、

「綾乃もちょっと顔出してみないか？」

と誘えば、一瞬迷ったようですが、

「どこ行くの？」

と無下でもなく、

「肉が食いたいっていうから浅草辺りの焼き肉だろうな」

「ふーん。かしこまった店やないんやったら行く」

行きたそうには見えないながら、それでも「一緒に行く」と言われれば、なんとなく嬉しい喜久雄でございます。

さて、その当日になりますと、荒風の息子のほか、彼が連れてきました兄弟子たちが三人、店主にはまえもって話してはおりましたが、最後は店の肉がなくなりそうな勢い。

それでも若い力士たちの旺盛な食欲と、誰に似たのか、綾乃が酒に強く、その上きれいな飲み方をすることが嬉しくもあり、

「大将！　肉も酒ももっと持ってきてよ」

喜久雄も酔気を楽しんだのでございます。

楽屋で化粧《かお》をしておりますと俊介のもとへ、付き人の恵美がやってきまして、
「旦那さん、もう刷り上がってましたよ」
と渡されたのは、いよいよ迫った京都南座での襲名披露公演のチラシで、中央にでかでかと使われておりますす写真は、先日一豊と二人、丹波屋の「丸に光琳根上《こうりんねあ》がりの松」の家紋をつけた揃い裃《かみしも》を着て、金屏風のまえで撮影したものでございます。
花井半弥改め五代目花井白虎
花井虎助改め二代目花井半弥　襲名披露
堂々と銘打たれました下には、関西歌舞伎は我々が守り抜くと宣言しているような演目が並んでおります。
昼の部　一、藤十郎《とうじゅうろう》の恋
二、鷺娘《さぎむすめ》
三、曽根崎心中《そねざきしんじゅう》

夜の部
一、太功記《たいこうき》十段目
二、襲名披露口上
三、廓文章《くるわぶんしょう》 吉田屋
四、連獅子《れんじし》

「せやけど、喜久ちゃんもよう受けてくれたわ。襲名やいうて、あの『鷺娘』踊ってくれる上に、口上にも並んでくれるいうんやから」

思わず呟いた俊介に、

「でも、半二郎さんだって丹波屋一門じゃないですか？」

とはあまり事情に詳しくない若い恵美。

「まあ、そらそうやねんけどな、いろいろあんねん。今度の襲名の口上に喜久ちゃんが並んでくれるんとくれへんのとじゃ、まったく意味が違《ちご》うてくんねん」

そう説明し、分かったような分からぬような恵美を眺めておりました俊介、

「せや。源さんの具合、どうなんやろ？」

ふと気になって尋ねますと、

「あんまり良くないみたいですよ。本人はもちろん襲名披露に出る気満々みたいですけど。おととい女将さんがまたお見舞い行ってたはずですけど」

「春江が？ あいつ、なんも教えてくれへんな」

と答えた瞬間、源吉の具合は良くないのだと直感する俊介でございます。

「今のうちに一回小便しとくわ」

と立ち上がりました俊介の肩からはらりと落ちた手拭いを拾いました恵美が、

「旦那さん、そこ、痣《あざ》になってますよ。どこかにぶつけました？」

言われて見れば、たしかに足の甲というか、小指の付け根のところがうっすらと紫色になっております。

「なんやろ？」

化粧の粉でもついたのかと、手で払ってみますが色は落ちず、

「……気ぃつけへんかったわ。立ち回りのとき、何かにぶつけたんやろか」

首を傾げながらもトイレに向かい、用を足しながらなんとなくその小指を動かしてみますと、痛みというよりはこそばゆい感覚でございます。

さて、この月の公演を無事に終えたころから襲名披露に向けてのあれこれが、いよいよ本格的になってまいります。

主だったところの挨拶回りはすでに春江と幸子が済ませておりますが、どうしても俊介と一豊なしでは話が進まぬところもあり、弟子の半祐がハンドルを握るワゴン車に家族四人で乗り込みますと、丸一日かけてご贔屓の自宅や会社を回り、その後、春江がふたたび出向いてのチケット購入の相談でありま す。

その合間にもテレビやラジオへ出演し、短時間での公演の告知、また俊介は最後まで嫌がったのですが、一豊が出てみたいと申しましたクイズ番組への参加などもあり、めまぐるしく毎日が過ぎてまいります。

なかでも、今となっては、出奔していた俊介の歌舞伎界復帰を世間に知らしめたと言っても過言ではないNHKのトーク番組こそが、今回の宣伝活動の本丸でして、司会は十三年まえと同じNHKきっての歌舞伎通である佐渡穀アナウンサー、もうすぐ三歳になる一豊を抱いた紋付袴《もんつきはかま》姿の俊介と、薄紫の京友禅姿の春江の三人を、

「さすがは丹波屋の若旦那ご夫妻、そこに並ばれただけで、あまりに美しくてため息が漏れますな」

と歓迎し、その場で丹波屋の歴史を世間に知らしめてくれたその人でございます。

さて、今回はその流れもありまして、番組制作側から出されました要望が、俊介、一豊の二人はもちろん、そこに春江、そして幸子も揃って出てほしいというものでございました。一年密着のドキュメント番組へは、春江を立ててほとんど顔を出していなかった幸子も、古くは一七〇〇年代半ばにまで遡《さかのぼ》る丹波屋の歴史を紹介してくれるとあっては断る理由もなく、ならばここは丹波屋の勝負時だと、万事を整えて出演したのでございます。

そうしておりますうちに、いよいよ迎えました京都南座での襲名披露公演初日、丹波

屋総出の宣伝活動もあり、千穐楽までのチケットはほぼ完売、久しぶりとなる関西歌舞伎大名跡《みょうせき》襲名披露ということで、初日南座の桟敷《さじき》席には、祇園、先斗町《ぽんとちょう》、宮川町《みやがわちょう》の舞妓たちがずらりと並び、八坂神社から人力車に乗ってのお練りでは、なんと一万人の見物客を沸かせる賑やかさでございます。

白虎という関西歌舞伎の大名跡の復活に並々ならぬ期待をよせた京都市の計らいで、このお練りは四条通りを片側通行止めにした大規模なもので、人力車に揺られながら沿道の観衆に手を振る俊介と一豊の姿に、横をついて歩く春江も、さすがにたまらず涙をこぼしたほどでありました。

さて、今回の襲名公演の昼の部で、俊介が遊女お初《はつ》を演じます『曽根崎心中《そねざきしんじゅう》』、その思い人である平野屋徳兵衛《ひらのやとくべえ》をやりますのが、こちらも関西歌舞伎もう一方の名家、和泉《いずみ》屋《や》の生田庄左衛門《いくたしょうざえもん》でございます。

ちなみに今回出演しますのはその五代目でありまして、遠い昔、白虎の代役で喜久雄が出た際、厳しくしごいたのが、当時すでに七十代だった先代の四代目。見るからに芸の虫でありました四代目に比べますと、五代目はどこか飄々《ひょうひょう》とした雰囲気でございますが、これがまた上方の和事《わごと》にはぴったりで、今回の『曽根崎心中』も、どことなくユーモラスなその風情が、逆に最後の悲劇を引き立てております。

そこに観客垂涎《すいぜん》の喜久雄による『鷺娘《さぎむすめ》』と、夜には俊介たちが親子で踊る『連獅子《れんじし》』

とめでたく、もちろんそのまえには待ちに待った襲名の口上もございます。

楽屋の姿見のまえに立ちました俊介が羽織りましたのは、背と両の胸に丹波屋の家紋「丸に光琳根上がりの松」が入った藤色の裃でございます。

横には同じ裃姿の一豊がおり、

「落ち着いて、ゆっくりしゃべるんやで」

との春江の注意に、

「うん、分かってる」

と頷くその声も、さすがに少し震えております。

「みんな、ちょっとの間、一豊と二人にさせてくれへんか」

出番まで間もないのですが、俊介のそんな言葉に、大事な襲名直前、父から息子に何か伝えたいことがあるのだろうと、誰もが楽屋を出ていきますと、

「一豊に一つ告白することあんねん」

「え、え？　何？　こんな時に？」

深刻そうな俊介の話しぶりに、一豊はひどい慌てぶり。

「将棋の百番勝負、お父ちゃん勝ったな？」

「へ？」

「あれな、お父ちゃん、ズルしてん。おまえがトイレ行った隙に桂馬動かしてん。せや

から勝ったん、おまえやで」

やけに深刻ぶった父親の告白に、

「いらんわー、そんな情報。こんなときに」

と思わず大阪弁が漏れまして、本気で迷惑がる息子でございますが、そんな息子の姿に俊介も声を上げて笑い出し、

「ほな、行こか」

とその背中を叩けば、

「なんか、途端に気ぃ抜けたー」

と口を尖《とが》らせながらも、きちんと胸を張り、あとをついてまいります。

楽屋を出れば、待っているのは春江と幸子、

「しっかりな」

の声に二人で頷けば、廊下の隅に半祐と半之に支えられて立っておりますのは、やはり同じ丹波屋の裃をつけた源吉の姿。

「みんな、行くで」

との俊介の声に、丹波屋一門が集まった狭い廊下に拍手が起こるのでございます。

楽屋から廊下を抜けて、薄暗い舞台袖《そで》に入れば、幕の下りた舞台には眩《まばゆ》いばかりの金屏風。

今回、舞台上手に並んでくれますのは、関西歌舞伎の雄、五代目生田庄左衛門を筆頭に、東京からは長老格の吾妻千五郎や、最近はほとんど舞台に立つこともなくなっております小野川万菊らで、下手は喜久雄、伊藤京之助ら中堅どころが固め、一座から少し離れた背後に、これを機に幹部俳優となります源吉が畏まるのでございます。

それぞれが弟子たちに袴の乱れを直してもらいながら、慌ただしく席に着くなか、紫縮緬《ちりめん》の野郎帽子をつけた万菊が袖に現れますと、いち早く俊介が近寄りまして、

「このたびはありがとうございます」

とその手を取ります。

「長くお辞儀ができませんでしょ。あたしだけ早めに顔を上げさせてもらうかもしれませんよ」

とは言いながらも、どんなに痛かろうが、つらかろうが、万菊が決して顔を上げることがないことを俊介は知っております。

片や、千五郎の相手をしてくれておりますのは喜久雄で、一豊を伴ってきちんと挨拶させてくれております。

さて、一座、席に着きますと、それぞれのまえにはそれぞれの扇子が一直線に並びます。最後の整えを終えた黒衣や床山や衣裳がはけた途端、

「とざいッ、とーざいッ！」

いるともいないとも分からぬまま、次に聞こえてきたのが、この一人暮らしの高級マンションでのゴミ問題で、なんでも万菊の部屋から悪臭が漂ってくるので管理人が様子を見にいきますと、なんと風呂にも入らなくなった万菊がゴミのなかで暮らしていたというのでございます。

醜聞を恐れた三友が、すぐに業者を手配して、万菊に有無を言わせず室内を清掃したまではよかったのですが、その後、痴呆《ちほう》を疑った三友側が無理やり万菊を病院に連れていった直後、家財道具もそのままに体一つで出奔してしまったのでございます。

幸い、認知症の検査結果に異常は見られず、その体も九十歳にしてはすこぶる健康というもの。となれば、万菊が自らの意思で出ていったのは間違いなく、とすれば捜索願など出すわけにもいかずと、八方塞《ふさ》がりのまま月日だけが流れておりました。

眠っているようだったという万菊の亡骸が発見されたのは、中松屋という安旅館の一室で、もちろんドヤ街の旅館ですから、万菊が地方公演などで泊まっていた、部屋に入れば仲居が煎茶を出してくれるような高級旅館ではなく、隣室とは襖《ふすま》だけという一泊二千円にも満たない部屋で、ちなみにこの料金は生活保護制度で出してもらえる住宅扶助の上限から設定されたものであります。ではなぜあの万菊翁が、華やかな歌舞伎役者人生の最後を、そんな場末の旅館で過ごしていたのか、その理由を誰もが知りたがっているのですが、これればかりは本人が誰にも語らずに亡くなっているため、藪《やぶ》のなかなのでございます。

それでもこの旅館で、万菊翁の最後の数カ月ほどに交流のあった者たちから伝わってまいりますのは、

「昔は旅役者で女形《おやま》でもやってたんだろ。小銭は貯《た》め込んでたみたいで、たまに俺らにも酒奢《おご》ってくれてさ。一緒に酒かっくらってっと、陽気な爺《じい》さんつうか、陽気な婆《ばあ》さんで楽しかったよ」

「ありゃ、昔、銀座で流行《はや》ったおかまバーやってたんだろ？　当時は芸能人とかよく来てたって、俺はそう聞いたよ。あの婆さん、酔うと着物に着替えて、部屋で踊ってくれんだよ。足元なんかヨタヨタして下手くそなんだけどさ、昔を思い出すんだろな。とにかく楽しそうに踊ってたよ」

「あれいつごろだっけなあ。あの菊さんが寝込んじまったってんで、近所の酒屋で玉子酒作ってもらって持ってったことあんだよ。そしたら、菊さん喜んでなあ。しばらく枕元で世間話したんだけど、そんとき、なんの話からだったか、『ここは、いいねえ』って言うからさ、『こんな小汚ねえ宿のどこがいいんだよ』って笑ったら、『それがいいんじゃないか』って。『……ここにゃ美しいもんが一つもないだろ。妙に落ち着くんだよ。なんだか、ほっとすんのよ。もういいんだよって、誰かに、やっと言ってもらえたみたいでさ』って」

普段は、日雇いに出かける同宿者たちを見送るように、朝早く洗面所へ出てくる万菊が、その日は昼になっても顔を出さず、また風邪でも引いたのかと、宿の主人が部屋を開けてみたところ、一瞬、目を疑ったそうでございます。

まえの晩、また余興でもしたのか、その顔には白粉《おしろい》が塗られ、紅も差され、日当たりの悪い部屋だったせいもありまして、一瞬のことではありましたが、まるでそこに妙齢の美しい女が眠っているように見えたそうでございます。

「菊さん、菊さん！」

しかし主人がいくら声をかけても、万菊翁が目を覚ますことはなく、慌てた主人がその体に触れたときにはすでに石のように冷たくなっておりました。

戦前戦中戦後の歌舞伎界を、その妖《あや》しい演技で支配した稀代《きたい》の女形、六代目小野川万菊の死は、国内外に大々的に報じられました。ただ、その死を悼む記事のなかにドヤ街の安宿といった言葉はなく、親しかった友人や一門の弟子たちに見守られながら、終《つい》の住処《すみか》となった自宅マンションで九十三歳の大往生を遂げたと記されたのでございます。

『ヤア、無念《ぶねん》なり榛沢《はんざわ》、科人《とがにん》に縄もかけず、その上、見れば、拷問に疲れたる気色も見えぬが……』

「ちょっと待った」

ここは役者たちが浴衣姿で立ち稽古しております歌舞伎座のロビーでありまして、岩永左衛門《いわながさえもん》役の役者が台詞《せりふ》を言い始めた途端、舌打ちするように遮ったのは主役の阿古屋《あこや》を演じます喜久雄でございます。

「……稽古だからって手抜かれちゃ、こっちもやりにくいよ」

ぼそりとこぼした喜久雄の言葉に、岩永役の役者も慌て、

「すみません。手を抜いたわけじゃ……」

「じゃあ、本番でもそんな演技するつもりかよ」

「いえ……」

「この岩永だけが人形振りするのには、ちゃんとわけがあるんだよ。こっちが生きるか死ぬかの拷問を受けてる横で、おまえが人形振りで面白みを出すから演目自体が粋になるんだろ? それを今みたいにやったってくそ面白くもねえだろ」

喜久雄の叱責《しっせき》に稽古場の空気は張り詰め、まさに針が落ちても響きそう。

「まあまあ、喜久ちゃん、初日まで時間あるし、今日はそこまで詰めなくてもいいだろうよ」

誰かがこの険悪な雰囲気を破らねば稽古は進まず、となれば最年長である重忠《しげただ》役の伊藤京之助しかおりません。

さすがに先輩の京之助には盾突くわけにもいかず、不承ながらも喜久雄が引いて稽古

が再開しますと、この重苦しい空気に耐えきれなくなりました三友の社員たちが、用事でも見つけたように稽古場をあとにしまして、なんとなく集まったのが廊下の灰皿の周りでございます。

「三代目、機嫌悪《わり》ぃな」

「万菊さんの仮通夜から葬儀まで、一晩中棺のまえで線香立てて、寝ずの番してたらしいから寝不足なんだろ」

「まあ、それもあるけど、ここ最近とにかく稽古に厳しいのは間違いねえよ」

「ありゃ、いわゆる優等生の不幸ってやつで、『なんで、こんなこともできねえんだ』って、誰見てもイライラするんだね」

囁《ささや》き合う三友社員たちの声が、煙草《たばこ》の紫煙とともに歌舞伎座の高い天井へ昇ってまいります。少し離れたロビーからは、阿古屋を演じる喜久雄の台詞。

「殿様……、四相を悟る御方とは常々噂《うわさ》に聞いたれど、何の仔細《しさい》らしい四相の五相の小《こ》袖《そで》にとめる伽羅《きやら》じゃ迄《まで》と、仇口《あだくち》に言いながせしが、今日の仰せに、我《が》が折れた」

その鼻にかかった声色はまるで弦のようであり、その台詞回しの抑揚はまるで弓のよう。たしかにこんな心地のよい世界に、先ほどの岩永役のようなガタガタと立て付けの悪い演技が入ってくれれば、世界は台無し。とはいえ、誰もが喜久雄のような演技をできるはずもなく、となれば、喜久雄のほうで演技を抑えるしか一つ舞台で一つ世界を作るのは難しく、この喜久雄の苛立《いらだ》ちは誰の目にも明らかでございます。

さて、この日の立ち稽古を終えまして、楽屋で喜久雄が着替えておりますと、

「綾乃お嬢さんからです」

と、蝶吉がコードレスフォンを渡しますので、なにごとかと出てみれば、

「お父ちゃん、ちょっと時間作れへん？」

「夜なら、今日でも明日でも空けられるけど、どうした？」

「ちょっと会《お》うてほしい人おんねん」

「え？」

もちろん意味は分かるのですが、あまりにとつぜん過ぎて、「え？」以外の言葉が出てきません。

老舗《しにせ》出版社に入社しました綾乃は海外文学の担当になったようで、たまに喜久雄が鉄板焼きや鮨《すし》を餌に誘い出しますと、

「毎日なんやかんや忙しいて、コンビニ弁当ばっかりやねん」

と愚痴をこぼしながらも仕事は楽しいらしく、誰々の翻訳本を担当することになっただの、イギリスのなんとかという作家にインタビューしただの、その顔は充実感に満ちておりました。

とりあえず明後日《あさって》の夜、その会ってほしい人とやらと三人で食事をすることになって

電話を切った喜久雄ですが、やはり明後日までは待てそうになく、思わず電話を入れたのが春江でございます。

幸い、春江は家におりまして、何か聞いていないか尋ねますと、

「そら、知ってたかてうちの口からはよう言わんわ。それやし、明後日、本人に会うんやろ」

とは、つれない返答ながら真っ当で、とにかくふた晩待ちまして、稽古終わりに向かったのが、綾乃から指定された日本橋のすき焼き屋であります。

店に入りますと、まず驚かされたのが、座敷の沓《くつぬ》脱ぎに並んでいたのが、女物のパンプスと男物の革靴ではなく雪駄《せった》でして、そのサイズの大きいこと大きいこと。

「あ、きた」

と気配を感じて襖を開けました綾乃の背後で、こちらに背を向けている、何かとても大きなものがのっそりと動きます。その瞬間、鼻にぷんと匂ってきたのが鬢《びん》付け油。

「とにかく上がってや。ちゃんと紹介するし。……あ、健《けん》ちゃんは立たへんでええよ。こんな狭いところで」

と男二人を綾乃が仕切ります。

その巨体を縮め、何度も頭を下げる力士のまえに、とりあえず喜久雄が落ち着けば、

「こちら、大関の大雷《おおいかずち》関。お父ちゃん、知ってるやろ?」

との綾乃に、

「知ってるよ。大ファンだよ」

と思わず答えた喜久雄、この場の状況をふと思い出しまして、無理に眉間《みけん》に皺《しわ》を寄せたのでございますが、

「本名は渡辺健介《わたなべけんすけ》さん。今、お付き合いしてるねん」

そう説明する綾乃の横で、当の大雷はただただ、

「すいません」

と恐縮しております。

「で、こっちが父。三代目花井半二郎。で、本名が立花喜久雄」

そこまで言った綾乃、とつぜん噴き出しまして、

「なんやヘンな顔合わせやねぇ。本名だの、芸名だの、四股名《しこな》だの」

畏《かしこ》まる男二人をよそに、一人楽しげでございます。

その後の話によりますと、なんでも綾乃がこの大雷関と会ったのは、今から三年ほどまえ、喜久雄が荒風の息子に浅草で焼き肉をご馳走《ちそう》したときだそうで、と言われてみれば、たしかに荒風の息子が連れてきた兄弟子たちのなかに大雷がいたことを喜久雄も覚えており、またそこで彼の立ち合いが美しいと褒《ほ》めております。

この出会いの話をしているうちに、すき焼きも煮え、酒もすすみまして、喜久雄と大

雷関の緊張も少しほぐれてまいりますと、そのうち喜久雄のほうでも、その立ち居振る舞いにどこか荒風に似たところのある大雷関が好ましく思えてきまして、なによりその隣におります綾乃が、やんちゃで手に負えないながらも明るくキラキラと輝いていた子供のころに戻ったようで、いつの間にか、この若い二人の交際を認めていたのでございます。

しかしその雲行きが変わりましたのは、追加した肉もあらかた食べ終えたころで、

「お父ちゃん、実はな、今、おなかに子供がおんねん」

とは綾乃からの唐突な告白。さすがに大雷関もこのときばかりは座布団を外し、その大きな体を縮めますが、あまりに急な話で、喜久雄は慌てるばかり、

「……私、産むつもり」

「産むって、おまえ……。し、仕事は？」

「やめるわ」

「やめるって、おまえ……。そんな簡単に」

「ちゃんと二人で考えてん。私、この人を横綱にしてみせる」

「横綱って、おまえ……」

当人に救いを求めても仕方ありませんが、思わず見遣《みや》った当の大雷関は、

「申しわけございません。申しわけございません」

と繰り返すばかり。

「せやから、今日はお父ちゃんにお願いがあって来てもろうたの。歌舞伎と一緒で相撲の世界もいろいろと厳しいことがあるやろ。せやから、披露宴のときだけでええ。私の父親として横に並んでくれへんかな。三代目花井半二郎の娘として、私をお嫁に行かせてほしいねん」

その晩、なんとも据わりの悪い思いで帰宅しました喜久雄、居間のテーブルで贔屓筋《ひいきすじ》への礼状を書いておりました彰子相手に問わず語りを始めれば、黙って最後まで聴き終わりました彰子が一言、

「おじいちゃんだ」

そう言われて気づくのも呑気《のんき》な話ですが、言われて初めて、なるほど、この据わりの悪さはそのせいかと納得する喜久雄でございますが、

「おじいちゃんって……」

やっと出てきたのがそんな言葉で、

「だってそうじゃない」

と笑う彰子に、

「まだ四十六だぞ」

と抵抗しますが、

「誰より早く大人になったんでしょうから、そりゃ、誰よりも早くおじいちゃんにもなるでしょうよ」

と、冗談にも山椒《さんしょ》がピリッと利いております。

喜久雄自身には後継を欲しがる気持ちがさほどありませんし、義父の千五郎もまた孫ができたところで、どうしても役者にしたいと言うような人間ではございませんので、家内ではまったく話にも出ないのですが、当の彰子にしてみれば、吾妻千五郎の娘で、花井半二郎の妻、このプレッシャーたるや凄《すさ》まじく、また「早く跡取りを」という贔屓筋からの声がないわけもなく、

「父親として、立派に綾乃ちゃんを送り出してあげなきゃ」

ふいに耳に戻った彰子の言葉に、

「うん」

と頷《うなず》いた喜久雄ですが、となれば、自分の傍《かたわ》らに立つのは市駒でありますので、

「いいのか？」

「何が？」

「披露宴とか……」

「綾乃ちゃんには、ずっと寂しい思いさせてきたんでしょ。その綾乃ちゃんが、初めてお父さんを頼りにしてきたんじゃない。向こうもしきたりの多い相撲の世界。綾乃ちゃ

んに恥をかかせないようにしてあげなきゃ」

この月、『阿古屋《あこや》』の舞台が開いたのはそれからすぐのことでありまして、三代目花井半二郎が、女形の超難役、阿古屋にいよいよ挑むとの前評判も高く、初日から連日の大入りでございます。

女形は、出が命。その一瞬で、観客の心を摑《つか》めるかどうか、とはよく言われることですが、この『阿古屋』もその出がとにかく印象的でありまして、六人の捕手《とりて》に前後を挟まれながらも、それらを逆に威圧するかの如《ごと》く、絢爛《けんらん》豪華な刺繡《ししゅう》の打掛に、孔雀《くじゃく》を模した立体的な帯をつけ、遊女のなかでも一番位の高い傾城《けいせい》として、花道に現れる喜久雄の姿に、観客はこれから命を賭けて、愛《いと》しい男を守ろうとする女の凄《すご》みを早くも感じ取るのでございます。

共演するのは、すでに何をやってもぴったりと息の合う伊藤京之助。脇を固める若い役者たちも、喜久雄の厳しい指導のおかげで舞台には緊張感が漲《みなぎ》り、何よりも琴、三味線、胡弓《こきゅう》と、尋問のために演奏させられる喜久雄の演奏が、上手《うま》く弾けるというだけではなく、その音色に動揺や恐れや意地まで滲《にじ》み出してみせるのですから、観客はその凄みに圧倒され、これが万菊亡きあと、花井白虎とともに現代の立女形《たておんながた》を背負っている役者の演技かと、ただただため息を漏らします。

観客の反応も良く、また劇評も近年にない高評価となれば、さすがに喜久雄も中日を迎えるころにはほっとしまして、そこへ今さらながらも、自分の娘が天下の大関と結婚するのだという喜びがふつふつと湧き上がり、この気分に任せての連日連夜の深酒。もともと酒は強いほうでありますが、祝い酒というのは格別で、このときばかりは、銀座、新橋、六本木と飲み回り、その勢いで女も口説いて回りますので、良くいえば、役者としても、男としても、父親としても、まさに脂《あぶら》が乗り切った絶頂期なのですが、見方を変えれば、

「ありゃ、若くして初孫ができた男の焦燥感以外のなんでもありゃしないよ」

と、若いころから知っている芸者の姐《ねえ》さん衆などは、そんな喜久雄を可愛がってやるのでございます。

一方、『女蜘《おんなぐも》』を当てた俊介の周辺も、この当時賑《にぎ》やかになっておりまして、なんとその『女蜘』を時代劇の連続テレビドラマに、というオファーが舞い込んで来ておりました。

これまでドラマや映画の企画にはさほど興味を示さなかった俊介ですが、こちらも珍しく乗り気になっていた三友の竹野から、とりあえずプロットだけでも目を通してくれと言われて読んでみますと、歌舞伎の『女蜘』とはそのストーリーがまったく変わっておりまして、本来は妖怪で悪役の女蜘が、ドラマ版では妖術を操る正義の味方として登

場しており、もちろん毎回クライマックスで女蜘《おんなぐも》に変化《へんげ》する与力役が俊介へのオファー。女形ではありませんが、女蜘に変わるというのが斬新で、その脚本には前クールでリズム感のある青春コメディドラマを書きまして、ドラマとともにその主題歌が社会現象を起こすほどヒットしたという若手脚本家を起用する力の入れよう。普段滅多《めった》にお互いの仕事については相談しない間柄ですが、このときばかりは俊介も心もとなく、喜久雄に相談の電話を入れますと、

「歌舞伎とテレビドラマなんて、時間の流れ方が一番違うんじゃねえか？」

と反対もしないが、賛成でもないというもので、結局ここは自分の直感に任せようと、このオファーを受けたのでございます。

受けてみますと、実際、喜久雄が言った通りでありまして、こちらは連続テレビドラマなど初出演ながら、向こうにはすでにきっちりとしたシステムがあり、顔合わせやら本読みやらと、言われるままに出ておりますうちに、第一話の収録でございます。ちなみに時代劇とはいえ、その劇中で話す言葉は現代語。その上、つばを飛ばし合うような掛け合いがこの脚本家の持ち味ですので、慣れぬ俊介は最初のうちこそ多くのNGを出したのですが、途中からこのNGテイクを使ったほうが面白いというディレクターの判断が出て、なんとも演技のような、リハーサルのような、台詞のような、アドリブのような、妙な芝居になってきたのでございます。

そのような時代劇などこれまでにはありませんので、初回の放送はさほど視聴率も良くなかったのですが、なんだか妙な時代劇が始まったという噂だけは広がりまして、二回目の放送で視聴率が二桁になり、その後は回を追うごとに右肩上がり、劇中で俊介が手のひらから出す白糸が子供たちのあいだで流行り始めますと、いよいよ評判はうなぎ上り、劇中で俊介を助けます四天王と呼ばれる役の男優たちがドラマ内で結成しているロックバンドが歌う「女蜘ロック」という曲はCD化され、役そのままの江戸の町人姿で歌番組に出演したりしておりますうちに、年末の紅白からも声がかかるのではないか、というほどになったのでございます。

こうやって小さかった渦が、徐々に周りを巻き込んで大渦となっていくなかにおりますと、その勢いには気づかぬものでございますが、当初の契約通り、十一話の収録を終えたころには、俊介がちょっと町を歩けば、一緒に写真を、握手を、サインを、とあちこちから声がかかる、いわゆる時代の顔になっておりました。

当然この反響を受けて、すぐにでも続編を、という話になりまして、もちろん俊介としても断る理由はなく、とりあえずオファーを受けたのですが、この大ヒットを受けて歌舞伎『女蜘』の再演も決まっており、こちらは新橋演舞場を皮切りに、主要都市はもとより地方のホールも隈《くま》なく回るという、いわゆる「これをかけておけば、どんな地方でも客が入る」ドル箱営業の体を成してきたのでございます。

その上、この巡業の合間を縫うようにして、京都の撮影所では続編ドラマの撮影でございますから、さすがに俊介の体も悲鳴を上げ始めたのは仕方がございません。

それは、九州熊本にあります文化ホールでの公演でございました。

いつものように舞台も終盤、女蜘《おんなぐも》へ変化した俊介が、手のひらから白糸を繰り出しながら大立ち回りを演じていたときであります。本来ならば敵に追われた女蜘がいったん花道の途中まで逃げていき、そこでまた息を吹き返して反撃にでるという場面なのですが、勢いよく舞台から花道へと駆け出しました俊介の足が、まるで何かにつまずいたようにもつれまして、となれば重い鬘《かつら》と衣裳《いしよう》でバランスを崩すのは当たりまえ、なんとそのままもんどり打って客席へと転げ落ちてしまったのでございます。

幸い、転げ落ちたところに座っておりましたのが体格の良い男性二人で、客に怪我《けが》はなかったのですが、この珍しい転落事故に満席のホールはどよめき、慌てた四天王たちが舞台を降りまして、女蜘を引っ張り上げるという、なんとも間抜けな場をお見せしてしまいます。ただ、そのあと芝居が元へ戻れば、まだ良いのですが、俊介の右足は骨折でもしたのかというほどの激痛で、それでも歯を食いしばり、脂汗を垂らして演じますが、やはりいつものようには立ち回りも見得《みえ》もうまくいきません。

さすがに察した四天王たちが俊介をかばうように動きますので、動きは乱れ、それに合わせた鳴物がキッカケを外し、誰が見てもお粗末な幕切れを迎えてしまったのでございます。

幕が下りますと、出演者はもちろん弟子の半祐たちも駆けつけますが、その場にへたり込んでしまった俊介は一歩も動けず、

「旦那さん、捻《ひね》ったんですか？　折れてます？」

と慌てる弟子たちに、

「ごめんやけど立たれへんわ。担架頼む」

と唇を嚙《か》み締める俊介。

担架で楽屋へ運ばれ、毟《むし》り取られるように衣裳を脱ぎますと、痛みのある右足は骨折しているようにも、捻ったようにも見えず、ただ、その血色の悪いこと甚だしゅうございます。しかしこの足先の血色の悪さは昨日今日のことでもなく、そのうち慌てたホール関係者がすでに呼んでおりました救急車で、俊介が向かったのは市内の病院で、横になっていれば激痛が走るということもなく、

「楽屋の片付けしてしまうように言うといてや」

担架の上から、次の巡業先への移動の指示。

到着しました立派な病院で診察してくれましたのは、まだ大学を出たばかりのような若い医師でございまして、診察後、車椅子に乗ったまま、この若い医師と面と向かいますと、

「申し上げにくいのですが、重篤な状態です。すでに右足先が壊死《えし》してます」

一瞬、俊介は、壊死に絵師という漢字を当ててしまい、筆で絵を描く真似《まね》をしたのですが、若い医師の表情は硬く、壊死というのがどのような状態なのか、このまま放置するとどうなるか、そうしないためにはどのような処置があるか、いや、どのような処置しかないかを、当の俊介を置き去りに淡々と説明するのでございます。

「あの、先生」

思わず口を挟みました俊介、

「……そのまえに、なんでこないなことになってしもたんやろか？」

実際、医師の話はこれからのことばかりなのに対し、俊介はこれからどころか、まだここにも立てていないのであります。

簡単に申しますと、壊死とは事故や病気によって体の一部の組織や細胞が死ぬことで、細菌やウィルスなどの感染、毒物による破壊、薬剤の副作用、神経性障害なども原因となり、なかでも足の壊死は糖尿病などに関連して起こりやすいと言われております。

そのうえ足の病変は重症化しやすく、壊死や壊疽《えそ》の症状で下肢の切断を余儀なくされる人は年間に一万人以上、この数字には指の切断は入っておらず、膝下《ひざした》や膝上、股関節から下を切断する人数であります。

若い医師の説明を、ただじっと聞き終えました俊介の頭にありましたのは、三つのことでございました。毒物による破壊。父も患った糖尿病。そして最後が、早く東京へ戻り、ベテランの医者に診てもらおうというものでございます。

あんなに狼狽《うろた》えた春江の声を喜久雄が聞きましたのは、あとにも先にもこのときばかりではないでしょうか。

楽屋にかかってきた電話を喜久雄が取ったのは、昼の部の休憩時間に出前の鴨南蛮《かもなんばん》をすすっているときで、

「ごめんな、ちょっと話せる？」

との春江の声が震えており、まず浮かんだのは綾乃の身に何か、ということだったのですが、

「……今、うちの人が検査でな、右足が壊死してる言われて、なんや、うちにもよう分からへんねんけど、なんしか、その右足を切断せんならんて、なんや、先生が……」

巡業先で俊介が花道から落ちたという話は聞いておりましたので、喜久雄はてっきりそのときの怪我だと思い、

「切断って？　骨折か何かだろ？」

と聞き返したのですが、この辺りから春江の言葉がさらに不明瞭になりますので、

「……とにかく、そっちに行くよ。このあと一幕出たら、夜の部まで二時間くらい空く

から」

次の出番まであと一時間ほどあり、病院は築地なので歌舞伎座からなら車で五分とかからないのですが、まさか白塗りのまま行くわけにもいきません。

その日、きっちりと舞台を勤めた喜久雄が、築地の病院に到着したのはそれから二時間後のことでございました。

案内された病室に向かいますと、あいにく春江はおらず、ベッドに俊介が寝そべっておりますので、

「どうした？」

と近寄れば、

「あ、喜久ちゃん、わざわざ来てくれたんか？　せや、聞いたで、綾乃ちゃんのこと。あの子が将来は相撲部屋の女将《おかみ》さんかいな。なんや、綾乃ちゃんにはぴったりな気ぃするわ」

と的外れな出迎えでございます。

「綾乃のことより、おまえ、足を……」

さすがにそこで言葉を切りますと、自分の足にかけられていた布団を、俊介がさっと捲《まく》り、

「……膝下から切断らしいわ」

喜久雄のまえに、その壊死しているという俊介の足がございます。

「……ほんまはな、この段階やったら、もっとどぎつい緑色に変色してるはずらしいんやけど、俺の場合はちょっと特殊らしくてな、もともと皮膚が厚かったんか、それとも長いこと、足にまで白粉塗ってきたせいか、なんや、普通より色薄いんやて。……な？　ちょっと見、捻挫でもしたくらいの色やろ？　せやから俺も、ずっと放っといてしもうてん」

言葉もない喜久雄でございますが、そこへ駆け込んできましたのが春江で、

「あ、良かった。来てくれたん。なあ、喜久ちゃん、どないしよ？　他の病院に連れてったほうがええな？　それこそアメリカかどっかまで行けば、最先端治療とかありそうやしな。なあ？」

まるで喜久雄がその筋の専門家でもあるかのように、すがる春江でありますが、

「落ち着きぃな。さっき先生《せんせ》も言うてたやろ？　もう切断する以外ないて」

「せやかて、あんた……。足切るっちゅうことは足切るっちゅうことやで！」

「そんなん分かってるわ。それ以外に何があんねん」

場違いな俊介の笑い声が狭い病室にこもります。

「……なあ、喜久ちゃん、一本足でもやれる役て、何があんのやろな？」

そのとき俊介のそんな言葉に、とつぜん喜久雄にも目のまえで起こっていることが何

を意味するのか、初めて皮膚感覚として伝わってきたのでございます。

「いや……、あかん、あかんわ。足、切るなんて、あかんて……」

思わず出た喜久雄の大阪弁に、

「あかんも何も、それ以外に方法がないって医者が言うんだから、仕方ないじゃん」

と妙な標準語でとぼける俊介。

「とにかくちょっとみんなで考えよう。何か手があるはずだって」

と焦る喜久雄に、

「せやから、それがないんやて。ここまで来たら一分でも一秒でも早《はよ》う手術したほうがええらしいわ。せやないと、膝下では済まんようになるて」

その場にいる誰よりも、気丈なのが当の俊介でございますが、かといって、じゃあ仕方ないとなるような話でもなく、言葉のない三人の耳に聞こえてくるのは、夕食の支度を知らせる声と、少しアルミ臭い夕飯の匂いでございます。

「なあ、喜久ちゃん、いっこお願いがあんねん」

押し黙った三人のなか、まず口を開いたのが俊介で、

「……こうなったら覚悟決めるしかないわ。なんしか手術受けて、先生の話やったら義足つけてリハビリ励めば、動けんこともないらしいから、俺、絶対に舞台に復帰したる。ただ、それまで少し時間もかかると思うんや……」

「一豊のことやろ？」

みなまで言われずとも、喜久雄には俊介の気持ちが伝わっております。

「……分かってる。一豊は俺がしっかりと預かる」

「それやったら心強いわ」

「俺にできることはなんでもやる。その代わり、俊ぼん、絶対に戻ってこいよ」

喜久雄の言葉に静かに頷きました俊介、ふと思い出し笑いを浮かべますと、

「復活劇なら初役《はつやく》でもないしな」

これから自分がどれほどの辛苦を舐《な》めるのか、すでに復活劇を演じたことのある俊介は知っているのでございましょう。それでも尚、再び復活してみせると言っているのでございます。

俊介が右脚の切断手術を受けましたのはそれからすぐのことでありました。幸い手術は成功。しかし麻酔が切れたあと、切断した部分に、まるで吹き飛ばされたような激痛が起こるそうで、背中からの硬膜外麻酔《こうまくがいますい》を持続するも、コンクリートで足首を潰されるような痛みは変わらず、これは幻肢痛《げんしつう》と言われる失ったはずの部分の痛みらしく、リハビリ医から受けた助言は、ただ、

「現実を受け止めてください。半年かかるか一年かかるか、それでも痛みは必ず消えていきますから」

というのでございました。

楽屋のつい立ての向こうから聞こえてきます賑やかな笑い声は、楽屋見舞いに来た遊び仲間と一豊のものでありまして、聞いていて不快になるものでもなく、つい立てを挟んだ隣で喜久雄が支度していることも知っておりますから、声が高くなれば一豊が抑えるように注意しているのですが、それでも首に白粉を塗りながら気にならぬといえば嘘《うそ》でございます。

喜久雄とて、歌舞伎役者でございますから楽屋見舞いに来てくれるご贔屓がどれほど大切かは知っておりますし、ある意味、彼らとの繫《つな》がりがそのまま役者の人気や興行を左右するのですから、多ければ多いほど、親密なら親密なほど良いのですが、一豊と遊び仲間たちのあいだには、役者と贔屓を分ける一線と申しますか、緊張感のようなものがまったくないのでございます。

言ってみれば、舞台でどんな芸を見せようが私たちは一豊くんの味方、となれば、役者を殺すも同然の贔屓であります。

やっと仲間たちが帰ったようで、つい立ての向こうから、

「小父《おじ》さん、うるさくしてすみません」

すぐに一豊が謝りますので、喜久雄もなんとなく小言を言う機会を逸し、

「そういえば、今度の浅草公会堂で『娘道成寺《むすめどうじようじ》』やるんだってな」

と声をかけますと、畳を擦る音とともに一豊が顔を出し、

「小父さんによく教えてもらうようにって。親父《おやじ》が」

「そりゃ教えんのはいくらでも教えるけど……。それより親父、どう？」

「悲鳴上げながらリハビリしてます」

「義足は？」

「動きやすくすると安定しないし、安定すると動けないしで、なかなか……」

「担当の人がついてくれてんだろ？」

「はい」

素直といえば素直。返事だけといえば返事だけ。こうやって父親代わりとなって同じ楽屋に一豊を入れるようになった喜久雄の、彼に対する素直な感想でございます。

「おまえ、今、二十歳だったな？」

「はい」

「ちょうど今のおまえと同じころ、俺もおまえの親父と『娘道成寺』やったんだよ」

やったもなにも、そのとき先代の半二郎とともに回った過酷な地方巡業での舞台が劇評家の藤川の目に留まったのでございますから、今の二人があるのもこの演目のおかげでございます。

さすがに一豊もそれくらいは知っているだろうと思っての質問だったのですが、返ってきましたのは、

「へえ。小父さんと親父で『娘道成寺《むすめどうじようじ》』やったんですかあ」

というなんとも拍子抜けする返事。

客もまばらな地方の芝居小屋で、それこそ平気で弁当を食べる人や、赤子に乳を飲ませている母親などが相手だったとはいえ、当時そこで踊っていた自分たちには、今思い出しても息が弾むような高揚感がございました。そんな昔話をつい口にしようといたしますと、

「あ、ところで小父さん、綾乃姉ちゃんの披露宴には親父も出たいって。なんか、とりあえずはそれを目標にリハビリしてるみたいです」

「腹が目立ちはじめるまえにってことで、スケジュール前倒ししたんだよ」

「なんかすごいんでしょ、招待客とか会場とか」

実際、一豊の言う通りでありまして、昨年に綾乃との婚約を発表してからの大雷関の活躍はめざましく、優勝こそ逃していますが、毎回優勝争いに残っており、次に優勝すればもちろん、優勝せずとも次の場所でまた活躍すれば、披露宴が結婚と横綱昇進を同時に祝える会になるかもしれないのでございます。

媒酌人は、外務大臣も務めたことのある元衆議院議員、相撲界、歌舞伎界はもとより、

芸能界スポーツ界政財界からと、その招待客の顔ぶれだけでも、近年稀《まれ》にみる豪華さで、この段取りを器用にさばいておりますのが当の綾乃本人で、すでに相撲部屋の辣腕《らつわん》女将然としております。

実は喜久雄、この大規模な結婚披露宴には少し尻込みしておりまして、と言いますのも、喜久雄が知っておりますす綾乃は、決してこのような派手なことが好きな人間ではありませんので、本人が自分のためというよりも、大関大雷の世間体のためにやっているのは明らかでございます。

一度、式の打ち合わせのために楽屋に来ました綾乃本人に、

「自分たちがやりたいようにやっていいんだぞ」

と声をかけたのですが、

「そんなら式なんてやらへんと、そのお金で旅行行って、残りは貯金するわ」

と呆《あき》れたように応えた綾乃を見まして、そうか、この子はもう自分ではなく、夫や生まれてくる子供のために生きているのだと気づかされ、と思えば、そんな娘の一世一代の晴れ舞台、誰よりも輝かせてやりたいと思いますのが、出来損ないとはいえ、親心というものでございましょう。

さて、この披露宴、各方面からの尽力もありまして、豪華ななかにも和やかな雰囲気のある素晴らしいものとなりました。心配されておりました新婦の綾乃が嫡出子《ちゃくしゅつし》ではな

いという事実も、真っ先に披露宴で挨拶《あいさつ》に立った弁天が、若いころ自身が経験したという淡い初恋を笑い話に変えながら、うまい具合にその話を喜久雄と市駒のことに重ねてくれたおかげで、少し堅苦しかった会場の雰囲気を変えてくれたのでございます。

そして何よりこの式で招待客を感動させたのが、溢《あふ》れる涙を拭いもせずに親方からの祝辞を聞いていた大雷関の姿で、その姿に喜久雄もまた、綾乃の幸せを確信したのでございます。

実はこの披露宴ではもう一つ嬉《うれ》しいことがございました。本人の宣言通り、手術後初めて俊介が義足をつけて公の場に出てきたのでございます。どれほどの苦しいリハビリに耐えたのか、松葉杖もつかず、春江に支えられることもなく、しっかりと自分の足で歩くその姿に、喜久雄はもとより歌舞伎関係者たちは、彼の復活をはっきりとイメージしたはずでございます。

祝い事というのは、続くものでございまして、予定日を目前に、腹に張りがあるということで、念のために検査入院しておりました綾乃が周囲の心配をよそに三千グラムを超える元気な女の子を産んだのは、感動的だった披露宴から数カ月後のことでございました。

その上、もしこの世に神様がいらっしゃるのであれば、大変太っ腹なお方らしく、なんとまさにその日、大雷関の横綱昇進の決定がくだったのであります。

初孫誕生と娘婿の横綱昇進を、楽屋で同時に受け取りました喜久雄、さすがに我を忘れて楽屋を飛び出しますと、ここ最近、朝夕に願掛けしておりました歌舞伎稲荷《いなり》に向かって乱れた浴衣の胸元を合わせ、

「おかげさまで無事に産まれました。ありがとうございます。おかげさまで横綱になりました。ありがとうございます」

と頭を下げたのでございます。

その日、舞台が跳ねまして、取るものもとりあえず喜久雄が病院へ向かえば、そこにはまだ小猿のような娘をベッドで抱いている綾乃に、やはり記者会見後、慌ててやってきたらしい紋付《もんつき》姿の大雷関、そして誰よりもホッとしたような市駒の姿で、

「ほら、おじいちゃん来たで」

とその市駒に迎えられました喜久雄、頷きながらもなぜか足がまえへ出ず、そこへ大雷が綾乃の腕から孫娘を引き取り、ぐっすりと眠っているその子をこの世の何よりも大切そうに喜久雄に渡してくれたのでございます。

腕に抱いた孫娘は、まだ本当に小さく、世の中の何もかもを信じ切っているようなその寝顔に、気がつけば喜久雄の目は熱い涙に濡《ぬ》れておりました。

「おじいちゃんが泣いてはるわ。きえちゃん、おかしいおじいちゃんやなあ」

呆れたような市駒に、

「きえ？」

聞き返しました喜久雄に応えてくれたのは綾乃で、

「喜びが重なるで『喜重』。ええ名前やろ」

改めて孫娘を見つめる喜久雄でございます。

♪粋な黒塀　見越しの松に
仇《あだ》な姿の洗い髪
死んだはずだよ　お富《とみ》さん

この軽快な曲が春日八郎の歌声に乗って大ヒットしたのが昭和二十年代の終わりごろ、実はこれ、有名な歌舞伎演目『与話情浮名横櫛《よわなさけうきなのよこぐし》』から誕生しました流行歌でありまして、時は江戸時代、小間物問屋の若旦那与三郎《よさぶろう》は気立ての良い色男で、この色男がやくざの妾《めかけ》だったお富と惚《ほ》れ合い、密会騒ぎから刃傷沙汰《にんじょう》に。海に飛び込み死んだと思ったお富は別の場所で別の男の妾となり、強請《ゆすり》たかりに落ちぶれた元若旦那の切られ与三と再会するのでございます。

この粋で色っぽい演目で、この月、お富を演じるのが一年ぶりに舞台復帰となる俊介でございまして、まだ慣れぬ義足に負担のかかる踊りや立ち回りがない演目とはいえ、逆に火鉢を相手にした女っぽい仕草《しぐさ》が見せ場の役どころ、動きのない分、血の通わぬ義足に観客の目がいくかもしれぬという不安もございました。

それでも初日の幕が開きますと、花井白虎の復帰を心待ちにしておりました客たちで劇場は満席、当の俊介も満を持しての復活舞台に余念はなく、多少ぎこちなさはありながらも見事に艶《つや》っぽいお富を演じ切り、客席はやんやの喝采、テレビドラマの主役としてお茶の間の人気者になっていたこともあり、この大復活劇は「奇跡の復活」「義足の名優」と、あらゆるところで讃《たた》えられたのでございます。

さてそんな復活舞台と同じ月、自身が若いころから続けておりますす舞踊会を行っておりました喜久雄も、休演日を使ってわざわざ京都から東京へ俊介の舞台を見にきまして、花道の鳥屋《とや》にある小窓から鑑賞したのですが、たしかに評判通り、俊介のお富に観客は惜しみない拍手を送っておりました。

終演後、楽屋へ寄りますと、とにかく評判が良いことで自信もあったのか、

「どうやった？」

と、これまで一度たりとも喜久雄に尋ねたことのない感想を俊介が求めます。

「何するにも、あんなに足を庇《かば》われたら、色気もクソもねえよ」

ここで世辞を言ったところで詮《せん》なきこと。俊介もさっと顔色が変わりまして、

「やっぱり庇うてるように見えるか？」

「無理に隠そうとしないで、すっと投げ出しゃいいんだよ。よっぽど色っぽいぞ」

「与三郎が手ぬぐい取るとこやろ？」

とすぐに出てくるところを見れば、自分でも違和感はあったのでございましょう。

「こうか？」

浴衣姿の俊介が座布団の上で体を崩し、ちょっと足を投げ出してみせます。足といってもすでに義足はとれており、肉の引き攣《つ》れた膝が浴衣からちらちらっと見え、

「……ちょう待って。ちゃんと足つけてから、やってみるわ」

俊介が義足をつけるあいだ、なんとなく喜久雄の視線が向かった鏡台の棚には、痛み止めと書かれた薬袋があり、横には飲んだばかりらしいカプセル剤の空き容器が投げ置かれております。

「こう来て、こうやろ。座るときに火鉢あるから楽やねんけど、まあ、とりあえずこう座るやろ。で、せやねん、ここやんな。喜久ちゃんが言うように、ちゃんと座ろう思たら間があくねん。ほんでも、そうか。こんときに、こないして、すっと足出してしもたらええんやな。たしかに、このほうが色っぽいわ」

姿見のまえで誰に見せるともなく、同じ仕草を繰り返す俊介。そのとき、ふと鏡のなかで視線を上げました俊介が、

「……喜久ちゃん、こういう座り芝居の多いもんはええけど、踊りはもう無理かもしれへんわ」

「たった一年でここまで動けるようになったんだろ？　だったら道成寺《どうじようじ》だろうが、藤娘《ふじむすめ》だろうが、すぐ踊れるようになるよ」

「せやろか」

妙にしんみりとしますので、喜久雄は雰囲気を変えようと、

「おっ、俊ぼんも？」

と笑いながら鏡台にあった白髪染めを手に取るのでございます。


携帯電話が鳴り出しまして、隣のベッドで眠っている彰子がごそごそと起き出す様子を喜久雄はなんとなく窺《うかが》っておりました。さっき寝入ったはずなのですが、なぜか電話が鳴り出す直前には、目が覚めていたのが不思議でございます。

「春江さんからだ……」

携帯の表示を確かめたらしく、少し寝ぼけた彰子の声がします。

ふと嫌な予感がしました喜久雄が、思わず寝返りを打ちますと、

「もしもし。……いえ。大丈夫です。……はい。……はい。おります。え？　はい」

聞こえてくるのは彰子のそんな声。

「……ねえ、ちょっと起きて。春江さんから。なんか、俊介お兄ちゃんが家で暴れてるって」

「え？」

布団を撥《は》ねのけた喜久雄が、彰子の手から携帯を奪い取れば、

「もしもし」

「喜久ちゃん？　こんな時間にほんまに悪いんやけど、ちょっと来てくれへんかな？」

「どうした？」

「俊ちゃんがな、ちょっと気ぃ動転してしもうて」

「だから、なんで？」

「うん……。ちょっとだけでええから、来てくれへんかな？」

歯切れの悪い春江の言葉ではありますが、こんなに切迫した電話を春江から受けたこともございません。

喜久雄は電話を切りますと、浴衣を脱ぎ捨て、

「ちょっと行ってくる」

着替えながらも頭に浮かびますのは、なかなか舞台で思い通りに動けぬ自分に苛立つ俊介の姿でございます。

「焦ることないって。大丈夫だって」

心のなか、すでにそう呟《つぶや》きながら喜久雄はタクシーに乗り込んだのでございますが、やけに丁寧な運転をするドライバーの車でのろのろと向かった俊介の家で待っていたの

は、喜久雄の想像を絶する事態だったのでございます。

喜久雄が家に着いてみますと、迎えに出てきた住み込みの若い弟子は青ざめており、台所でも暴れたのか、廊下には割れた皿やグラスが散乱しておりますので、

「俊ぼん！」

と一声かけて靴を履いたまま上がり込めば、すぐに襖が開いて顔を出したのが春江で、

「ほんまに、ごめんな」

その座敷を覗《のぞ》き込んでみますと、今しがたまで暴れていたとはっきり分かるほど、肩を上下させた俊介がしゃがみこんでおります。

「俊ぼん、どうした？」

その背中に声をかけてみますが、春江がこっそりと喜久雄に助けを求めたことにも腹が立つのか返事もいたしません。

「一豊と女将さんは？」

代わりに春江に尋ねれば、一豊は大学のサークル旅行で留守、幸子は二階に避難させているとのことでございます。

「なあ、俊ぼん、どうした？」

改めて声をかけた喜久雄のまえで、これまでどうにか立っていたような春江が頽《くずお》れてしまい、

「今日な、病院の検査日やってん。毎日舞台あるからな、いつも特別に夜に診てくれはんねん」

疲れ切った声のくせに、その手は畳に散ったお茶の葉を無意識に搔《か》き集めており、

「……ほんでな、左足も切らなあかんて。……左足も壊死してるからな、切らなあかんて言われて」

その瞬間、廊下の奥から聞こえてきた嗚咽《おえつ》は、おそらくこっそりと様子を窺っていた幸子のものでございましょう。喜久雄は返す言葉も見つからず、動かぬ俊介の背中を見つめたまま、幸子の嗚咽をただ聞いたのでございます。

あれは俊介が右足の切断を決意したころ、『家庭の医学』などで調べたらしい彰子から、人工透析患者が足を切断すると、五年後の生存率が二割を切ると教えられたことがありました。ただ俊介の場合、糖尿病の家系ではありますが、人工透析をしているわけでもなく、楽観していたのでございます。

なんの声もかけられぬまま、喜久雄はじっと俊介の背中を見つめておりました。畳の茶葉を手のひらで掬《すく》いとった春江が、まるで遺灰でも扱うように、それを台所へ運びます。

座敷に二人だけで残されてみれば、俊介の背中はやけに遠く、さらにどんな言葉も喜久雄には浮かんできません。

台所から、廊下を片付けるように、と若い弟子に頼んでいる春江の声が聞こえてまいります。「掃除機かけましょうか？」という弟子に、「先にグラスや皿の破片拾わんと、掃除機が吸うかいな」と応える声が苛立っているようにも、泣いているようにも聞こえます。

「うちが先、箒《ほうき》で掃くから、あんた、古新聞持ってきて割れたもん纏《まと》めてえな。怪我せんようにやで」

そこに幸子の声まで聞こえ……。

喜久雄は背後の襖を閉めました。掃除の段取りなど、今の俊介に聞かせたくないと思ったのですが、閉めてしまえば、さらに言葉が詰まるのでございます。

どれくらい二人で黙り込んでいたでしょうか。先に口を開いたのは俊介でございました。しかし、その声が小さすぎて、喜久雄の耳には届きません。

「え？」

問い直した喜久雄の耳に、今度はその言葉が入ってきます。

「喜久ちゃん、もうあかん……。悔しいけど、ここまでや」

そんなことない。

そう言ってやりたいのでございます。ただ、目のまえにいるのは、膝から下の両脚を失《な》くす舞台役者でございます。

そのときなぜか浮かんできましたのは、ほぼ盲目となった先代白虎の両手を取り、楽屋から舞台まで連れ立って歩いていた日々のこと。ああそうか、あれは旦那が息子の俊介に見せるつもりで、代わりに自分に見せてくれた役者の意地だったのだと思い至るのでございます。

「俊ぼん、旦那さんはな、最後の最後まで舞台に立ってたよ」

喜久雄はただそう伝えたのでございます。

第十七章　五代目花井白虎

歌舞伎十八番『助六由縁江戸桜《すけろくゆかりのえどざくら》』の揚巻《あげまき》と申しますと、吉原の全盛を象徴するような傾城《けいせい》の大役で、その衣裳《いしよう》の豪華さもまた当代随一。最高位の傾城の品格を見せるために羽織りますのは正月飾文様打掛で、門松や羽子板の刺繡《ししゆう》はもとより、袖山《そでやま》肩山からは注連縄《しめなわ》を滝のごとく配しております。

この衣裳に三ツ歯の高下駄《たかげた》を履き、男衆の肩を借りながらしゃなりしゃなりと舞台裏へ引けてきたのは喜久雄でして、たった今まで立っていた舞台では、代わりに花道から登場した助六に、観客からの拍手喝采が起こっております。

悪者である髭《ひげ》の意休《いきゆう》相手に悪態のつらねの場を演じました喜久雄は、このあと一時間ほど次の出番まで間があきますので、まず高下駄から降り、重い打掛を脱ぎますと、鬘《かつら》はつけたままで楽屋へと戻ります。

階段を降りる喜久雄の前を急ぐのは、弟子の蝶吉で、

「失礼します、失礼します」

と、狭い階段から廊下まで丁寧に人払い。

「おい、蝶吉。今日、俺についてた男衆、ありゃ、誰だよ?」

「あ、すいません。伝えるの忘れてました。傳吉《でんきち》さんが急病で、急遽《きゅうきょ》、三國屋《みくにや》の坊ちゃんが」

「だろ? どうりでどっかで見たことあったんだよ」

今さら振り返りますが、すでに舞台が見えるわけもございません。

「……傳吉さん、急病ってどうしたい?」

「盲腸らしいですよ。入院したって」

「そりゃ大変だな」

楽屋に戻れば、待っていた床山が笄《こうがい》や櫛《くし》でぎっしりの伊達《だて》兵庫《ひょうご》の鬘を丁寧に外してくれます。

途端に身軽になりました喜久雄、鏡台のまえの座布団にあぐらをかき、

「じゃあ、あの武士《たけし》のやつ、大学はもう卒業したのか?」

改めて三國屋の息子のことを尋ねますと、蝶吉が笑い出し、

「結局、単位が足らずに進級できずに中退したみたいですよ」

この三國屋、江戸の吾妻や伊藤、はたまた関西の花井や生田などの名家に比べますと、少し本流からは外れる一門ではありますが、それでも家の始まりは江戸後期、いわゆる中堅どころの役を代々守り継いできた貴重な家柄で、この三國屋の当主と言いますのが、喜久雄と同世代の九代目三國屋権十郎《ごんじゅうろう》、その一人息子が先ほどから話に出ております武士でございます。

役者の息子ですから、幼いころから楽屋周りを走り回って育っておりまして、もちろん喜久雄とも面識があり、一言で言えば腕白、あっちの楽屋でこっそり冷蔵庫のアイスクリームを盗み食いしたかと思えば、今度はこっちで楽屋見舞いに来た芸者の着物の裾を捲《めく》って逃げ、いつも誰かに追いかけられているような子供でございました。

「三國屋の坊ちゃんが何か？」

浴衣を畳み始めた蝶吉に、

「いや、別に」

と応えながらも思い出されるのは、先ほど肩に手をかけて歩いていたときに見えた武士の首筋でございます。花魁《おいらん》を先導する若衆役ですので、きりっとしていて当然なのですが、その風情になんとも言い難い潔さがあり、それがまた妙な色香となっていたのでございます。

廊下でからりとした笑い声が立ったのはそのときで、なんとなく暖簾《のれん》の向こうを窺《うかが》い

ますと、

「喜久ちゃん、おる？」

　と顔を出したのは俊介で、

「おう、俊ぼん」

　慌てて喜久雄が立ち上がりましたのは、両脚を失っている俊介を支えなければと、無意識に体が動いたからなのですが、暖簾をくぐった俊介は壁に手をつきながらも、義足をつけた両脚で松葉杖もつかずに立っております。

「一人かよ？」

　思わず尋ねた喜久雄に、

「一豊に連れてきてもろた。もう一人でも、あっちゃこっちゃ行けてんのやけどな」

　当の一豊はその場にはおらぬらしく、俊介が慣れた様子で義足につっかけたスリッパを脱いで楽屋へ上がってまいります。

「どうだよ、義足の具合？」

　喜久雄が座布団を投げ置いて、乱暴に迎え入れますと、

「先にこっちをこない曲げると、いっちゃん座りええねん」

　言いながらも崩れるように尻もちをつきました俊介が、

「見ての通りやがな。格闘中や。春江なんかひどいもんで、『生まれたての子鹿やな』

て笑《わろ》うてるからな」

そう言って機嫌良さそうに相好を崩した俊介ですが、喜久雄の次の出番までにそう時間がないことに気づいたらしく、

「……せや。今日はな、喜久ちゃんに直々に相談あってきてん」

「相談？」

「うん……、やっぱりな舞台に立ちたい思てんねん」

「そりゃ、分かるよ。だからしっかりと時間かけて……」

「うん。俺もそう思うてた。せやけど、こないなってしもうたもん、さすがにもう元通りにはならへんで」

俊介がそう言って血の通わぬ義足を、憎らしげに、また愛《いと》おしそうに叩《たた》きます。

いや、大丈夫だよ。リハビリを続ければいつかまた同じように。

そう口にするのは簡単ですが、簡単な言葉ほど罪作りなものはございません。

「なんだよ、相談って」

「あんな、こないなっても立てる舞台ないかて、いろいろ考えてみたんやけど……、俺な、『隅田川《すみだがわ》』やってみたい思てんねん。いや、もちろんこの体や、簡単やないのは分かってる。ほんでも、なんしかやれるだけやってみたい思うてな」

ふと気配を感じ、喜久雄が姿見に目を向けますと、廊下で隠れるように話を聞いてい

る一豊の姿が映っております。

切断手術は成功だったものの、術後、糖尿病を示す数値が徐々に悪くなってきていることは喜久雄の耳にも入っておりました。糖尿病患者が足の切断手術を受けた場合、五年以内の死亡率が六割を超えることを、決して口にはしませんが本人はもちろん、家族の誰もが知っているのでございます。

正直に言ってしまえば、現在の俊介の状態で舞台に立つのは無理でございましょう。その上、『隅田川《すみだがわ》』となれば、主役である班女《はんにょ》の前《まえ》は出ずっぱりの上、相手役の舟人をまえにほとんど狂気の一人芝居を演じなければなりません。

「……相談っちゅうのは、ほかでもないねん。もし俺が『隅田川』の班女の前をさせてもろたら、喜久ちゃんに舟人で出てもらえへんやろか思うてんねん。いや、もちろん主役は班女の前やしな、舟人は立役《たちやく》でもあるし、ほんまは喜久ちゃんに頼める役やないことは分かってんねん。ただな……」

「やるよ、喜んでやるよ」

俊介の言葉を遮るように、喜久雄が口を挟みますと、実は緊張していたのか、俊介の肩がすっと落ちます。

その後の俊介の話によれば、まだ三友から承認を得た話でもなく、何よりまずは自身が舞台で動けるまでにならなくてはならず、となると、実現には時間がかかるのですが、かと言って、そのあいだにはもう一つの時間のほうが確実に減っていくのもたしかであります。

「なにも型通りにやる必要はねえよ」

思わず口にした喜久雄ですが、これでは逆に失礼に当たるとすぐに気づき、

「……いや、楽な方法でやれって言うんじゃなくて、俊ぼんらしい班女の前を見せればいいんだよ」

「なあ、喜久ちゃん、二人で万菊さんの『隅田川』見たん覚えてるか？　俺ら、まだ十六歳やったな」

「まだ十六かあ。もっと大人だった気がするよ」

「そら、祇園《ぎおん》で富久春や市駒と遊び回ってたころや、もう子供やないわなあ」

目を閉じれば、班女の前を演じる万菊が、はっきりと浮かんでまいります。

行方知れずの我が子を探す物狂いの女。

あのとき喜久雄は、「こんなもん、女ちゃうわ。化け物《ばけもん》や」と感じ、一方俊介は、「たしかに化け物や。せやけど、美しい化け物やで」と口にしたのでございます。

喜久雄の出番が近づきまして、床山や衣裳、そして蝶吉らが現れますと、次の打掛の支度が始まり、代わりに一豊の肩を借りて楽屋を出ていく俊介に、

「なんでもやるから、連絡しろよ」

と慌ただしい別れの挨拶《あいさつ》でございます。

次の場で喜久雄が着用しますのは、七夕の短冊が風に揺れる大打掛で、袖を通し、肩を入れていくうちに、徐々にその表情が丸みを帯びてくるから不思議であります。

「さ、行こう」

総勢四人での着付けのあと、狭い廊下の壁で衣裳を擦らぬように舞台袖へ向かいますと、すでに出番は終わっているはずの三國屋の武士が、若衆の格好のままで黒御簾《くろみす》の横から舞台を見ております。

「おい」

声をかけた喜久雄のもとへ、慌てて武士が飛んでまいりまして、

「三代目の小父《おじ》さん、さっきすいませんでした。挨拶もしないで」

「おまえ、大学辞めたんだって？」

「なんか、向いてなかったみたいで」

「三國屋の兄さん、がっかりしてんだろ？　せっかく喜んでたのによ」

実際そうであるらしく、武士も面目なさそうにしております。

「武士、おまえ、女形やれ」

「え？」

あまりに唐突な喜久雄の言葉に、武士が驚いたのは当然で、これまで父親の跡を継ぐ

べく立役ばかりをやってきており、まだ若いとはいえ、初舞台から数えれば、それでも二十年近いキャリアでありますから、喜久雄の言葉はある意味、立役失格を意味するものでもございます。

白塗りした武士の表情の奥に、喜久雄もその気持ちを読み取りまして、

「一から出直すつもりで、俺についてやってみろ。三國屋の兄さんには俺から話しとくよ」

と申しますと、出の合図とともに一瞬にして表情を和らげまして、鈴でも鳴らすような足取りで舞台へ出ていくのでございます。

実はこの武士に対する喜久雄の提言ですが、第一に、武士が立女形《たておんながた》に必要な絶対的な威厳のようなものを、当人も気づかぬうちに持っていることを見抜いたのは言うまでもなく、ここ数年、親代わりとなって預かっている一豊の素質が、どうも女形よりも立役に向いていると喜久雄は思っておりまして、となれば、一豊と相性の良い同世代の女形を探してやるのも親代わりの役目、そのお眼鏡に適《かな》いそうなのが武士だったのでございます。

簡単に口では立女形に必要な絶対的な威厳などと申しましたが、では実際にはどのようなものなのか、もちろん喜久雄自身もそれをきちんと言葉にすることはできません。

ただ、たとえばこの武士が楽屋の廊下に立っているといたしましょう、先輩役者に呼ば

れるのを待っているのか、それとも単に暇を持て余しているのか、とにかく壁に寄りかかって退屈しのぎに足を揺らし、その目は汚れた床に向けられております。

言ってみれば、からっぽでございます。

何かを見ているわけでもなく、何かを考えているわけでもないからっぽの体。しかしそのからっぽの底が、そんじょそこらのからっぽの底とは違い、恐ろしく深いことが誰の目にも明らかなのでございます。

生前、先代の白虎はよく言っておりました。女形というのは男が女を真似《まね》るのではなく、男がいったん女に化けて、その女をも脱ぎ去ったあとに残る形であると。

とすれば、化けた女をも脱ぎ去った跡はまさにからっぽであるはずなのでございます。さて、舞台上で緋毛氈《ひもうせん》をかけた床几《しょうぎ》に腰をおろした喜久雄の目のまえで繰り広げられておりますのは、助六とその兄、そして実母三人によるコミカルな再会の場面であります。

自分はちゃんとからっぽになれているだろうか。ふと喜久雄は焦るのでございます。目のまえにはぎっしりと並んだ観客たちの千を超える顔顔顔。その一つ一つが、まばゆいほど明るい助六の舞台からは恐ろしいほどはっきりと見えております。

鏡まえで揚巻《あげまき》の化粧《かお》を整えました喜久雄は、テレビへ手を伸ばしまして、いよいよ優

勝決定戦の始まる大相撲中継のボリュームを上げますと、

「よしっ、頑張れよ」

と自らを鼓舞するように手を打ちます。

九州場所も今日が千穐楽《せんしゅうらく》、優勝決定戦を戦いますのは、共に十四勝一敗同士の東方横綱鷲《わし》ケ浜、西方横綱大雷《おおいかずち》で、いよいよ時間いっぱいとなりました土俵では、両者の睨《にら》み合いでございます。

娘婿である大雷にとりましては、横綱に昇進して以来、ずっとこの鷲ケ浜に優勝を阻まれておりますので、喜久雄はまさに祈るような気持ちでの観戦、

『大雷、肩の辺りに汗が光っておりますね。表情から気合が伝わってまいります。さあ、時間いっぱい』

静かなアナウンサーの語り口とは逆に、テレビからは観客たちのうねるような歓声であります。

「よしっ、大雷、行け！」

テレビのまえで喜久雄が膝《ひざ》を立てた瞬間、歓声のなかで両横綱がぶつかり合い、

『左よつ。上手は大雷！　鷲ケ浜が巻き替えられない。右上手です。互いに逆の左よつ。鷲ケ浜、このままでは苦しい』

「よし、よし、行け！　行け！」

『あ、大雷が先に攻めた。寄り切り！　寄り切りで大雷！　大雷が勝って優勝！』

興奮したアナウンサーの声と共に、これまで辛苦を舐《な》め続けてきた大雷優勝を讃《たた》える観客たちの歓声が、テレビを通して伝わってまいります。

思わず立ち上がりました喜久雄も、

「万歳！　万歳！」

と襦袢《じゅばん》の袖を乱して両手を上げ、横で見ておりました蝶吉たちも、喜久雄につられての万歳三唱でございます。

「喜久ちゃん、勝ったな！」

ふと振り返れば、やはり隣の楽屋で応援してくれていたらしい伊藤京之助が助六の格好のままで顔を出し、

「いやー勝った。勝ってくれた」

万感の思いで娘婿を讃える喜久雄でございます。

さて、この日から、宿敵鷲ケ浜との直接対決で優勝を勝ち取った祝い事はしばらく続きまして、優勝パレードのニュース映像には控えめながらも心から嬉《うれ》しそうな綾乃の姿も映っておりました。その綾乃から孫娘である喜重の七五三に付き添ってくれないかと連絡を受けましたのが、ちょうど『助六由縁江戸桜《すけろくゆかりのえどざくら》』の公演もそろそろ千穐楽を迎えようとしていたころ、

「だったら、着物やなんかはこっちで揃《そろ》えてやるよ」

と二つ返事の喜久雄でしたが、さすがに着物はすでに大雷関のご両親が誂《あつら》えてくれたとのことでございます。

さて、その七五三の当日、喜久雄も紋付《もんつき》で神社に駆けつければ、そこには桃色の総絞りに、愛らしく髪を結い上げてもらった喜重が、それこそ可愛らしい手毬《てまり》のように駆け寄ってまいりまして、

「じぃじ、じぃじ」

と飛びついてきますので、その子を抱き上げた瞬間の、腕の重み、髪の甘い匂いに、まるで幸せを独り占めにしているような喜久雄であります。

神社には大雷の両親と、京都からは市駒も来ておりまして、参拝が終わりますと、日を浴びた境内で記念撮影をしたのですが、そこは、ついこのあいだ優勝した大雷に、花井半二郎が立っているわけですから、あっという間に他の参拝客らに囲まれまして、場所が慣れぬ神社ということもあったのか、普段は鷹揚《おうよう》な喜重がなぜかこの日は自分たちを囲む人の多さにひどく怯《おび》えてしまい、撮影もそこそこに退散したのでございます。

「お父ちゃん、最近、俊介小父さんに会《お》うてはる?」

綾乃が、寝入った喜重の前髪を撫《な》でながら、そんなことを聞いてきましたのは、神社から昼食を取るホテルへ移動するタクシーのなかでございます。

「こないだ、楽屋に来てくれたけど、なんで?」

「春江おばちゃんから聞いたんやけど、相当無理してはるみたいよ、リハビリ。はよ舞台に復帰したいのは分かるけど……」

春江から聞いたという綾乃の話によれば、俊介のリハビリのスケジュールは少し常軌を逸したものらしく……、もちろん苦しみ抜いている俊介の姿は、喜久雄にも簡単に想像はでき、それが体に良くないことも分かりますが、ただ、どんな思いで俊介がそうしているのかと思えば、

「お父ちゃんからも、あまり根詰めへんように言うてよ。そうやないと、これで思い通りに体が回復しぃひんと、今度は精神的に参らはるわ。もう若《わこ》うないんやし」

と、いくら綾乃に言われましても、

「じゃあ、無理するなって言っとくよ」

とは簡単に言えないのでございます。

機嫌を直した喜重を囲んだお祝いの昼食を終えますと、喜久雄はなんとなく市駒を誘ってホテルのラウンジに寄ったのでありますが、注文した紅茶を一口飲むなり、

「なんかなあ、急に老眼がひどうなって」

とは市駒で、返す喜久雄も、

「俺もここ最近、ずっと調子悪かったから、彰子に勧められて、浅草の漢方薬屋に行っ

たんだよ。で、『体が重い。これまでの七割くらいしか動かない』って症状を説明したら、『そりゃ、当たり前ですよ。いつまでも二十歳のように動くわけがない』って笑われたんだけど、不思議なもんだな、病気じゃないって分かりゃ、けろっと元気になるんだよな」

「漢方薬、なんか飲んだはんの？」

「一応な。そっちは？　体、なんともないんだろ？」

「体だけは丈夫やわ。色気もまだあるし」

本気か冗談か、市駒がすっと首筋を伸ばしてみせますので、

「男は？」

と喜久雄も興に乗って尋ねてみれば、

「おかげさんで、まだお声かかります」

そう言いながら、携帯を取り出しました市駒が、さっき神社で撮影した喜重の写真を見せてくれ、

「この横顔なんか、あんたによう似てはるわ」

構図は悪く、手ぶれのひどい写真ばかりながら、繰り返し孫娘を眺める喜久雄たちでございます。

懸命な努力によるリハビリの末、俊介の念願だった『隅田川《すみだがわ》』での舞台復帰が決まりましたのは、それからしばらく経ってからのことでございまして、とはいえ、興行元の三友としましても、無理に開けたはいいが、やはり動けませんでした、というわけにもいかぬため、テストではないですが、関係者たちのまえで、一度、通しで見せてくれ、というのが条件でございます。

そこで歌舞伎座の舞台を遅い時間に貸してもらい、まずはそのテストに向けての稽古を始めたのですが、その初日、俊介の動きを目の当たりにしました喜久雄の正直な感想は、こんなによたよたした動きで舞台に立つのはあまりに痛々しいというものでありました。

〽 舟人妾《わらわ》を乗せ給えと
　言うに舟人棹《さお》とり直し

俊介演じます班女《はんにょ》の前《まえ》が、舟人に乗船を乞う場面でございますが、どうも自身の動きが納得できぬようで、俊介が何度も流れを止めます。

明々とつけられた歌舞伎座の照明は、浴衣姿のたった二人に向けられるには強すぎまして、これがまたさらに俊介の動きの痛々しさをあぶり出します。

「なあ、俊ぼん、とにかく最後までやってみようぜ。細かいところやってると、全体が摑《つか》みづらいよ」

喜久雄の言葉に納得はするのですが、それでもやはり扇を落とす際の足の動きに違和感があるようで、

「せやな」

と言いながらも、俊介はまた同じ動作を繰り返します。

さて、この『隅田川』、能から歌舞伎となったもので、前にもお話ししましたが、我が子を人商人《ひとあきんど》に攫《さら》われ、悲しみのあまりに気が狂い、その行方を尋ねて遠く東国までやってきた女の物語でございまして、その隅田川の岸では、なぜか多くの人が念仏を唱えており、舟人に問えば、一年まえ、都から人商人に連れて来られた、女の息子らしき少年が旅の疲れで憔悴《しょうすい》し、そのまま河原に打ち捨てられたと申します。

俊介が偏執的なほど自身の動きを確かめております姿から、喜久雄はわざと目を逸《そ》らしまして、誰もいない客席を見渡しておりました。

このように静まり返った歌舞伎座の舞台に立っておりますと、喜久雄はいつも誰かの視線を感じます。

ここにいるのは自分と俊介だけ、もちろん舞台裏にスタッフの一人や二人は残っているのでしょうが、そういうことではなく、自分たちがいるこの歌舞伎座の舞台を、真上から誰かがじっと見下ろしており、もちろん見上げたところで、その誰かと目が合うわけでもないのですが、そこに誰かがいるのは明らかで、芸道の神様として慈悲深く見下

ろしているという風でもなく、かといって厳しく睨みつけている風でもなく、どこか楽しげに眺めている風なのでございます。

そしてその誰かは喜久雄が初めてこの舞台に立ったときから、いや、もっと昔からずっとそこにいたはずで、これはどう説明のしようもないことなのですが、喜久雄にはその気配がはっきりと伝わってくるのでございます。

「なあ、俊ぼん、元々の能の『隅田川《すみだがわ》』に戻してやってみたらどうかな？」

誰もいない客席から視線を戻した喜久雄がふと呟《つぶや》きますと、手振りを止めた俊介が、

「能の『隅田川』に戻す？」

尋ね返しながらも、すでに喜久雄が言わんとするところを理解したらしく、

「……物狂いのところやろ？　実は俺も能の方がしっくりくんねん」

歌舞伎では、この班女《はんにょ》の前《まえ》は攫われた子を探しているあいだに物狂いの女、いわゆる狂女となり、東国まで下ってきたと解釈されておりますため、登場からすでにおどろおどろしい、まさに円山応挙《まるやまおうきょ》の幽霊画の世界なのでありますが、実は元々の能では、この物狂いという言葉が、本来の意味のままに扱われておりまして、と言いますのも、この場合の「狂う」とは、心地よく酔いしれたように歌い踊るというような陶酔感を示すものなのでございます。

そこで能の『隅田川』では、次のような舟人との会話がございます。

〈班女の前〉ならなう我をも舟に乗せて賜《たまわ》り候へ
〈舟人〉汝は狂女ごさめれ、いづくよりいづ方へ下る人ぞ
〈班女の前〉これは都より人を尋ねて下る者にて候
〈舟人〉たとひ都の人なりとも、面白う狂へ狂はずは、この舟には乗せまじいにて候
（私も舟に乗せてください）
（あなたは旅芸人のようですが、どこからいらした？）
（私は都より人を尋ねてきました）
（たとえ都の人だろうと、旅芸人ならば面白く舞ってください。舞ってくれねば、この舟には乗せません）

これが歌舞伎では、最初からおどろおどろしい狂女として描かれているのでございます。当然、歌舞伎版には歌舞伎版の面白味もございまして、狂っていた女が非業の死を遂げた思い子の声を聞き、ふと正気に戻るような人心の凄《すさ》まじさを表現する演出は、最初から狂っているという設定あってこそでございます。

「喜久ちゃん」

しばらく歌舞伎と能の『隅田川』の違いを話しておりました俊介が、ふとすべてに合点がいったとばかりに手を叩きまして、

「……俺、分かったわ。自分の動きにずっと違和感あったんがなんでか。俺、今、こん

な見た目やろ。両脚ないやんか。せやけどな、俺は絶対にこの姿を見世物にはしとうないねん。でも歌舞伎の『隅田川《すみだがわ》』は狂った女の役や。それやと、狂うことと脚の不具が一緒に見られる。それがいやで、どうしても動きがぎこちなかったんやわ。脚ないから狂女の役がはまったなんて、誰にも言わせとうないねん。俺は今の自分の姿を醜いとは思わへん。俺はこの姿で、我が子を愛する母親を演じたいねん。美しくて、優しい母親の姿を立派に演じたい思てんねん」

喜久雄は浴衣の裾で見え隠れする俊介の義足から目が離せませんでした。先ほどとは違い、そこに血が通い始めたように見えたのでございます。

稽古は休憩もなく、その後も長く続きまして、いよいよ舟人から我が子がこの川のほとりで亡くなったことを知らされた班女《はんにょ》の前《まえ》が、

〽是は夢かや　浅ましや
　人目も恥じずに泣き伏せば

と、その体を波打たせ、悲しみを表現する場面になったのでございますが、その動きがあまりにも激しすぎたのか、のけぞった体を支えきれずに、まるでポキンと膝が折れるように倒れた俊介が、そのまま床に背中を打ちつけたのであります。

慌てた喜久雄がその腕を引こうといたしますと、倒れ込んだまま、ゼエゼエと肩で息をしております俊介が、逆に喜久雄の腕を引き、バランスを崩した喜久雄もまた、その

隣にゴロンと転がります。

慣れぬ義足をつけての稽古に、俊介の胸はまるでマラソンでも走ってきたかのように波打っておりまして、その息が整うまで、じっと待っておりました喜久雄が、

「今日はこの辺にしとこう」

と声をかけますと、まだ荒い息のまま天井を仰ぎ見ている俊介が、

「なんや、こないしてると、昔、二人してお父ちゃんに稽古つけてもろてたときのこと思い出すわ。踊りや動きは骨で覚えるんや言われて……」

「猿股一丁で」

「『この肩甲骨で覚えるんや』いうて、墨で印つけられて」

「体中、痣《あざ》だらけになって」

「ほんでも、なんや毎日おもろかったなあ」

気がつけば、二人は同じ天井の照明を見つめておりました。あんなに眩《まぶ》しい照明にも、いつの間にか目が慣れて、とてもあたたかく感じるのでございます。

開演ぎりぎりに駆け込んでくる客たちの慌ただしさも波のように引きますと、赤絨《じゅう》毯《たん》の敷かれた、ここ歌舞伎座のエントランスホールにも一瞬のどかな空気が流れます。

たった今まで贔屓《ひいき》客への挨拶に追われておりました春江も、丹波屋のスタッフに今日

の来客数の報告を受けますと、

「なあ、彰子ちゃん、ちょっとコーヒーでも飲みに行かへん？」

と、やはりたった今まで客の相手をしていた彰子に声をかけたのでございます。

「お姉さん、もう大丈夫なんですか？」

「うっとこはもうええねん。そっちは？　誰か待ってんの？」

「いえ」

「ほな、行こ。なんか甘いもん食べよ」

「じゃ、ご馳走《ちそう》になろっと」

劇場スタッフにあとを任せまして、エントランスから外へ出ますと、ガランとした背後のホールとは打って変わり、賑《にぎ》やかな銀座の通りの音が一斉に耳に飛び込んでまいります。目のまえでは銀座の目抜き通りの晴海《はるみ》通りが大渋滞、劇場まえも歌舞伎座の外観や絵看板と記念撮影する国内外からの観光客でごった返しております。

着物姿の二人はやはり目立つらしく、すぐに海外からのツアー客に取り囲まれての撮影大会でございます。

しばらく撮影に付き合いまして、向かったのは歌舞伎座から近い老舗《しにせ》の菓子屋で、奥の喫茶席に落ち着きますと、競うようにケーキセットを注文したあと、互いにほっとため息の二人であります。

「幕開いて、今日で五日目。ちょっと一息やわ」

春江がメールをチェックしながら、

「……せや。彰子ちゃん、煙草《たばこ》吸うんやったな。遠慮せんと吸いや。またこのあとバタバタするし」

と灰皿を差し向けます。

「ケーキ頂いたら、お言葉に甘えて」

応えながら、その彰子がじっと春江を見つめますので、

「何？」

「いや、お姉さんはほんとに強い人だなあって思って」

「うちが？　なんで？」

「だって、俊介お兄ちゃんをこんなに一生懸命支えて」

「そんなん、当たりまえやんか。自分の旦那さんやもん」

「でも、私だったらできるかなって。もしうちの人が俊介お兄ちゃんみたいになったとして、今のお姉さんみたいにできるかなって。私だったら、『もういいよ』って。なんかそんなこと言っちゃいそうで」

「いやや一、そんなん言われたら、うち、鬼嫁みたいやないの一」

もちろん彰子の真意は春江にも伝わっております。だからこそ冗談でしか返せないの

でございます。

快方に向かう人間なら、いくらでも励ませる。しかし俊介の体調は日を増すごとに悪くなっているのが明らかで、そんな相手に、「もっと頑張れ」と言わなければならない辛《つら》さを、彰子も知っているからこそ、こうやって珍しく二人っきりになった今、彼女なりのやり方で労《いたわ》ってくれているのでございましょう。

俊介の復帰公演となります今回の『隅田川《すみだがわ》』、正直なところで申せば、どうにか初日は開いたというのが妥当であります。

喜久雄との二人三脚の稽古から比べれば、もちろん俊介の動きは見違えるほどなのですが、それでも本人が目指すところには遠く及ばぬようで、その不甲斐《ふがい》なさに眠れぬ夜もあったのでしょうが、それでもやると決めたからにはと、まさに粉骨砕身し、結果、初日の幕が上がってみますと、これまでにない新解釈の『隅田川』は、俊介が必死に目指したように、両脚を失った役者の演技が同情されるのでも評価されるのでもなく、舞台から溢《あふ》れ出てくる子を失った女の悲しみに対して絶賛の拍手を受けたのでございました。

ただ、日々の劇場が観客の感動に包まれれば包まれるほど、幕の下りた直後の俊介の疲労は凄まじく、毎回、喜久雄はもとより、弟子たちが抱きかかえて楽屋に連れ帰るような状況で、これがまだ五日目の今日までのこと、千穐楽までの道のりが誰の目にも長く感じられるのでございます。

とはいえ、一度開いた幕はどんな理由があろうとも千穐楽までは下りません。俊介の復帰舞台であるこの『隅田川』でさえ、本人が舞台に立てなくなれば、容赦なく代役が立てられるのであります。

ちなみに今回、万が一のことを考えた三友も、俊介降板の折には生田庄左衛門の筋に当たる中堅の女形にと、それとなく話は通してあります。これは決して無情なことではなく、これが興行というものなのでございます。それでも俊介懸命の復帰舞台はこつこつと続けられ、いよいよ楽《らく》まであと三日を残すのみとなってまいりました。

舟人の姿となって楽屋を出ました喜久雄は、いつものように隣の暖簾をくぐり、

「俊ぼん、先に行くぞ」

と、様子を窺います。

幕が開いて以来、俊介の調子が完全に良い日などないのですが、それでもその声の加減で、調子が悪いなりの体調の良し悪しを確認するのですが、

「喜久ちゃん、舟に乗り込むとこなんやけど……」

今日は鏡越しに俊介から声がかかりましたので、

「今日は支えようか？」

と先回り。

暖簾から手を放し、いつものように舞台へ向かおうとした喜久雄の足が嫌な予感にふと止まります。一瞬、また俊介の楽屋へ戻ろうかとも思ったのですが、ここで戻れば、この嫌な予感が的中するのではないかという思いにかられ、逆に足早にその場を立ち去りまして、舞台袖に向かったのは良いのですが、いよいよ幕が上がるというときになって、先ほどの嫌な予感が胸元に迫《せ》り上がり、

「俊ぼんは鳥屋《とや》に入ったよな？」

と、自分で見に行くわけにもいかず、急ぎ蝶吉を花道の鳥屋へ向かわせたのでございます。しかし蝶吉が戻る間もなく、鳴り響くのは幕開きの太鼓。そこへ清元の語りが始まります。

〽実《げ》にや人の親の　心は闇にあらねども
　子を思う道に迷うとは

喜久雄は思わず書き割りの隙間に顔を寄せますと、このあと俊介が出てくるはずの花道を祈るような気持ちで見つめます。

〽今こそ思い白雪の　身に降りかかる憂き苦労
　誰に語りて晴らすらん

次の瞬間、シャリンと開いた揚幕《あげまく》の向こうに、いつもと変わらぬ俊介の姿。しかし、喜久雄は取り越し苦労に力が抜けまして、そこに膝をついたほどでございます。しかし、花道を

ゆっくりと歩いてくる俊介の様子に異変を感じましたのはまさにそのときで、体の軸がぶれているといいましょうか、視線がぶれているといいましょうか、とにかく今にもよろよろと倒れてしまいそうに見えるのでございます。

ただ、客にはそれが演技と見えるようで、客席からは万雷の拍手。

次の瞬間、本来なら花道の七三まで出てきて、手にした笹《ささ》の枝での踊りとなるのですが、曲のあいだにそこまで進むことができなかった俊介が、花道の途中で踊り出したのでございます。

「俊ぼん……」

思わず口にした喜久雄の耳にも、俊介に違和感を覚えたらしい目利きの客たちのざわめきが聞こえてまいります。しかし俊介はなんとか舞台を進めようと、懸命にそこで踊っております。

〽東《あずま》とかやに下りぬと

聞くより心乱れ髪

踊りのなかで膝をつき、本来ならすっと立ち上がるはずの俊介が、一度よろけ、そのままへしゃがみ込んでしまったのはそのとき、本人は悟られぬように、座り込んだまま踊り続けておりますが、めまいがしたらしいのは明らかで、その額に浮かんだ尋常でない大汗が、強い照明にギラギラと光っております。

本来なら花道で踊り終えた俊介が舞台までやってきたタイミングで、喜久雄が漕《こ》ぎます舟の出番となるのですが、花道には立ち上がることもできず目を白黒させながらも懸命に踊っている俊介の姿。

「おい、出るぞ。舟、出せ」

段取りとは違う喜久雄の急な指示に、大道具たちが慌てふためきます。

喜久雄は舞台袖で舟に乗り込みますと、すぐに舞台の上手へ引くように目配せし、手にした棹で舟を出します。

普段とは違う舟人の登場ですが、さすが清元連中の三味線は乱れることもなく、照明も的確に舟人をとらえます。

喜久雄の登場に観客たちの視線は一斉に舞台へ、わざと大きな動作で棹を差し、俺だけを見てくれとばかりに観客席を見渡す喜久雄に客たちは大喝采。

ただ、その心中では、「俊介、早く立て直せ」と祈るような思い。

いざとなれば、先に舟をおり、花道で立てずにいる俊介を自然な素振りで迎えに行こうと、喜久雄は目を向けたのですが、なんと返ってきたのは「来るな」という俊介の強い眼差《まなざ》しでございます。

喜久雄は舟をおり、舞台の中央へ出向きます。横目に映るのは、踊りながらもなんとか立ち上がろうとする俊介の姿。

立て。俊ぼん、立て！

思わず心のなかで声が立ち、その声をぐっと堪《こら》えて、遠方を眺めるように身をひねります。

本来ならすでに班女《はんにょ》の前《まえ》が舟に乗せてくれと頼む場面、しかし俊介は未《いま》だ動けず、太鼓の音だけが高なったそのときでございます。いよいよ花道に身を投げ出した俊介が、なんと動かぬ足を引きずって、両腕で這《は》い始めたのでございます。

来い、ここまで来い。

ここまで来たら、あとは俺がなんとでもしてやる。来い、俊ぼん。

ここまで来い！

客席の空気が変わっておりました。必死に這ってくる俊介の顔が、痛みと意地でぐちゃぐちゃに歪《ゆが》んでおります。

花道から喜久雄が待つ舞台まであと五メートル。喜久雄は思わず目をつぶりました。

状況を察した清元の三味線が、同じ節を繰り返してくれます。

客席からゆっくりと拍手が起こったのはそのときで、おもむろに目を開けた喜久雄の足元で、俊介が演技を続けていたのでございます。

「なあなあ舟人、妾《わらわ》をその舟へ乗せて賜り候え」と。

貧血による意識障害で俊介が救急搬送されましたのは、念願だった復帰公演の『隅田川《すみだがわ》』を千穐楽まで勤め上げたその翌朝のことでございました。

一カ月の公演で、まさに精も根も尽き果てたのでございましょう。前夜、千穐楽の舞台から帰宅した俊介は、箸も持てぬほどだったそうでございましょう。

千穐楽の三日まえの公演で、登場そうそう花道で立てなくなり、舞台まで這っていったという醜態はありましたが、それでもその後は、大事をとっての降板を勧める三友に首を縦には振らず、まさに気力だけで残りを勤めました。

緊急入院のあと、俊介はそのまま長期療養となったのですが、ふた月ほど経ちまして体力も次第に回復してきますと、狭い病室に閉じ込められているのがたまらなくなったのか、医師に無理を言って退院し、その後は喜久雄が義父の吾妻千五郎から借りてやった鎌倉の別荘で、療養を続けることになりました。

別荘の窓から見下ろせる由比《ゆい》ケ浜の景色のせいか、それとも久しぶりに夫婦水入らずでのんびり過ごしているせいか、俊介も病床ながら気分は清々するようで、春江相手に冗談ばかり言っているという噂《うわさ》が喜久雄の耳にも入ってきたちょうどそのころ、神様もまだ俊介を見捨てる気持ちにはならないらしく、先般の『隅田川』における俊介の演技に対して日本芸術院賞を授与するという大きなニュースが飛び込んできたのでございます。

この日本芸術院賞、国の栄誉機関である日本芸術院によって授けられる、昭和十六年（一九四一年）から続く伝統ある賞で、授賞式には天皇皇后両陛下の行幸啓《ぎょうこうけい》を仰ぎまして挙行される格式高いものでございます。

当然、俊介の喜びようは大変なもので、第一報を受けた際には、病身ながらベッドの上で飛び跳ねたと申しますから、伝えた春江も慌てたのですが、この同じ賞を、四十年まえ、先代の白虎もまた受賞していたと俊介から聞きますと、夫婦して思わず手を取り合ったのでございます。

受賞の知らせは、東京の舞台に立っておりました喜久雄の耳にも入りまして、とにかく一言、面と向かってお祝いが言いたいと、その日の終演後に鎌倉へ車で向かうことにしたのですが、ならば、現在、膝を悪くしている幸子も一緒に乗せてきてくれないかと春江に頼まれまして、急ぎ世田谷の家へ迎えに行ったのでございます。

空《す》いた首都高から第三京浜を抜けての鎌倉までの短い道中で、問わず語りに幸子の口から出てくるのは、先代白虎の昔話であります。喜久雄は終始無言で、幸子の話に相槌《あいづち》を打つだけではありましたが、この間合いが喜久雄には妙に懐かしく、出奔した俊介に代わり、この人を母と思って孝行しようと決めた若い日の心がけが、今ごろになって俊介の芸術院賞受賞という大きな褒美となり、自分のまえに現れたようで嬉しさも格別なのでございます。

「こないして、あんたとドライブするんは、これが最後かもしれへんなあ」

ふいに幸子が寂しいことを言い出しますので、さすがに喜久雄も、

「ドライブぐらい、いつだって連れてきますよ」

と雰囲気を戻そうといたしますが、

「なんや、膝悪うなってから、ガクンてきてな。人間言うんは、自分の終わりがちゃんと見えるんやろか」

そう言って膝を摩《さす》る幸子の体が、昔、悪さをした喜久雄や俊介を追いかけまわしてデコピンしていたころに比べますと、一回りもふた回りも小さく見えます。

「……なあ、喜久雄。これ、うちの遺言や思うて聞いてえな」

車は鎌倉駅を過ぎ、目のまえに月明かりの由比ケ浜が現れたところでございます。

「……あんたに頼み言うても、いっこしかあらへん。俊介はあの通りや。となったら、うちは一豊のことが心配で心配で死んでも死に切れへん。なあ、喜久雄。うちの最後の頼みや。一豊のこと、どうかどうか頼むわ。この通りや」

助手席で深々と頭を下げる幸子の白髪を月明かりが照らします。

そんな幸子が、俊介の看病だけでも大変な春江の手をこれ以上煩わせたくないと、逗《ず》子《し》の老人ホームへの入所を決めましたのは、俊介がなんとか体調を整え、上野の日本芸術院で挙行された授賞式に車椅子で参加した直後のことでございました。もちろん春江

は最後まで反対したのですが、一度決めた幸子の決意は翻ることなく、

「鎌倉と逗子なんて近いもんや」

と強がり半分で決行し、それでも入所してしまいますと、足が悪いとはいえ、まだ他の入居者よりもひと回りもふた回りも若いうえ、生来の明るさや姉御肌も手伝ってか、すぐにホーム内の人気者となったようで、春江が面会に行けば、決まってレクリエーション室で多くの友人たちに囲まれていたそうであります。

「体が丈夫やったら、ほんまは鎌倉におる息子のそばにおりたいんやけど。このざまやろ。行っても嫁に迷惑かけるやん。ほんでも、もう長《なご》うない息子の、少しでもそばにおりたいねん。せやから、この逗子のホームに来たんや」

これは春江が、ホームの職員からこっそりと教えてもらった幸子の言葉でございます。

療養する鎌倉の家の庭で、車椅子にもたれて日光浴する俊介の姿が、写真週刊誌に隠し撮りされたのは、ちょうどこのころでございました。もちろん撮られるとは思っておりませんので、髪はボサボサ、寝起きのパジャマはヨレヨレで、やせ細ったその痛ましい骨格がパジャマから浮き出ているような悲しい写真でございました。

もちろん三友から抗議はしてもらったのですが、マスコミのおもちゃにされるのは人気役者の常。あんな姿を晒《さら》されるのはかわいそうだと思う心で、もっと知りたいと思うのもまた世間の常。畢竟《ひっきょう》、世間とは残酷なもの。それが華やかに咲いた花であればある

ほど、その最後を見たいと思う。そして見せるのが芸人の義務だと思う。朽ちてゆく芸人への憐《あわ》れみは、同時に世間の優越感でもあるのでございましょうか。

このころ、喜久雄が立っておりました舞台は、皮肉にも、昔、先代の白虎と回った地方巡業で俊介と踊り、喝采を浴びた『道成寺《どうじょうじ》』で、それを本来の一人で踊る『京鹿子《きょうがのこ》娘《むすめ》道成寺』としてやっておりました。考えてみますと、この舞台から自分たちの歌舞伎人生は始まったと言っても過言ではございません。

その日、いつものように喜久雄が車を歌舞伎座の駐車場に停《と》めますと、どこから入ってきたのか、とつぜんテレビのカメラクルーの眩《まばゆ》い照明を浴びまして、

「白虎さんの病状について、何かお聞きになってませんか？」

突きつけられるマイクを手で払い、何も応えずに楽屋へ向かったのですが、途中の廊下にいた別の報道関係者が誰かと携帯で話しており、

「……うん。まだみたいだよ。昨日の晩に病院に運ばれたのは確からしいけど。……まだしばらくかかるんじゃねえかな。二、三日かかるんなら、ずっとここに張りつくわけにもいかねえしさ」

無視して楽屋入り口を開けようとしたのですが、ドアを開けようと伸ばした手がどうしてもノブを摑もうとしてくれません。

思いに任せて喜久雄が振り返ったのはそのときで、

「おい！　何がまだなんだよ？　おまえら、よってたかって、何待ってんだよ！」

捻《ひね》り上げた相手の胸ぐらに、行き場のない拳の怒りを押しつけたのでございます。一斉にカメラのフラッシュが焚《た》かれたのと、慌てた劇場スタッフが喜久雄を引き離したのとはどちらが先だったか。

劇場スタッフたちに引きずられるようにして楽屋口へ連れて行かれる喜久雄のその姿に、最後までフラッシュは浴びせられたのでございます。

もちろん昨晩俊介が緊急入院したことは、喜久雄の耳にも入っておりました。この数カ月、自分なりに覚悟はしてきたつもりではありながら、俊介がいなくなるということがどういうことなのか、喜久雄はまだ何も理解していなかったのかもしれません。

俊介緊急入院の知らせは、すでに各楽屋を重苦しい空気にしておりまして、気のせいか誰もが耳をそばだてているようでございます。そんななか、枝垂桜《しだれざくら》文様の赤い振袖に黒帯を締め、美しき白拍子花子《しらびょうしはなこ》となった我が姿の映る鏡から、なぜか今日は目を逸らしてしまう喜久雄、それでも気持ちを切り替えて花道の鳥屋へ向かいます。

小道具や衣裳箱の積まれた奈落を抜け、狭い階段を上がって真っ暗な鳥屋へ入りますと、黒幕の引かれた支度場に、また姿見がぽつんとあり、天井から吊《つ》るされた裸電球が、白塗りした我が顔をそこにも浮かび上がらせます。

舞台ではすでに道成寺の僧たちが、「聞いたか聞いたか」「聞いたぞ聞いたぞ」と並び、焼け落ちた鐘楼の鐘の供養が営まれるという話をしております。

「昔、南座の屋上でよくキャッチボールしたんだよ」

ふと口を開いた喜久雄に、鳥屋の揚幕係はきょとんといたします。

「……俊ぼんも俺も浴衣はだけて走り回って、下の楽屋にいた万菊さんたちにもよく叱られて……、こういうのをまるで昨日のことみたいって言うんだな」

ますます混乱した若い揚幕係は、目を合わせないようにしております。

舞台では僧たちの掛け合いがそろそろ終わり、いよいよ白拍子花子の登場で、揚幕係が助かったとばかりに持ち場へ戻ろうとしたまさにそのときでございます。狭い階段を息せき切って駆け上がってきました蝶吉が、

「旦那さん……」

と声をかけたまま言葉を呑《の》みます。

喜久雄は、言え、と目で合図を送りました。ごくりと唾を飲んだ蝶吉が、

「丹波屋の旦那さんが、今、亡くなったそうです……」

姿見のまえへ喜久雄が吸い寄せられるように戻ったのはそのときでありました。しばし白拍子花子となった自身の顔をじっと見つめたあと、鏡に映るその花子のおでこをピンと指で弾《はじ》いたのでございます。

〽月は程なく出汐《いでしお》の

舞台では艶《あで》やかな三味線に乗せて、浄瑠璃《じょうるり》が語られております。いよいよとなり焦った揚幕係が、「どうしましょう?」と幕を握りしめた瞬間、

「はい」

いつものように小さく呟きました喜久雄の顔には、桜の花びらが一枚、舞い落ちてきたような色香が戻っております。

シャリンと威勢よく開いた揚幕から、喜久雄が花道へ出ていきます。一斉に振り返った観客たちが見たいのは、当代一の美しき女形、三代目花井半二郎。そこにはどんな言い訳も通用しないのでございます。

〽しどけなり振り　アア、恥ずかしや

それでも、扇子をくわえ、振袖をいじらしく振って踊る喜久雄の目に映るのは、遠い昔、隣で同じように踊っていた若き俊介の姿。ふりを間違え、喜久雄にだけ分かるようにペロッと舌を出してみせた俊介の……、喜久雄が動きやすいように花道を空けてくれた俊介の……、そんな姿なのでございます。

〽恋をする身は　浜辺の千鳥《ちどり》
　夜毎夜毎《よごとよごと》に　袖絞る　しょんがえ

広げた懐紙《かいし》を手鏡に見立てて髪を整え、二人の息は昔からいつもぴたりと合っておりました。俊介の振った振袖が喜久雄の振袖となり、喜久雄の伸ばした白い指が俊介の指

となっていたのでございます。

「せやから、『起立、レー』や。『レイ』ちゃうねん」

「起立、礼！」

「ちゃうて。『レー』やて」

「そやから『起立、レイ！』やろ」

「ちゃうて。喜久ちゃんが『レイ』なんて言うさかい、みんなずっこけんねん」

聞こえてくるのは、まだ出会ったばかりのころ、二人乗りした自転車の錆《さ》びついたブレーキの音。

「俊ぼん、家戻ったら、すぐに京都に出発やろ？」

「ちゃうわ。このまま駅に直行やで。源さんが俺らの荷物持って待ってるわ」

あの自転車で、二人はここまで走ってきたのでございます。

あのとき、先代の白虎に連れられて行った京都の南座で見たのが、『隅田川』を演じた万菊の舞台。

と考えれば、あそこからずっと遠くに来たようにも、ずっとあそこに二人でしがみついていたようにも思えます。

僧侶たちをまえにした白拍子の舞のあと、町娘となって鞠《まり》をつき、羯鼓《かっこ》の踊りの着替えのために、喜久雄が舞台袖へ駆け戻りますと、

「旦那さん、立ち位置がいつもより一人分左にずれてます」

　とは素早く衣裳を脱がせながらの蝶吉で、

「分かってる。でも、もう大丈夫」

　と力強く頷《うなず》きました喜久雄、卵色の衣裳を羽織りますと、引き抜いて蛇体の本性を表す鱗《うろこ》模様の衣裳を確認し、

「はい」

　と小さく呟きまして、大喝采のなか、ふたたび舞台へ戻ります。

　腰につけた鼓を打って踊りながらの引き抜きで衣裳が一変、上手《うま》くいきますとさらに観客の気持ちも乗ってきますので、一種異様な興奮が劇場を包み込みます。

　ここまでくれば、あとは鐘によじ登っての最後の見得《みえ》まで一途。手にした鈴太鼓を床に打ちつけながら、夢中で田植え歌に乗っておりますうちに、喜久雄演ずる花子の顔に蛇の本性が現れます。

　次の瞬間、花子は大きな鐘をきっと見上げ、制する僧たちを振り払い、この鐘によじ登るのでございます。

　これはかつて愛した男を隠した憎き鐘。その鐘に蛇となり、ふたたび巻きついて執念を表すのでございます。

　気がつけば、無我夢中で鐘の上によじ登った喜久雄、僧たちを睨み渡しますと、ここ

一番の見得。

その鬼気迫る喜久雄の見得に、客席からはまさに沸き立つ喝采。

「なあ、俊ぼん、ここなんやけどな、もうちょい右足まえに出したほうが迫力出るような気ぃすんねんけど、どない思う？　……なあ、俊ぼん」

第十八章　孤城落日

新春花形歌舞伎と銘打ちまして、ここ浅草公会堂で毎年一月に催されます舞台は、当代の若手歌舞伎役者が一堂に会し、普段歌舞伎座などの大舞台ではなかなか回ってこない大役を、その若い体と感性で生き生きと演じる趣向でありまして、これからという若い役者の登竜門であり、また、青田買いとでも言いましょうか、ここで贔屓《ひいき》の役者を見つけることを楽しみにしている客も多い、なんとも活気に満ちた興行でございます。

その新春花形歌舞伎の昼の部で、今年『三人吉三巴白浪《さんにんきちさともえのしらなみ》』の兄貴分となる和尚吉三《おしょうきちさ》を勤めておりますのが、花井半弥を継ぎました一豊でございます。

ということで、この浅草公会堂へ雷門通りから混み合う道を急いでおりますのは春江でありまして、そろそろ一月も終わりというころではありますが、先週降りました雪がまだ歩道の隅に残っておりますせいか、はたまた浅草寺で焚《た》かれる香が漂ってくるせいか、ツンと冷えた空気には未《いま》だ正月気分が残っております。

残雪を踏まぬように、佐賀錦《さがにしき》の鼻緒の草履で急ぎます春江、公会堂の入り口まで来ますと、ふと立ち止まって晴れ渡った冬空を見上げます。

見上げた空にずらりと並んではためいておりますのは、出演者たちの役者幟《のぼり》で、その一番良いところにあるのが一豊のもの。春江は拝むようにその幟に手を合わせますと、また急ぎ足で楽屋口へと向かいます。

若手だけの公演とはいえ、今月の舞台は一豊が座頭のようなもの、春江は一豊の楽屋へ向かいながらも、途中にある他の役者たちの楽屋にも一々顔を出し、丁寧な挨拶《あいさつ》でございます。

そしてやっと息子の楽屋に入れば、明らかに宿酔《ふつかよ》いといった一豊が、気持ち悪そうにえずきながら、左手で右手を支えるようにして眉を描いておりまして、

「飲むなとは言わんけど、ほどほどいう言葉知らんの？」

枕にしていたらしい座布団を伸ばしながらの春江の小言に、「オェッ」とは一豊も肝の据わった返事であります。

「また武士くんらと飲んでたん？」

鏡台周りの小物を片付けながらの春江に頷《うなず》く一豊ではありますが、さすがに気持ち悪くなったらしく、慌ててトイレへ駆け込みますと、なかから旺盛なえずき声。

「ちょっと恵美ちゃん、ここにある写真、今度の『演劇界』に載せるやっちゃろ?」

春江の声に、おしぼりを用意しておりました付き人の恵美が、

「その、8番にしたみたいですよ」

「8番って、これかいな?　いややわー。飛び跳ねてるから、鬘《かつら》、浮いてしもてるやん」

「でも、それ以外だと、他の二人の表情が良くないだろうって」

確かに他の写真は、お嬢吉三か、お坊吉三のどちらかの目が半開きになっております。ちなみに今月このお嬢吉三をやっておりますのが三國屋武之助《たけのすけ》という若い役者で、ご記憶の方もいらっしゃるかと思いますが、以前、喜久雄に見初められ、女形となった武士その人でございます。

もちろん喜久雄のことですから、俺が面倒みると口にすれば、それは言葉通りで、以来、武士を自宅に住まわせまして、しばらくは付き人として自身の楽屋に通わせたのですが、これを見た三國屋一門の役者たちからの「うちの若旦那を大部屋みたいに使うのはけしからん」という抗議がありながらも、結局、最後まで我を通して芸を仕込み、その甲斐《かい》あって今では武士も若手一の女形と言われるまでになっております。

ちなみにこのとき三國屋一門の抗議をなんとか鎮めることができましたのは、同時期に、喜久雄が一豊を立役《たちやく》の伊藤京之助に預け、同じように楽屋付きからやらせたからで

ありまして、まさにその甲斐あっての、近年二人揃《そろ》っての新春花形歌舞伎の大看板なのでございます。

「あんた、ちょっとお腹《なか》出てきてへん？」

まだ気持ち悪そうな顔でトイレから出てきた一豊の腹を、春江はポンと叩《たた》きますと、

「……まだ三十やから今はええけど、食べるもん気ぃつけとかな、あっちゅう間に太るで」

春江から逃れるように鏡台のまえに戻りました一豊が、ほとんど本能的に眉筆を握りますと、

「……せやせや。話あって来たんやった。今年、お父ちゃんの七回忌やろ」

そんな春江の言葉に、眉筆を下ろしました一豊が目を丸め、

「七回忌……、早ッ」

とは呑気《のんき》なもので、

「でな、おばあちゃんと喜久雄小父《おじ》さんとで相談しはって、今年はあんたのおじいちゃんの三十三回忌もあるしな、せっかくやから一緒にしようということになってん」

「そりゃ、そのほうが楽だよな」

「楽て、なんやのん」

「分かってるって。息子の照れじゃん」

「親の法事の何に照れることあんの？……まあ、ええわ。ほんでな、せっかくの機会やから喜久雄小父さんが音頭とって、二人の追悼公演『白虎祭』いう興行打ったらどやろかって話になっててんねん」

となれば、歌舞伎座で丹波屋が大看板を張る大仕事、さすがに一豊の酔いも醒《さ》めてまいります。

「ところで、おばあちゃんの調子は？」

とりあえずプレッシャーから逃れるように一豊が話を変えますと、

「今日は午前中からクラブの運動に行かはったわ」

ちょうど俊介が亡くなるころ、膝《ひざ》を悪くしていた幸子は自ら望んで逗子の老人ホームに入りまして、本人はそのまま終《つい》の住処《すみか》とする覚悟だったようですが、俊介の葬儀等が滞りなく済んだ直後、春江がそんな幸子の思いを許さず、

「お義母《かあ》さんの居場所は、ここ以外にはありません」

と、半ば強引に世田谷の自宅に連れてきておりました。それが幸いしたのか、もちろん息子を失った母親の悲しみが癒えることはないのでしょうが、今度は孫のためにもうひと働きと自らを鼓舞し、今でも丹波屋の大女将《おかみ》として、春江を助けながら一門を束ねております。

開場の案内が流れますと、春江はロビーに向かい、新春花形歌舞伎らしい若々しい贔

屓客たちを恭《うやうや》しく迎え入れます。

入り口に立った春江に、すぐに駆け寄ってきましたのは一豊の後援会に入ってくれておりますOLたちで、入会金一万円、年会費一万五千円を払ってくれている上、年間に何度もチケットを購入してくれる上顧客でございます。彼女たちは職場も年齢も違うのですが、後援会の催しで仲良くなり、毎年この新春花形には晴れやかな着物姿できてくれます。

「いやぁ、結子《ゆうこ》ちゃんたちの絞り、お揃いなん？　きれいやわぁ」

彼女たちの着物に目を奪われました春江が思わず声を上げますと、

「三人で奮発して買ったんですよ。ちょうど柄の違うのがあったもんだから」

「いやぁ、三人ともよう似おうてはるわ」

「嬉《うれ》しい！　女将さんに褒《ほ》められると」

「ほんまやもん」

まるで自分まで若返ったような春江のまえをすっと別の贔屓客が通りますので、

「結子ちゃんたち、またあとでな」

と断りまして、すぐにあとを追い、

「斉木《さいき》さん、いつもありがとうございます」

と、こちらも見事な友禅を着こなす夫人に挨拶でございます。

「……今年もまたお祝いを、おおきにありがとうございます」

「いいえ、お恥ずかしい」

「何言うてはりますの。奥さんにはほんま白虎のころからお世話になりっぱなしで」

「本当はね、そろそろ一《かず》くんの結婚のお祝いもしたいのよ」

「それ、一豊に直接言うたって下さいよ」

「私、芸能ニュースなんて詳しくありませんけどね、今、一くんがお付き合いしてるあの女優さん？　私、あんまり好みじゃないわあ」

「さあ、どうですやろねぇ……。もう三十やいうのに、まだ役者仲間と飲み歩いてるのんが楽しゅうてしょうがないみたいで、ほんま、呆《あき》れますわ。あ、せや。あとで楽屋寄ったって下さいね」

などと話しながら席まで送り届ければ、その足でロビーに駆けもどるのでございます。

その泣き声が聞こえたのは、すでに深夜一時を回ったころ、春江がしょぼしょぼする目をこすりながら、自宅の居間で後援会の会報誌の原稿を確認しているときでございました。一瞬、春江はまた野良猫が来たのかと思ったのですが、すすり泣くような声は紛れもない人の声、背筋がぞっとしまして、テーブルにあった携帯を握ったのでございます。このとき、自宅にいたのは二階で眠っている幸子だけで、その指が１１０を押したところで止まります。

台所のそと、裏庭から聞こえてくるすすり泣きが、一豊のものらしいと分かったとき、春江は全身の力が抜けるようにしゃがみ込み、

「なんやの、もう……」

と手のひらで携帯をパチンと叩き、呆れたような気分で台所の勝手口を開けますと、やはり大きなポリバケツの裏に一豊がしゃがんでおり、以前から酔うと泣き上戸なところがありますので、

「そこで何してんの。気色悪い」

と声をかけたのですが、そのビクッと震えた背中に、春江は尋常ではない何かを感じたのでございます。

思わず裸足《はだし》のままで外へ出て、その大きな背中を揺すれば、

「お母ちゃん、もうダメだ。もうダメだ」

一豊がひどく怯《おび》えて頭を抱えます。

「何？　どうしたん？　一くん、何？」

次の瞬間、声を抑えながらも激しく一豊の肩を揺らす春江の耳に聞こえたのは、

「撥《は》ねた……、人、撥ねた……」

という沈痛な声。

「え？　何？」

さらに肩を揺する春江に、

「そこの、公園の裏道で、信号青だったのにいきなり飛び出てきて、間に合わなくて……」

「え？　何？　どうしたん？」

「……逃げてきた。怖くなって」

「逃げてきたて、あんた……」

叫びだしそうな声を抑え、春江は無意識にその背中を何度も叩きます。こんなときに限って、息子の背中が無駄に大きく見えるのでございます。

「行かな……、そこ行かな」

と、春江が立ち上がったのはその直後、しかし春江の手をなぜか一豊が摑《つか》みます。

「死んでたらどうしよ……、どうしよ。これで終わりだよ。何もかも終わりだよ。やってもうた……。ああああ、やってもうた……」

髪を搔《か》き毟《むし》る息子の姿に、今になって春江の体が激しく震えだします。

「誰か見てる人おった？」

次の瞬間、春江の口から出たのはそんな言葉でした。

「え？」

「せやから、他に誰かおったんか?」

「いない……、いないよ」

自分でも何を言いだそうとしているのか分からぬうちでした。

「ええか。あんたは家におり。ええな」

立ち上がりました春江が勝手口の草履《ぞうり》を摑み、そのまま走って向かった先は狭い路地を挟んだ向かいに立つ安アパートで、その階段を駆け上がりますと、一番手前のドアに口を寄せ、「開けて、開けて、開けて」と繰り返します。

部屋に明かりがついたのはすぐで、ドアの鍵が開いた途端になかへ入り込みました春江のまえに立っておりますのは、寝ていたらしい野田でございます。

「なんや?」

驚きながらも、すぐに椅子に腰かける野田もすでに八十を過ぎ、部屋は垢《あか》じみた臭いが充満しております。

「うち、あんたのこと面倒みてきたやんな? これまで面倒みてきたやろ? せやったら、いっぺんくらい、うちのために働いてえな! いっぺんくらい娘のために……、一豊が人撥ねてしもた。そこで……」

言いながらも徐々に言葉が弱ります。春江とて、こんな茶番が通用するなどと思っていないのでございます。そしてその途端、本当に何もかもが終わったのだと春江は肌で感じたのでございます。

しかし、

「その車、運転してたん俺や」

野田のそんな声が落ちてきたのはそのときでございました。

点滅する薄汚れた蛍光灯のした、野田が無言で着替え始めます。もしかすると、これで一豊は助かるかもしれないという淡い期待が浮かぶ反面、こんな風に助かった一豊に何の価値があるのかという正気も春江には残っております。

呆然《ぼうぜん》と跪《ひざまず》いていた狭い玄関で、ふと憑《つ》き物が落ちたように春江が立ち上がったのはそのときで、そのまま外へ飛び出しますと、寒空に薄着のまま駆け出し、一豊が人を撥ねたという公園裏へ向かったのでございます。路地を抜け、坂道を駆け上がるあいだ、なぜか春江にはまったく音が聞こえませんでした。ただ、一心に、ごめんなさい、ごめんなさい、と繰り返す自分の声だけが心中に響いております。

救急車の真っ赤なライトに視界が染まったのは坂を上り切ったときでございました。

街灯もなく、いつもは薄暗い道に集まった住人たちの顔も赤く染まっております。救急車に運ばれる担架が見えたのはそのときで、ほとんど無意識に春江は住人たちを押し退《の》け、担架のもとへ向かいました。

「悪いんはうちなんです。息子に卑怯《ひきょう》な真似《まね》させたんはうちなんです！」

そう叫び、衆人のまえに跪くつもりでした。しかし、救急車に乗せられる担架の向こう、警察官に囲まれた一豊の姿が見えたのでございます。

春江の足は止まりました。

項垂《うなだ》れた一豊の顔からは血の気が引き、遠くからも分かるようにその体は震えております。

春江はふたたび救急車に駆け寄りました。車内の担架で苦しそうに顔を歪《ゆが》めている若い男性に、

「すんまへん、すんまへん」

と、ガラスに額を押しつける春江。

驚いた救急隊員から、

「離れて下さい！　車出ますよ！」

と引き離されながらも謝り続け、その姿に気づいた一豊が、その場に頽《くずお》れた様子が春江の目の端に映ったとき、やっと救急車のサイレンの音が耳に入ってきたのでございます。

喜久雄と彰子の携帯がほとんど同時に鳴りだしたのは、その朝、まだ日も昇らぬ午前五時まえのことでした。

先に出たのは彰子で、

「え！」

という叫び声を、喜久雄は目を閉じたまま聞いておりました。こちらの枕元で自身の携帯も鳴り続けておりましたが、なぜか手を伸ばす気にはなれず、そのくせ何かただならぬ事態が起こったことは直感しており、ゆっくりと体を起こしてベッドに腰かけますと、電話を続ける彰子に背を向けたまま、手を伸ばしカーテンを開けたのでございます。

「一くんが、車で人撥ねたって……」

まず聞こえてきたのはそんな声でありました。喜久雄は俯《うつむ》いたまま、目を閉じました。

「……今、警察で取り調べ受けてるってよ。撥ねたあと、逃げたらしいのよ。ねえ、ちょっとって。……え？　あ、でもすぐに現場に戻ったらしいんだけど、轢《ひ》き逃げの容疑で……。ねえ、ちょっと」

通話相手の言葉を仲介しながら彰子の声が震え出しておりました。

「……相手は？」

とても小さい声でした。自分の冷えた足の指を見つめていた喜久雄がぼそっと尋ねます。

「え？」

「相手のかたは?」

「あっ。……ね、ねえ、相手の人は? 相手の人はどうなったの? ……うん、うん。公園をランニングしてた学生さんで、信号無視して車道に飛び出してきたって。うん、で? 無事? え? 無事なのね? ……撥ねられたあと気絶したけど、命に別状はない。命に別状はないって! え? でも肩を骨折してて、脳波の検査もこれから。意識ははっきりしてるって。落ちたところが草むらだったって」

喜久雄の体から力が抜けたのはそのときで、まるで崩れ落ちるように床に蹲《うずくま》りますと、一度大きく息をつき、しかしすぐ自分で自分に鞭《むち》打つように立ち上がったのでございます。

その後、彰子に用意させたスーツに着替え、喜久雄が向かったのは三友本社でありました。早朝とはいえ、すでに事件の知らせを受けた社員たちも集まってきており、喜久雄を迎え入れますと、もうすぐ到着する竹野を待つため、先に社長室へ案内されます。その道すがら最新情報を伝えてくれるのは、一豊にとっての竹野のような存在となる湯《ゆ》本《もと》という社員で、まさにこれから若い歌舞伎を盛り上げていこうと意気込んでいた同志、その表情には絶望の色が混じっております。

社長室に着きますと、気を遣った湯本がお茶を出そうといたしますので、喜久雄は無言で首をふり、その肩を叩きます。

「続きですが、警察署に向かったうちの弁護士の話ですと、一旦《いったん》その場を離れているということで、やはり釈放は難しいそうです。ただし飲酒はなく、すぐに戻って自分で通報してますので、悪質という印象にはならないようで、保釈金での保釈請求は可能だと。あと、こちらが役者ですので、示談というのは社会的に難しいかもと。裁判になれば、執行猶予がつくだろうとも言ってました」

そこまで黙って聞いておりました喜久雄、一度小さく頷きますと、

「学生さんのその後は？」

「あ、えっと、今のところ状態が悪化したという話は来てません。本人も意識がありますし、千葉の実家のご両親も、うちの社員が迎えに行って、もう病院に着かれてます」

廊下に人声が立ったのはそのときで、次の瞬間、乱暴に開いたドアから入ってきた竹野が、

「今日の午前中に記者会見やったほうがいいな。俺と三代目で」

受けた喜久雄も静かに頷きますと、

「……おい、湯本。すぐ記者会見の準備。うちのホールに集まってもらえ。あと、事故状況をすぐにまとめて資料にしとけよ」

早速、バタバタと動き出した竹野に場所を譲るように、喜久雄は社長室の窓のブラインドを指で広げ、薄桃色の朝日に染まった東京を見つめたのでございます。

数時間後、三友本社に集まった報道関係者は三百人を超えておりました。如才ない竹野は玄関で各報道機関の記者たちを出迎えておりましたが、さすがにそこに喜久雄を立たせるわけにもいかず、時間になるまで喜久雄は社長室に待機していたのですが、一人ぽつんと待っておりますと、浮かんでくるのは一豊が人を撥ねた瞬間の情景ばかりでございます。

世田谷通りから折れた下り坂が左にカーブした辺り、左側は大きな公園ですので視界は開けていますが、逆に夜になると真っ暗でございます。カーブを曲がり切ったところにある横断歩道に公園から駆け出してくるランニング中の大学生が、ヘッドライトに照らされるのはぶつかる寸前でございましょう。すでに一豊と相手の学生が証言しているように、車用の信号は青、歩行者用の信号は赤。おそらく急ブレーキを踏む暇もなかったはずで、学生を撥ねたあと、一豊は車を止めたと言っております。しかし急に恐ろしくなり、その場から逃げたと。

「三代目、そろそろ。社長は下でお待ちです」

ふいにかけられた声に、喜久雄は応えることもなくソファを立ち、先導する湯本について会場へ向かいました。

一豊は何が恐ろしくなったのか。今の充実した人生を失うことか。しかし、誰かの犠牲のうえに築かれた人生に、いったいどんな価値があるのか。

「三代目、大丈夫ですか？」

エレベーターに乗りますと、湯本が声をかけてまいります。

喜久雄は小さく頷き、エレベーターを降りますとそのまま竹野とともに目眩《めまい》がするほどのフラッシュを浴びながら謝罪会見場へと入ったのでございますが、それでも頭のなかでは先ほどの問いが消えておらず、マイクを持った竹野の声を、まるで水のなかで聞いているようでした。そして気がつけば、竹野の挨拶も終わらぬうちに、自分だけ深々と頭を下げてしまっていたのでございます。そして、この異様な間の悪さに、フラッシュがさらに焚かれたのでございます。

さて、この謝罪会見の模様を湯本たち社員は別室のモニターで見ておりました。生中継されるワイドショーを見ることで、世間の反応をダイレクトに摑もうという判断でしたが、その画面を通してまず伝わってきたのは、

「こういうときまで色っぽく見えるんだから、三代目も不幸っちゃ不幸だよなあ」

と誰かが思わず呟《つぶや》いた言葉通りの印象でございます。

天下の花井半二郎も五十七歳となり、一豊の父親との半半コンビで日本中を沸かせた『源氏物語』も二十年まえ、湯本たちのような若い社員にとってはすでに歴史上の話となっておりますが、それでも当時と比べて、現在の半二郎の色気に遜色はなく、そこにこの稀代《きたい》の二枚目役者の凄《すご》みを感じてはいるのですが、その若々しさがこういう場面で

は逆に薄っぺらに見えるのでございます。

それでも、終始、被害者の学生を気遣っての謝罪会見は、成功とは言えないまでも、世間のさらなる反感を買うものにはなりませんで、三友側と後見人である喜久雄がこの時点で下した決断が、一豊に対する無期限の謹慎。たとえ舞台復帰がなされるにしても、被害者側の同意を第一条件とするというもので、もちろんその場から逃げたことについては、記者からも強い追及を受けましたが、その都度、喜久雄は深々と頭を下げ、

「どんな言いわけもございません。なんて愚かなことをしたのかと、身内の者ながら腹立たしく、情けない思いでございます。ただただ被害者の方のお怒りはもとより、大切にお育てになったご両親に対しましても、お許しいただけるまで謝罪させていただきたいと思っております」

と繰り返す姿が、皮肉にも世間に好感を与えたのは確かでございました。

おそらくこの会見で、一豊を思う喜久雄の気持ちとは裏腹に、世間は喜久雄という稀代の女形を許し、その代わり轢き逃げという許されぬ罪を犯した、これからの若い役者を抹殺したのでございます。

「沓手鳥孤城落月」と書きまして、「ほととぎすこじょうのらくげつ」と読ませます。

これは『小説神髄』や『当世書生気質《とうせいしょせいかたぎ》』などで知られます近代日本文学の祖、坪内逍《つぼうちしょう》

遥《よう》によります作で、歌舞伎では明治三十八年大阪で初演、栄華を誇った豊臣家の大坂夏の陣を扱った史劇でございます。

　この大坂落城のとき、徳川側からの「人質」である千姫《せんひめ》の脱出を知り、激しい火の手の上がる城内で半狂乱となる淀《よど》の方は、今は亡き小野川万菊の当たり役の一つでもございました。この淀の方を喜久雄が初役《はつやく》で演じることになったのは、一豊の事件が早くも世間から忘れ去られようとするころでございまして、幸い被害者の学生は若く健康だったこともあり、術後の経過も良く、三カ月のリハビリの末、今では所属しているボート部の練習にも参加しているという、なんとも頼もしい知らせも届いておりました。ちなみに事あるごとに見舞いを重ねていた喜久雄は、学生やその両親から逆に恐縮されるほどで、相手方の言い値で送った見舞金についての印象も良かったらしく、裁判では被害者である学生本人が過失を認めてくれましたことで、一豊は有罪とはいえ、執行猶予がついたのでございます。

　これらのことが、とりあえず一応の結果を見たあとでございましたので、この『沓手鳥孤城落月』に歌舞伎のイメージアップを賭ける喜久雄の意気込みは相当なもので、その気迫も伝わるのか、立ち稽古のころから周囲はいつになくピリピリとしておりましたし、以前に万菊の舞台を見ておりました喜久雄には自分ならこう見せるというアイデアも多くありましたので、衣裳《いしょう》はもちろん、書き割りにまで意見したかと思えば、城に火の手が上がる際、実際に煙を焚いてはどうかなどと、大道具や美術スタッフを本気で困らせたのでございます。

さて、ここはその『杳手鳥孤城落月《ほとゝぎすこじようのらくげつ》』の初日を迎えた劇場でありまして、楽屋を出てエレベーターへ向かいますのが、辻《つじ》が花染めの着物を羽織る淀の方となった喜久雄で、その姿を目にしますと、廊下を歩いております他の役者や黒衣《くろご》たちがさっと道をあけるほどの威厳でございます。

そのまま廊下を進み、喜久雄がエレベーターに乗り込みましても、そこで待っていた他の役者の誰も乗ってまいりません。

「取って食いやしねえから乗れよ」

喜久雄は微笑《ほほえ》みかけるのですが、愛想笑いの役者たちは遠慮しまして、そのうち両者を分かつように扉が閉まります。

「一台しかねえんだから、一緒に乗るように言っとけよ」

思わず喜久雄が不機嫌に呟きますと、

「遠慮するんでしょ。悪気ないですよ」

とは蝶吉も慣れた物言いで、喜久雄も深くは考えず、気持ちを初役の淀の方へと切り替えます。

相手が大のご贔屓だろうが先輩役者だろうが、こちらが可笑《おか》しくなければくすりとも笑わぬ無愛想が、これまでの喜久雄の人生を良くも悪くもしてきましたのはご承知の通りでございますが、ならばこの喜久雄が朝から晩まで仏頂面の男かと言えば、決してそうではないこともまたご承知のはず。特に気を許した相手には誰よりも親身になりますし、何より少年時代からの徳次との付き合いを思い出してもらえば分かりますように、この喜久雄、根は陽気な男なのであります。

しかしこの身内にしか見せない陽気さがなかなか世間に伝わりませんので、良くも悪くもその印象が喜久雄を取っつきにくい男に見せているのですが、さすがに同じ釜の飯を食う役者や関係者には、日々の付き合いのなかでその陽気さが伝わりますので、そんな世間の評判に対しまして首を傾《かし》げる者も多かったのですが、俊介が亡くなったあとくらいからでございましょうか、昔、徳次がいたころのような笑い声が、喜久雄の楽屋から聞こえてくることもなくなりまして、その代わり、俊介亡きあとの歌舞伎界をなんとか盛り返そうと、人一倍奮闘する喜久雄は少し空回り気味で、ふと気がつけば、以前のように後輩役者たちが気軽に喜久雄の楽屋へ顔を見せ、

「三代目の小父さん、飲みに連れてってくださいよ」

などと甘えられることもなくなっていたのでございます。

そこに喜久雄も気づけばよかったのでしょうが、頭にあるのは次の芝居のことばかり、自分たちの結婚記念日ならまだしも、綾乃や孫娘の誕生日まで忘れる始末でありました

ので、俊介が亡くなってからのこの六年のあいだに、どこの劇場でも、なぜか喜久雄の楽屋だけが、他から離れてぽつんとあるような、もちろん実際には同じ廊下に並んでいるのですが、まるで喜久雄の楽屋だけが異世界にあるような、そんな雰囲気を醸し出しているのでございます。

あるときなど、入社半年ほどの新人の床山が喜久雄の楽屋へ用を頼まれた際、

「だって、三代目の楽屋って、前日までに言っとかなきゃ入れないんでしょ？」

と真顔で聞いたというのですから、喜久雄がいくら若い役者たちに、一緒にエレベーターに乗れよ、と声をかけたところで、「じゃあ」と乗ってくる者などいるはずがないのでございます。

だからこそ、幕が開きました『沓手鳥孤城落月《ほととぎすこじょうのらくげつ》』では、まさに当代女形として頂点に立ってしまったそんな喜久雄の孤立を、秀吉亡きあと若い秀頼《ひでより》を守るために孤立してゆく淀の方の姿と重ねて見た関係者は、少なくはなかったはずでありまして、ただ気づかぬのは喜久雄本人ばかりで、落城寸前の大坂城から脱出を試みる徳川家の千姫に対する、淀の方の薙刀《なぎなた》を振り回しての怒りと錯乱は、千姫の髪を摑んで引き摺《ず》り回すような、関白の妻としての位取《くらいど》りが崩れないぎりぎりの演出で、喜久雄以外が演じればヒステリックに見えるところを、大坂城の落城という現実を受け入れられない時代の証言者としての大きな視点も合わせ持たせた演技として、往年の歌舞伎ファンはもとより、普段は前

衛芸術などを好む層の演劇ファンまで取り込みまして、

「三代目半二郎が歌舞伎を超えた」

という妙な言い回しが世間を賑《にぎ》わせたのでございます。

ちなみに、このとき喜久雄本人もまた舞台の大変な好評に気を良くしておりますので、

「俺が歌舞伎を超えた？　なんか歌舞伎からおっぽり出されたみたいで嫌だなあ」

と満更《まんざら》でもなかったのでございます。

車一台がやっと通れる路地に、手土産を提げて現れましたのは彰子でございまして、この界隈《かいわい》、自転車や花台が軒先に置かれたりと、未だ下町の風情を残しておりますが、そのどん突きには立派なベンツが停《と》まった相撲部屋があり、そこから手を振っておりますのは、この相撲部屋の女将に収まっております綾乃でございます。

「彰子おばさん、相変わらずきれいにしてはるねー。もう自分が嫌になるわ」

と迎えました綾乃、若い弟子たちの洗濯物を取り込んでいる最中らしく、そのスッピンの顔には、生活の充実ぶりがはっきりと浮かんでおります。

「だってご挨拶の帰りだもん。私だって、うちだとジャージよ」

手土産を渡しながらの彰子が、ふと思い立って綾乃を訪ねてきましたのは、たまたま訪ねたご贔屓筋がこの近所だったためで、珍しげに彰子が誰もいない土俵を覗《のぞ》き込んで

おりますと、

「今度のお父ちゃんの舞台、すごく評判いいんでしょ」

と、向かいの自宅へ綾乃が案内してくれたのですが、玄関を開けた途端、若い力士が挟まって身動きとれぬように狭い玄関にしゃがんでおり、

「また、こんな狭いとこでゲームやって」

と綾乃に叱られた若い力士も、

「ここが電波入りやすいんですよ」

とまだ赤い唇を尖《とが》らせて出ていきます。

「綾乃ちゃんも大変だ」

思わず呟いた彰子に、

「ぜんぜん。私、溜《た》めんと全部口にしてしまうし、逆に毎日気分ええんよ」

とは大したものでございます。

さほど広くもないダイニングに通されますと、食卓には弟子たち用なのか大皿の蒸《ふ》かし芋にラップがかけられてあります。

彰子は椅子に腰かけますと、湯を沸かし始めた綾乃に、

「そうそう、今度のお父さんの淀の方、すごく評判いいのよ」

とやっとさっきの返事であります。

「このまえ来日したフランスの大統領がえらい褒めたはったんやってね？　EUの会議かなんかで絶賛したんでしょ」

「そうなのよ。元々、親日家で修善寺《しゅぜんじ》のあさばが定宿。学生時代に『万葉集』読んでたくらいの人らしいから日本文化にも詳しいんだろうけど、その会議の席で、『三代目花井半二郎存生《ぞんじょう》の内《うち》は、日本へ役者のぼすまじ』って言ったらしくて」

「え？　ぞん何？」

「存生。要するに、半二郎が生きてる内はヨーロッパの役者は日本に行っても太刀打ちできないよってことらしいんだけど、この台詞《せりふ》もね、江戸時代の『歌舞妓事始《じし》』って本の中に、初代の市川團十郎《いちかわだんじゅうろう》が関西の初代藤十郎《とうじゅうろう》について言ったこととして書かれてるんだって」

「へえ」

煎茶を淹《い》れてくれた綾乃も食卓に落ち着きますと、大皿のラップを剝がし、

「おばさんも一つ食べへん？　うちに鹿児島の子がいてね、そこのご両親が送ってくれるんやけど、すごく甘いの」

と蒸かし芋を勧めてくれます。

小腹の空《す》いていた彰子も遠慮なく手に取りまして、しばらく二人して口に運んでおりますうちに、

「うん、元気よ。あ、本当にあれよ、今日来たのは、ちょっと綾乃ちゃんの顔見たかっただけだからね」

そこまで言いまして、本当にそうだろうかと、ふと思い直す彰子ですが、では何か話があったかと言われると、やはりないのでございます。

「このまえの晩ね……」

と思いながらも、なぜか口が勝手に動き出し、

「……夜中にあの人が目を覚まして台所に行ったのよ。喉《のど》でも渇いたのかと思ってたんだけど、なかなか戻ってこないでしょ。お腹空いたのかなって、ちょっと様子見に行ったのね……」

彰子が向かいますと、台所の冷蔵庫のまえにあったのは見慣れたはずの夫の後ろ姿でございました。しかしなぜかそれがとても遠くに見えます。立っているのは自宅の台所なのですが、まるで野原に一人ぽつんと立っているようだったのでございます。

「昔、うちのお母ちゃんも似たようなこと言うてたことあるわ」

彰子の話し方が冗談ぽく聞こえたのか、ふと思い出したらしい綾乃が、

「おばさんにお母ちゃんの話するのもあれやけど」

と前置きしながらも、

「……あのね、一本道をお父ちゃんが一人で歩いていくんやて。だからお母ちゃんが呼び止めると、すぐに振り向いて、嬉しそうに駆け戻ってくるらしいの。でも、近くまで来ると、お父ちゃんにはお母ちゃんの姿が見えへんみたいで、急にきょろきょろし始めて、首を傾げながら引き返していくんだって。だから、お母ちゃんはもう一度呼ぶんやって。するとまたお父ちゃんは戻ってくるねん。それをね、何度も繰り返すんやけど、そのうちに二人の間隔が徐々に広がってくんやって。最初はすぐそこで振り向いてたんが、だんだん遠くまで行ってしもて、それでも呼ぶとお父ちゃんは戻って来るんやって。すごく遠いのに、また嬉しそうに駆けてくるんやって」

「ねえ、それって夢?」

思わず彰子が口を挟みますと、

「夢じゃなくて、ぼんやりしてるときに、気がつくと、そんなことを考えてるんやって」

玄関で物音が立ったのはそのときで、小学四年になる喜重が元気良くダイニングに顔を見せ、

「あ、彰子おばさん、こんにちは!」

とランドセルの中身を全部ぶちまけるような乱暴なお辞儀でございます。そしてそのまま二階へ駆け上がり、サッカーボールを持って外へ出ていく姿は、喜久雄曰《いわ》く子供の

ころの綾乃にそっくりらしく、

「……騒々しいでしょ？」

と呆れる母となった綾乃を、彰子まで愛らしく思うのでございます。

「……今、ちょっとした反抗期なの。学校でジャニーズのアイドルが流行《はや》ってるらしいんやけど、うちなんか太った男の人ばっかりでしょ。だからカッコ悪いって」

と言いながらも綾乃の様子は磊落《らいらく》で、これが昔、喜久雄に支えられるようにして東京へ来たあの神経質そうな娘かと思えば、ただただ時の流れというものの寛大さがありがたく身に沁《し》みてくるのでございます。

「師匠、来週の『弁天小僧』の収録、ゲストに米田《よねだ》首相が決まったって話、もう聞いてます？」

都心へ向かう渋滞した東名高速、黒いワンボックスカーの後部座席で熱心に雑誌を読んでおりました弁天に、助手席のマネージャーから声がかかりますと、

「そうなん？　そらまた難儀やなあ」

と軽く受け流し、

「……それより、この記事、えげつないこと書きよんなぁ。『生き血を欲する稀代の女形』て、まるで吸血鬼やんか」

と弁天がマネージャーに突きつけた雑誌に書かれておりますのは、喜久雄のデビューから現在までを紹介する読み応えのある記事ではあるのですが、その論調がなんとも独善的で、現在の喜久雄の成功は、すべて身内の不幸と引き換えに手に入れたものだと書かれているのでございます。

二人道成寺《ににんどうじようじ》、曽根崎心中《そねざきしんじゆう》、鷺娘《さぎむすめ》、阿古屋《あこや》はもちろん、最近の淀の方に至るまで、これまでに絶賛された喜久雄の舞台が順番に語られるのはいいのですが、それら舞台と前後して起こった数々の悲劇、先代白虎の交通事故から始まり、糖尿病による失明、襲名口上での吐血から死に至る流れがあり、一方、俊介の出奔、復帰後の両脚の壊死《えし》、絶命したあとには、まるでその呪いが息子の一豊に向かったような書かれようで、淀の方の世界的賞賛と轢き逃げ事件とが同列なのであります。

「次のインターで降りてくれへんか。ちょう顔出したいとこあんねん」

弁天がそう口にしたところが、ちょうど用賀インター、ハンドルを切りました運転手に、弁天は春江たちが暮らす丹波屋へ向かうように命じます。

さて、この当時の弁天ですが、押しも押されもせぬお笑い界のトップで、時代はまさに「平家にあらずんば人にあらず」のお笑い版でございますので、先ほども申しましたように、若い芸人やタレントたちはもちろん、国民の代表たる政治家までがその好感度を上げようと平身低頭で出たがるような冠番組を、週にいくつも持っております。

実は俊介亡きあと、弁天と喜久雄の交友もしばらく途絶えておりまして、と言いますのも、ずっとあいだを取り持っていた徳次の不在というのもあるにはあるのですが、俊介の葬式からしばらく経ったころ、二人きりで俊介を送ろうじゃないかと弁天の誘いで会った際、弁天が以前から大ファンだというメジャーリーガーの野茂英雄の話をひとしきりしたあと、ふと、

「俺たちみたいに口の達者な奴《やつ》のほうが偉い世の中なんて、俺は真っ平やわ。……俺は、いっこもおもんなくても、口下手な奴のほう信じるわ」

と呟きまして、もちろんこの席ではすぐに話は流れたのですが、なぜかこの言葉が以来弁天の心に巣くっているのでございます。

途中、車から連絡を入れておりましたので、丹波屋の玄関には春江が待っておりまして、慣れた手つきで半地下の駐車場に誘導してくれますと、弁天を連れて家内へ向かいながら、車に残るマネージャーたちにコーヒーを持っていくようにと手伝いに指示するあたりの手際の良さは相変わらずであります。

弁天はまず俊介の仏壇に手を合わせ、

「で、どないやねん？」

聞くともなく春江に尋ねれば、

「どないもこないも。生殺しや」

ちらっと時計を見ました春江が、

「まだお茶でええな」

と弁天を居間へ案内します。

「息子、どないしてんの？」

「上にいはるわ」

「復帰の目処《めど》は立ってへんの？」

「一年先なら万々歳、二年先でも御の字や」

「そら、怖いわ。俺なんか、そないにテレビ出られへんかったら死んでまうわ」

弁天は冗談で言ったのですが、現実問題の春江にはまったく笑えなかったようで、

「ほんま、丹波屋危篤やわ」

とため息をつき、

「……せやけど、あんたようテレビ出てんなあ。ほんまに感心するわ」

「春ちゃんやから正直に言うけど、実は一年どころか、三日もテレビに出えへんかったら世間に忘れられるんちゃうかて恐ろしゅうなんねん」

「そない早《はよ》う誰が忘れるかいな」

「いや、ほんまやで。ほんまに毎日出てへんと、夜寝るとき、なんやゾッとして飛び起きんねん」

「まぁ、ええやん。向こうから出てくれ言われてんのやから」

「実際そうでもないて。もうな、自分がそないおもろないのは自分でも分かってんねん。せやからいつも周りに身内置いて大げさに笑《わろ》うてもろて、テレビ局の人間にばっかり気い遣《つこ》うて」

「ほんでもテレビに出たいん？」

「これが出たいねん。ただな、最近ふと師匠たちのこと思い出すことあってな」

浮かんでくるのは、当時まだ二階建てだった大阪のテレビ局の風景で、あのとき西洋《せいよう》師匠は人生の瀬戸際だったにもかかわらず、持ち芸を五分で終わらせろと迫る若いディレクター相手に、

「アンタが生まれるまえからやってきた芸だっせ。それをどないしてもぶった切れ言うんやったら、こんなもん、誰が出まっかいな！」

と蝶《ちょう》ネクタイを毟《むし》り取って言い返し、

「わしはな、テレビに出たいからここに来たんとちゃうで！　芸を見てもらいたいから来てるんや！」

と啖呵《たんか》を切ったのでございます。

「……春ちゃん、今の時代、そんな奴、もうおらへんねん。この俺も含め、ただただ、みんなテレビに出たいだけ。テレビに出られるんやったら政治家にでもニュースキャス

ターにでもなんにでもなんねん。でも、こんなん続かへんて。こんなインチキな世の中続くわけないて。……でもな、春ちゃん、それが自分でも分かってんのに、明日の朝になったらやっぱりテレビに出たいねん。出てへんと、息でけへんねん」

若いころのような熱弁を振るう弁天を、懐かしそうに眺めていた春江が、紅茶を注《つ》ぎ足してやりますと、一口飲んだ弁天が、まだ喋《しゃべ》り足りぬとばかりに、

「……今じゃ、俺が言うこと為《な》すこと、ぜんぶ正解になってまうねん。まるで御山《おやま》の大将や。俺、芸人やで。不正解な人間やからこそ価値あったはずやねん。せやろ？　春ちゃんもよう知ってるやろ？」

「せやな。やること為すこと、ぜんぶ不正解やったな」

思わず春江も笑えば、

「でも、おもろかったやろ？」

「でも、おもろかったわ」

「それが今じゃ何やっても正解や。いろんなとこ担ぎ出されて、ご意見番や。俺に言わせりゃ、人間のクズみたいなもんやで」

言いながらいよいよ堪《たま》らなくなってくるのか、弁天の目にはうっすらと涙まで浮かんでおります。

春江は気づかぬふりをして、焼き菓子を一つ、弁天が飲んでいる紅茶の皿に載せてや

ります。

素直に摘《つま》んだ弁天が、

「なんや、これ、旨《うま》いな」

「フィナンシェいうねん。フランス語で金融家とか金持ちの意味やて」

「へえ、買《こ》うて帰ろ」

「日持ちするから、今度、送ったるわ」

話が変わったことで少し気持ちが落ち着いたのか、

「なんや、ごめんな。春ちゃんの様子見に来といて、結局また自分のことばっかり喋ってるわ」

といつものように謝る弁天でありますが、

「遠慮することあるかいな。年取ってくるとな、そない正直な話できる相手だんだん減ってくんねん。うちの人死んでから、ほんまそう思うわ」

「ほんなら、もう喜久ちゃんには誰もおらんなあ。俊ぼんも、徳次もおらん」

「せやなあ」

春江はもう一つ焼き菓子をビニール袋から出しますと、また弁天の皿に載せてやるのでございます。

東宮《とうぐう》御所の緑を望む青山通りの一角で快音を響かせているのは、アストンマーティンのエンジンでございまして、納車されたばかりの新車の運転席でハンドルを握っております喜久雄は、先ほどから飽きることなくアクセルを踏み、エグゾーストの振動に舌舐《したな》めずりしております。

すでに引き渡しの手続きは終わったものの、一つ渡し忘れた書類に気づいた担当者が戻ってくるのを待っているのですが、気ばかりが急《せ》いて、すでに頭のなかでは青山通りに車は飛び出しております。

ちなみにこのスポーツカー、007のボンドカーとしても有名なもので、母マツからの仕送りで買った中古のジャガーからあれやこれやと乗り継ぎまして、喜久雄九台目の相棒でございます。

担当者から書類を受け取り、ウィンドウを閉めました喜久雄、アクセルに軽く足を乗せただけで鳥が飛び立つような車の加速に思わず身震いでございます。青山通りの車列のあいだを吹き抜ける風のようなスピード感と、鼻先を流れていく本革シートの匂い。喜久雄は路面から突き上げてくるような心地良い振動にハンドルを強く握り直します。

今回の新車購入の折、当然彰子からは強い反対がございました。と言いますのも、一豊が轢き逃げという重大事件を起こして終わりの見えない謹慎中という時期に、その後見人である喜久雄が呑気に新車を購入するなど、妻の彰子でなくとも誰もが呆れ果てるに決まっております。

実際、常識的にはその通りであり、また喜久雄も一豊の事件に関しては誰よりも重く受け止めているにはいるのですが、どうもその一件と自身の新車購入延期という行為が結びつかないようで、彰子など最後には泣いて、「もう少し待ってくれ」と頼んだのですが、それでも喜久雄は待てず、

「だったら勝手にすればいいでしょ。だけど私は絶対にその車には乗りません！」

これまでは喜久雄の身勝手にどこかで目をつぶっていた彰子も、今回ばかりはさすがに許さなかったのでございます。

喜久雄の車好きは、もちろん今に始まったことではございませんが、車好きにもいろいろあって喜久雄の場合は仲間で集まってどうこうと言いますより、一人で運転しているのが至福というタイプのようで、またその気持ちを誰かに語ったりすることもないのでありますが、過去に一度だけ雑誌のインタビューで車のことについて喋っておりまして、当時、俊介が出奔中だったせいもあるのでしょうが、

「気の合う役者仲間と言いますと、どなたになりますか？」

という質問に、

「先輩には可愛がってもろうてますし、後輩やらと飲みに行くんも好きですけど、気ぃ合ういうんとはちょっとニュアンスが違いますなあ。……あ、せや。気ぃ合うですぐ頭

に浮かぶんはスピードやわ。車飛ばしてると、ほんま気ぃ合う思いますわ。景色なんかバンバン後ろに流れてって。モタモタしてる車、追い抜いて。言葉とか会話とか、なんもいりませんねん。せやけど、ちゃんと分かり合えてる気ぃしますねん」

さて、公演中のわずかな休憩時間だったにもかかわらず、喜久雄が千穐楽《せんしゅうらく》を待てずに新車を引き取りに行きましたこの月、歌舞伎座では『藤娘《ふじむすめ》』がかかっておりました。

ここ数年、どんな舞台に出ましても喜久雄の存在感だけが突出してしまうのは玄人筋だけでなく、素人客にも明らかで、喜久雄が多少手を抜きませんと、まるで調和がとれません。ただ、当の喜久雄が芸に手を抜けるはずもなく、となると、どうしても『藤娘』のような一人きりで踊る演目が振り当てられることが多くなってくるのでございます。もちろん自分の世界観にどっぷりと浸れるこのような演目に喜久雄は不服もなく、実際、喜久雄がこの『藤娘』の女心を可憐《かれん》に演じれば、まさに観客を自家薬籠中《じかやくろうちゅう》のものとするかの如《ごと》く、恍惚《こうこつ》とした千の眼差《まなざ》しが舞台に向けられます。

さて、その『藤娘』の舞台で、ある事件が起こりましたのは、まさに喜久雄が新車を引き取りましたこの日のことでございました。

この『藤娘』、取り立ててストーリーはないのですが、男の浮気症を愛らしく拗《す》ねる笠踊りから始まります。

この日も、いつもと変わらず藤の精の乙女に扮した喜久雄が舞台に現れますと、その気品と愛らしさとに、最前列の客の頰がぽっと赤らみ、それがまるで伝染でもするように後方の客へと伝わってまいります。

この観客たちの表情の変化が、人肌の温かみのある風となって舞台に戻り、喜久雄の頰を撫《な》でるのはいつものことで、その瞬間、観客席との間隔がすっと離れるような、自分の体だけがもう一つ別の世界にあるような、なんとも言えぬ感覚を味わうのでございます。

第一場を終えるときも、そのような感覚に包まれておりました。いつものように観客たちの顔は一人一人はっきりと見えておりまして、なかでも五列目の通路側に座った若い男性客が、人生初の歌舞伎鑑賞なのでしょうか、うっとりとした表情で釘付けになっている様子は、役者冥利《みょうり》に尽きるものでございます。

舞台裏で早拵《はやごしら》えをして、第二場を踊り出したときにも、なぜかその男性客は目についておりまして、よほど舞台の世界に入り込んでしまったのか、まるで藤娘を酒に酔わせたのが自分のような顔つきでございます。気分の良くなりました喜久雄は、その客だけを相手にするように踊り出したのでありますが、異変が起こりましたのはまさにそのときでありました。

一連の振りの流れで、振袖《ふりそで》を腕に絡めた喜久雄がちょっと客席に背を向けまして、すぐに振り返ったときでございます。その客の姿が座席にありません。一瞬焦りましたが、

客が席を立ってトイレに行くことなど珍しくなく、気を取り直して踊り出し、
〽十返《とがえ》りという名の憎《にく》や
ゆっくりと焦《じ》らすように客席に背を向けて、ふたたび振り返ったときでございました。なんとその男が喜久雄の目のまえに立っていたのでございます。何かに憑かれたように、喜久雄を見つめているのでございます。
客席から悲鳴のような、どよめきのような声が上がったのはそのときで、長唄連中の声が乱れたと同時に、笛と三味線がぴたりと止みます。
喜久雄の目のまえには舞台に上がってきた男が立っております。焦点の合わぬ目つきのまま、喜久雄を見つめております。
遠近が狂ったのはそのときで、舞台と客席のあいだにあるはずの何かを、男が破って
舞台に上がり込んできたのは間違いありませんでした。
そこに何があったのか、すでに破られてしまった今、喜久雄にもう見えず、思い出せません。
ただ、そこには何かがあった。ずっとあった。初めて喜久雄が舞台に立ったときから、いや、もっと昔、この歌舞伎という芸能が世に生まれたときからあった何かが、今、自分の目のまえで破れ落ちたという感覚を、はっきりと感じたのでございます。
男の顔がすっと視界から消え、その向こうに満員の観客席が戻ったのはそのときで、

途端に、

「押さえろ！　押さえろ！」

という舞台上での怒声が響きます。

黒衣や大道具のスタッフたちに舞台から引き摺り出されていく男の姿を、喜久雄は呆然と見つめておりました。

「旦那さん、大丈夫ですか？」

耳元でふいに声が響き、

「あ、ああ」

と振り向けば、そこには青ざめた蝶吉の姿。喜久雄は客席へと目を移しました。客たちの表情もまた、恐怖に支配されており、なかにはショックで震えが止まらなくなっている年輩の女性もございます。

それでもなんとかこの場を切り抜けようとした長唄連中が、

〽十返りという名の憎や
と語り出し、そこに三味線や笛太鼓も続きますと、蝶吉たちも慌てて舞台袖へはけたのですが、その舞台で一人喜久雄だけが、いつまでも、まるで糸が切られた操り人形のように、踊るに踊り出せず、舞台袖に引くに引けず、ぽつんと取り残されたのでございます。

第十九章　錦鯉《にしきごい》

「はて、きょろきょろと何恐ろしいことがある?」
「誰か……、誰か来てくださりませ!」
〽わめく一声　二声待たず
飛びかかってぐっと刺す
刺されて悩乱《のうらん》　手足をもがき
「今、死んでは幼い者が流浪する。死にとうない……、助けてくだされ……、与兵衛《よへえ》さん……」
「こなたの娘が可愛いほどに、俺も俺を可愛がる親父《おやじ》が愛《いと》しい。金払うて男立てねばならぬ……。諦めて死んでくだされ。口で申せば、人が聞く。心でお念仏……」
〽南無阿弥陀仏と引き寄せて

右手《めて》より左手《ゆんで》の太腹へ
刺いてはえぐり 抜いては切る
お吉《きち》迎えの冥土の夜風
灯火《ともしび》消えて暗闇に

「あ、ああー、あーああー、ああああー」

与兵衛の振りかざす刀から、逃げるお吉が蹴倒す油樽《あぶらだる》。油まみれの暗闇に、響くお吉の断末魔。その声を追う鬼面の与兵衛。

〽 うちまく油 流るる血

油まみれのお吉の黒髪、ひっ摑《つか》む与兵衛の腕から刀から、垂るる油。逃げるお吉の帯を引き、油にのた打ちまわる二人。

〽 軒の菖蒲《あやめ》に 置く露の
玉も乱れて 息絶えたり

「あ、アアーーーー」

えび反りで絶命したお吉の目玉が、まるで眼窩《がんか》からぼとりと床に落ち、舞台を転がり出したような妖気がひんやりとした風になり、客席のあいだを流れていきます。

劇場の外は照りつけるような初夏の日差しでございますが、今月ここ国立劇場の舞台にかけられておりますのは、江戸時代大坂で実際に起きた油屋の女房殺しを題材に近松門左衛門が書き下ろした『女殺油地獄《おんなころしあぶらのじごく》』でありまして、借金に追い詰められた与兵衛を伊藤京之助が、惨殺される油屋の女房を喜久雄が演じ、その油まみれの凄惨《せいさん》な見せ場で、観客たちの背筋を連日凍らせております。

そして今日もまた、客たちが身震いするなか幕が引かれますと、油と汗でどろどろになりました喜久雄たちが弟子に支えられて舞台袖《そで》へと急ぎます。

弟子たちに油まみれの足を拭いてもらいながらも、ゼエゼエと背中を波打たせておりますのは喜久雄も京之助も同じこと。舞台では艶《つや》っぽい男女を演じておりますが、互いに還暦を過ぎた者同士、乱れた呼吸はそう簡単には落ち着きません。

先に喜久雄がバスローブを羽織って楽屋へ戻ろうといたしますと、喜久雄に付いている浴衣姿の一豊の腕を、京之助がふいに摑みます。ちなみにここ数年、一豊は自ら進んで時間さえあれば、喜久雄に張り付いてその舞台を見ております。

「なあ、一豊。喜久ちゃん、ちょっと体調悪いのかい？」

喜久雄が消えるのを待って京之助が尋ねれば、

「小父《おじ》さんですか？　何か？」

「いや、誰か別人とやってるみたいだったからさ。でもあれだ、いつもそばにいるおまえが気づいてないんなら、まあ、いいのかな……」

「今日ですか？」

「ん？　今日っつうか、まあ、ここ最近だよ。彰子ちゃんも何も言ってないんだろ」

首を傾《かし》げながらも、取り立てて深刻になるわけでもなく、その場はそれで終わったのでありますが、京之助の引っかかりは取れぬまま、このとき一豊には、誰か別人とやっているみたいだと咄嗟《とっさ》に言ったのですが、もう少し詳しく申しますと、一緒に舞台に立っているのは紛れもない喜久雄なのですが、同じ舞台に立ちながら、自分が見ている光景と、横で喜久雄が見ている光景がまるで違うのがはっきりと分かるのでございます。そういう感じがするということではなく、たとえば暗闇で二人がのたうち回る場など、実際には舞台ですので暗闇とはいえ、何も見えぬわけがないのですが、どうも喜久雄には実際に何も見えておらず、そこに真の暗闇が広がっており、実際、見えるはずの敷居に蹴躓《けつまず》くのでございます。

とはいえ、喜久雄が目の病に罹《かか》っているというようなことではなく、実際、幕が引かれれば目の病気どころか、老眼鏡もいらぬという頼もしさで、心配する京之助が拍子抜けさせられる始末。

ただ、喜久雄への遠慮もありまして、京之助のように口に出す者はおりませんでしたが、実はこのころ、同じ舞台に立つ他の役者たちもこういった喜久雄の変化に気づいている者は少なからずおりました。

言い換えれば、暗闇が真の暗闇に見えるだとか、舞台上の桜吹雪が実際よりも多く見えるだとか、その衣裳が実際より豪奢《ごうしゃ》だとか、本来の風景にちょっと色を加えたような、本来の舞台にちょっと現実味を与えたような、いわば実際よりも豊穣《ほうじょう》な世界を喜久雄が見ているということでもありますので、役者が見るこの世界の豊穣は、そのまま観客の見る舞台の豊穣にもなるのでございます。

これに遡《さかのぼ》ること三年ほどまえから、喜久雄は舞台以外の芸能活動を一切受けなくなっておりました。きっかけとなったのは四十代の半ばから長年にわたって広告に出ておりました日本酒メーカーとの専属契約が円満に終了しましたことで、その後テレビラジオはもとより、公演のPR用の雑誌取材さえ遠慮するようになり、そのうち節分の豆まきや大阪松竹座公演での船乗り込みなどの時節の恒例行事にも出なくなってまいります。

しかしこのような喜久雄の勝手な振る舞いに同じ役者たちや三友の社員、ひいてはマスコミからも不平や非難が出ませんでしたのは、すでにこの当時の喜久雄が当代随一の立女形《たておんながた》であるのもさることながら、歌舞伎の舞台でしか見ることのできない幻の女形というイメージが、現代のフラットな演劇界に、一種の妖《あや》しい幻影を浮かび上がらせたのは間違いなく、それがそのまま興行的な成功を引き寄せていたからでもございます。

暗闇や桜吹雪を他の誰よりも暗く、また絢爛《けんらん》に見ながら舞台に立つ喜久雄の姿が、観客はもとより、同じ舞台に立つ役者たちの目にも神々しく見えるようになるのは必然といえば必然。となれば、喜久雄の存在自体が神格化されていくのにそう時間はかからなかったのでございます。

「喜久ちゃん、まだいる？　邪魔するよ」

楽屋で風呂に入ったあと、肩に貼った湿布の匂いに鼻をくすぐられながら、楽屋の暖《の》簾《れん》を上げたのは京之助であります。

「旦那、京之助兄さんです」

入口から蝶吉がなかへ声をかけますと、

「あら、お兄ちゃん、どうぞどうぞ」

奥の間から顔を出したのは彰子で、寄る年波には勝てぬのはどこも同じらしく、その手には喜久雄が舞台でつけていた膝《ひざ》用のサポーターを持っております。

ずかずかと上がってみれば、当の喜久雄は座布団を並べてうつ伏せになり、専属のマッサージ師に施術を受けておりまして、慌てて体を起こそうとしますので、

「いいよいいよ。そのまんまでも話はできんだから」

その背中を押して横に座り込み、

「……いやさ、ちょっと喜久ちゃんに相談があって来たんだよ。今度、うちの先代の追善公演でね、喜久ちゃんに『藤娘《ふじむすめ》』を踊ってもらえねえかなと思ってさ」

京之助の言葉に、喜久雄がまた体を起こそうとしますので、

「いいって、そのままで」

と押さえ、

「……いやね、喜久ちゃんがほら、例の、ありゃもう、六年もまえになるのかな、客がとつぜん舞台に上がってきたとき以来、『藤娘』を踊ってないのは知ってんだけどさ。今度の追善での演目をね、先々代の追善んときと同じにしたいって意向でさ。となると『藤娘』をやってもらうなら喜久ちゃん以外に考えらんねえからさ」

一方的に京之助がそこまでしゃべりますと、ちょうどマッサージの区切りがついたのか、起き上がった喜久雄が乱れた浴衣の襟を正しまして、

「兄さんの頼みなら、喜んで踊らせてもらいますけどね」

「ほんとかい？　でもあれだろ、ずっとやらずにいたんだろ？」

「まあ、こっちでやらなかったっていうより、周りが気遣ってくれたとこもあんですよ」

「舞台に客が上がってくるなんて不吉っつうか、縁起でもねえもんな」

「未《いま》だに、夢に出てきて、はっと目覚めることとあんですよ」

「だろうね」

この辺りで気を利かしたマッサージ師が次の間へ下がり、同時に彰子も汚れた手ぬぐいを丸めて楽屋を出ていきますので、

「あ、そうだ。彰子ちゃん、うちのが彰子ちゃんにつけてほしい帯があるって。今度う

ちに顔出してみなよ」

と京之助。

「ほんと？　じゃ、お姉ちゃんに電話しとく」

「ああ、そうしな」

と入口のほうへ伸ばしていた首を戻せば、目のまえでなにやら古い芸談物の書物を開いた喜久雄が、

「兄さん、これね、昔、俊ぼんにもらった本なんだけど、ここに文政九年っていうから江戸の後期かな、『藤娘』の初演のときのことが詳しく書かれてんだよ。これが面白くてさ、元はほら、大津絵の『かつぎ娘』に材を取った演目だろ。初演ではちゃんとその絵から飛び出してきた娘が踊る五変化舞踊になってね。最後、娘の鬘《かつら》や衣裳《いしよう》が脱げて座頭の姿になるってのは興ざめだけど、いわゆる歌舞伎の面白さはあるんだよ、ほら、こんとこ」

差し出された分厚い書物の紙面に、強く押しつけられた喜久雄の指を見つめながら、こうやって、俊介相手に歌舞伎の話に興じていた昔を思い出し、そうか、もうこの喜久雄にはその相手がいないかと、ふとかわいそうになる京之助でございます。

「まあ、『藤娘』を受けてくれるんなら、やり方は喜久ちゃんに任せるよ」

「え？　うん」

すぐに話を打ち切られ、拍子抜けした喜久雄の顔を見るのも忍びなく、何となく化粧棚に手を伸ばした京之助が開いたのは、現在、記録的なヒットを続けているという、その名も『三代目』という喜久雄の写真集でございまして、パラパラと捲《めく》ってみれば、東一郎時代からの舞台写真はもちろん、若いころの楽屋でのスナップなども掲載されております。

「懐かしいな。これ、南座の屋上だろ？」

写真では喜久雄と俊介が浴衣の裾をからげてキャッチボールしております。

「……なあ、喜久ちゃん、たまには飲みにでてきなよ。そりゃ、芝居のことも大事だけどさ、そう朝から晩まで歌舞伎のことばっかり考えてたって仕方ねえだろ」

写真集をポンと閉じた京之助、ふと気がつけば、そんな言葉がポロリと出ます。

「いや、自分でも分かっちゃいるんですけどね、ここ最近ずっと、なんかこう探してるものが見つからねえっつうか、無理に他のことしてても、それが気になって仕方がねえっていうか」

「なんだい、その探してるものって」

「ほんとに、なんなんだろうねえ」

「え？　自分で何探してるのかも分かってねえのかよ」

「景色は景色なんだけどね」

「景色？」

「そう、景色。……そりゃあ、きれいな景色でさ。この世のものとは思えねえんだ。あれを舞台でやりてえなって。あんなかで踊れたら、俺はもう役者やめたっていいなって」

「だから、どんな景色だよ？」

「だから、それが分からねえから困ってんじゃないですか」

喜久雄がからからと笑い出し、つられて笑うしかない京之助であります。

とりあえず喜久雄から『藤娘』承諾の言質《げんち》を取りましたので、その肩をポンと叩《たた》いて立ち上がりますと、すぐにマッサージ師が戻りまして施術の再開であります。

「喜久ちゃん、邪魔したね」

雪駄《せった》を履いて暖簾をくぐった途端でございます。廊下に立っておりました彰子と蝶吉の体がすっと離れます。なにも手を握り合っていたわけではありませんし、単にそばに立っていただけではありますが、そこは若いころから遊び慣れた京之助、この二人のあいだに男と女の匂いが立ったのを見逃すはずがございません。

「彰子ちゃん、ほんとに今度うちに顔出しなよ。いい帯らしいから」

そう声をかけながら、京之助の脳裏に浮かびますのは、古い芸談の書物を開いてマッサージ師のまえに一人横たわる喜久雄の背中でございました。

さて、喜久雄がこの月、『女殺《おんなごろし》 油《あぶらの》 地獄《じごく》』で連日満員の観客を沸かせておりましたころ、とある場所では一つの大きなプロジェクトが動き出そうとしておりました。通称「人間国宝」、正式名称を「重要無形文化財保持者」の審議でございます。

昭和二十五年（一九五〇年）と申しますので、奇《く》しくも焼け野原の残る長崎で、喜久雄がその生を享《う》けましたまさにその年にできた「文化財保護法」に基づき創設された制度でして、能楽や歌舞伎、文楽、演芸などの芸能系と、陶芸や染織、漆芸《しつげい》、金工といった工芸技術系に大別されました分野は現在十四。

歌舞伎に関して申せば、重要無形文化財に指定されます歌舞伎を高度に体現する「わざ」を持つ者として認定されるものであり、仏像などの有形文化財だけでなく、無形の「わざ」も後世につなげようという、誠に日本的な発想が垣間見える制度であります。

この「人間国宝」、もちろん実際に認定されるまでには長く慎重な調査と議論の場が設けられまして、認定におけるキーパーソンとなりますのが、実務を担当します文化庁伝統文化課の文化財調査官たちで、専門家らと連携して文部科学大臣の諮問案を作るのでございますが、その後、国立私立大学の学長、元文化庁長官、新聞社社長、芸大学長クラスに、現場を知る各芸能研究家、評論家と多岐に及ぶ有識者らによって厳正な審査を重ねられ、晴れて内定の運びとなります。そして、いよいよその俎上《そじよう》に三代目花井半二郎の名前が載せられようとしていたのであります。

ちなみに、俊介亡きあと、立女形として孤軍奮闘してきました喜久雄は、これまで数々の芸能賞を受賞しており、一昨年にはすでに文化功労者の栄典にもあずかっておりますが、未だに喜久雄の出自に関して快く思わぬ有識者もおり、さらに若いころからの喜久雄の素行を今になってほじくり返すメンバーも現れまして、薄氷を踏むようだった文化功労者の決定よりも、今回の人間国宝はさらに険しき道となっております。

一昨年、文化功労者の栄誉を授かった際も、大変なお祝いムードにもかかわらず、喜久雄はその姿をほとんどマスコミに晒《さら》しておりません。唯一、出演しましたのがNHKの短いインタビュー番組で、

「本当にありがたいお話でございます。これからもさらに芸道に精進したいと思っております」

と言葉少なに質問に応え、この稀代《きたい》の女形へのインタビューにひどく緊張したアナウンサーが良かれと思って語り出した喜久雄の苦難の半生を、ただじっと聞いている姿はひどく寂しげでもありました。

「このたび文化功労者となりました三代目花井半二郎さんでございますが、江戸、上方の垣根を超えた双方の演目で多くの当たり役をお持ちであり、また現在の歌舞伎界を代表する女形でございます。まだ原爆の爪痕の残る長崎でお生まれになり、すぐに生母を

失い、その後、父を亡くすという悲劇に見舞われ、とある縁で関西歌舞伎の名家、二代目花井半二郎の芸養子となりましたのがこの世界との出会い。若き日は苦難の連続だったそうでして、低迷する関西歌舞伎では役がもらえず、兄弟同然に育ちました故五代目花井白虎さんとともに地方回りの日々。その後、独り立ちして居を移された東京で転機を探り、映画界へ進出したのも今では良い思い出とおっしゃいます。故白虎さんとともに演じました『源氏物語』で空前のヒットを記録し、世間に『半半ブーム』を巻き起こしたことをご記憶の方も多いのではないでしょうか……」

喜久雄のために、アナウンサーが事前に自分の半生を調べ上げてくれたことには心から感謝はしているのですが、延々と続く自らの半生とやらを聞きながらも、そこに語られていないことばかりが思い出され、そんな大切な思い出がハラハラと手のひらからこぼれ落ちていくような寂しさだけが胸に迫っていたのでございます。

「私がこうやって舞台に立っておられますのも、ただただ皆さまのおかげでございます。このたびの賞は『まだまだ気を緩めるなよ』という皆さまからの厳しいお言葉と、心してお受けしたいと思っております」

ぼんやりと灯《とも》る行灯《あんどん》、舞台には紫色の薄暗闇が広がっております。まだ引かれている幕の向こうからは『女殺油地獄《おんなころしあぶらのじごく》』の最終幕、凄惨な殺しの場面である「豊島屋油店《てしまやあぶらみせ》の場」を待つ観客たちのざわめき。

蝶吉が持つ懐中電灯に足元を照らされて、袖から舞台に上がりましたのは油屋の内儀《おかみ》に扮した喜久雄で、今夜が千穐楽《せんしゅうらく》とはいえ、幕開きの芝居となる店先での御用聞きとのやりとりを、

「そんならここに三百七十匁《もんめ》。これ、よう改めてくださんせ」

「へい、確かに頂きました。そんならおやすみなされませ」

「気ぃつけて行かっしゃれ」

今一度、若い相手役と合わせておりますと、書き割りの裏からどこか切迫した人声で、

「三代目に伝えたほうがいい」「いや、もう幕が開く」となにやら言い合う様子。

「なんだよ？」

思わず喜久雄が声をかけますと、舞台に駆け込んできたのは三友の社員で、顔は蒼白《そうはく》、携帯を握った手が震えております。

「なんだよ？　言えよ」

「はい、すいません。今、本社から連絡があって、三代目のお嬢さんのお宅が火事に……、相撲部屋のほうじゃなくて、自宅のほうだそうで」

「綾乃たちは！　無事なのか？」

「え、はい。いえ、あの……」

「言えよ。早く！」

「はい、綾乃さんは無事です。ただ、お孫さんの喜重さんが逃げ遅れて火傷《やけど》したらしくて。今、病院に」

「え⁉」

若い社員に摑みかかるような喜久雄の耳に、そのとき聞こえてきましたのが幕開きの拍子木。

「終わったらすぐに行くって。そう綾乃に伝えてくれ」

と言うが早いか、喜久雄は相手を舞台袖へ突き飛ばし、自らは乱れた襟元を直して、震えるほど動揺している御用聞き役の若い役者に、

「落ち着け。幕、開くぞ」

低く呟《つぶや》いたのでございます。

下座《げざ》唄《うた》とともにゆっくりと幕が開きますと、客席からは盛大な拍手。今にも目のまえに立ち昇りそうな炎のイメージを、喜久雄は懸命にふり払い、

「そんならここに三百七十匁。これ、よう改めてくださんせ」

さっき合わせた台詞《せりふ》で芝居を始めるのですが、やはり意識は集中できず、喜重を襲った熱が、そのまま自分の肌を焼くようでございます。

「へい、確かに頂きました。そんならおやすみなされませ」

「気ぃつけて行かっしゃれ」

　それでも舞台の時間は無情。肌を焼かれながらも台詞は進み、玄関先で御用聞きを送り出したあと、部屋から聞こえてくるのは愛する我が娘お光《みつ》の呼び声でございます。

「母《かか》さん、なあ、母さん、櫛《くし》の歯が折れたわいな」

喜久雄はふらつく足に力を入れて立ち上がると、

「何、櫛の歯が折れた？　験《げん》の悪い」

娘の元へ向かいながらのこの台詞に、血の気がすっと引くのであります。

不運にもこの三幕目が開けば、喜久雄演じるお吉は、与兵衛との油まみれの修羅場の大団円まで出ずっぱり、喜重のその後の状況を聞けぬのはもちろん、今日の舞台を心待ちにしてくれていた客たちのために芝居を乱さぬよう、聞きたいと思うその気持ちさえ抑え込むしかございません。それでもようようたどり着いた大団円。

〽うちまく油　流るる血
目前油の　地獄の苦しみ
油まみれのお吉の黒髪、ひっ摑む与兵衛の腕から刀から、垂るる油。逃げるお吉の帯が引かれ、

「あ、アアーーーー」

断末魔の声を上げながら、舞台をのた打つその姿は、まるで炎に呑《の》まれたという孫娘。

その熱、その痛み、その苦しみに、

「喜重！」

たまらずその名を呼びそうになり、喜久雄は油まみれの自分の手を慌てて口にふくんだのでございます。

幕が下りますと、濡《ぬ》れタオルで白塗りを拭いとる時間も惜しむように、喜久雄は用意された車に乗り込み、喜重が運び込まれたという築地の病院へ向かいました。

車中で着替えた服の乱れを気にする余裕もなく、病院の地下駐車場に停《と》まった車から飛び降りた途端、俊介が足を切断し、その人生を終えた場所がここだったと今さら気づき、なぜか腹立たしく、いつまでも開かぬエレベーターの扉をつい殴ったのでございます。

「無事でいてくれ。無事でいてくれ」

気がつけば、舞台の最中から胸のうちに繰り返しておりました祈りが早鐘のように大きくなります。

大勢の患者たちのいる待合室を抜けた際、その場がざわつき、それでも集中治療室へ向かう長い廊下を駆け出せば、壁の鏡にちらりと映るのは、まだ白塗りの残った自分の顔でございます。

廊下の先、ベンチから立ち上がる綾乃の姿が見えたのはそのときで、喜重を助け出すため火の中に飛び込もうとしたというその髪は焼け縮れ、泣き腫らしたその目からは、まるで血の涙が流れているよう。

「綾乃！」

思わず我が子の名を呼び、喜久雄が駆けよろうとしたそのときでございました。

「来んでええ！　お父ちゃんは来んでええ！」

と両手を広げた綾乃が、そう叫んだのでございます。

思わず、足を止めた喜久雄、

「綾乃……」

その名を細く呼びますが、まるで我が娘を奪おうとする炎を見るかのような綾乃が、

「嫌や！　来んといて！　これ以上、近寄らんといて！　なんで？　なあ、なんでなん？　なんで、私らばっかり酷《ひど》い目に遭《あ》わななならへんの？　なんでお父ちゃんばっかりエエ目みんの？　お父ちゃんがエエ目みるたんびに、私ら不幸になるやんか！　誰か不幸になるやんか！　もう嫌や！　もうこれ以上は嫌や！　なあ、お父ちゃん、お願いや。私から喜重を取らんといて！　なあ、もうええやんか……」

自分を睨《にら》みつける綾乃の瞳の奥に、忘れ去っていた一つの光景が浮かんできたのはそのときでありました。

ああ、この子はずっと俺を憎んでいたのだ。そして俺はそれを知っていながら、ずっ

と気づかぬふりをしてきたのだ。

あれは『太陽のカラヴァッジョ』という映画に出演し、過酷な撮影のあと体調を崩した喜久雄が、京都の市駒を頼ったころでございました。

ある夜、まだ小学二年生だった綾乃と近所の銭湯に行った帰り、白川の畔《ほとり》の小さな稲荷《いなり》神社に寄りまして、二人並んで手を合わせたときでございます。

「お父ちゃん、神様にぎょうさんお願いごとするんやなあ」

と、喜久雄のやけに長い参拝に、横で綾乃が笑いますので、

「お父ちゃん、今、神様と話してたんとちゃうねん。悪魔と取引してたんや」

「ここ、悪魔いんの？」

「ああ、いるで」

「その悪魔と、なんの取引したん？」

「『歌舞伎を上手《うも》うならして下さい』て頼んだわ。『日本一の歌舞伎役者にして下さい』て。『その代わり、他のもんはなんもいりませんから』て」

その瞬間、綾乃の目からすっと色が抜けました。

「……悪魔はん、……なんて？」

「『分かった』言わはった。取引成立や」

あの帰り道、喜久雄は手を引いていたはずの綾乃の顔を、一度たりとも見ておりませ

ん。いや、実際には見たのでしょう。そこに浮かんでいた悲しみを感じとった記憶もあるのでございます。しかし喜久雄は見て見ぬふりをした。愛する娘の思いより、子供じみた悪魔との取引を守ろうとしたのでございます。

両手を広げたままの綾乃の背後で、集中治療室のドアが開いたのはそのときでした。すがりつくような綾乃に、若い担当医が、喜重の命に別状はなく、肩に残る熱傷も時間をかければ移植手術等で目立たなくなるだろうという話をするのを、喜久雄は離れたところで聞いておりました。横の鏡に映るのは、悪魔のような、半分白塗りした男の顔でございました。

この病院での苦い出来事を詫《わ》びる綾乃からの手紙が、喜久雄のもとへ届きましたのは、その年の秋、京之助一門の追善公演が賑々《にぎにぎ》しく幕を開けたころでございました。

手紙は、取り乱し興奮していた故に図らずも口をついて出てしまった自身の雑言《ぞうごん》を恥じ、本意ではなかった旨を伝える誠意に満ちたもので、喜久雄とて何があろうと実の娘を憎めるはずもなく、こうやって詫びる殊勝《しゅしょう》な娘にはもちろん、あの日、我が子を守ろうと病院で両手を広げた綾乃に、恨みどころか申しわけなさだけが募るのでございます。

頻繁に見舞いに通っている彰子からの報告によれば、幸い喜重の熱傷は経過もよく、年ご数年をかける皮膚移植手術の相談も始まっているそうで、顔ではなかったにしろ、年ごろの女の子が肩に痕の残る火傷を負ったのですから、喜重本人の思いは察するに余りあるのでございますが、気丈にも当人は笑顔を絶やすことなく、

「あの花井半二郎の孫だけど、もう女優は無理よねえ」

などと周囲を笑わせているらしく、と伝える彰子がうっすらと浮かべる涙に、喜久雄は言葉を失うのでございます。

そんななか、幕が上がった京之助一門の追善公演で、喜久雄が六年ぶりに踊りました『藤娘』の、あらゆる美を彫琢《ちょうたく》した世界観がさらに研ぎ澄まされていくさまは、まさか綾乃の言葉ではございませんが、その完璧な芸の底に、死屍累々《ししるいるい》の生贄《いけにえ》たちの姿が見え隠れするもので、とにかく、このころの喜久雄の芸といいますのは、他の追随を許さぬのは当然ながら、孤高と呼ぶのも憚《はばか》られるような神々しさに満ち満ちておりまして、指を動かせば鈴の音が鳴り、髪を乱せば嵐が起こるほど神がかり、一人の客を狂わせて舞台に上がらせた六年まえが完璧の出来だったとすれば、今ではその完璧も遥《はる》かに超えてしまっているのでございます。

完璧を超えた完璧な芸。

さて、しかしこれが何を意味するかと申しますれば、事態はやや厄介になってまいりまして、完璧といいますのは、結局、人様の作り出した域でございます。

人様。

それは舞台に立つ役者でありますとともに、その役者に拍手を送る観客たち。

完璧な芸を求める客がいて、完璧な芸を見せる役者が現れる。

しかし喜久雄の芸はその完璧を超えてしまった。この瞬間、完璧を求める客には喜久雄が見えなくなり、同じように喜久雄には客が見えなくなってくるのではありませんでしょうか。

言い換えますれば、芸のためなら客などいらぬという、なんとも本末転倒な事態が起こり得るのでございます。

となりますと、高いチケット代を払って独りよがりな芸を見せられたんでは堪《たま》らないと、腹を立てる客がいないとも限りません。少し偉そうなことを言わせてもらえば、こういうお客様というのは、そもそも至芸よりも共感を好みますので、その腹立ちを紛らわせるためには、当の役者がテレビなどに出演してドジで愛らしい姿を披露したり、または舞台上で台本にはない軽口などを叩いて笑いをとったりすれば、わりと簡単にそのお腹立ちも紛れ、お高く止まったようなこの役者にも親近感を持っていただけるのですが、ご存知の通り、喜久雄という男はそれがまったくできません。となりますと、どうしても当代の人気役者としては失格ということになるのでございましょう。

とはいえ、そんな不器用さも含めてこその三代目花井半二郎だと理解してくださる本来の歌舞伎ファンもまだまだ多く、だからこそ、喜久雄もまた、明日は必ずや今日以上の芸を、そんな見物の方々にお見せしようと努力を重ねているのでございます。

　さてさて、聞こえてきましたのは景気の良い幕開きの拍子木。本日もここ歌舞伎座の舞台では、『藤娘《ふじむすめ》』が始まろうとしております。無粋な芸術論はこの辺りにしまして、今夜はとくと喜久雄の至芸『藤娘』に酔っていただこうではございませんか。

　が、ここで一つだけご観覧のご注意を。決して舞台上の喜久雄とは目を合わさぬように願います。その視線に一度捕まりますれば最後、六年まえ、ふらふらと舞台に上がった客と同様、たちまち舞台に吸い寄せられて、その身を役者の足元に投げ出してしまいかねませぬ。

〽春いつか暮れて行方も白浪の
　立つ風もなき鳰《にお》の浦

　暗転のまま、舞台に鳴り出しましたのは鼓と長唄の典雅な響き。

〽昔ながらに咲く花の
　時に近江《おうみ》の待つの藤浪

　真っ暗闇だった舞台が、ここでカッと照明を浴び、まばゆく浮かび上がるのは舞台を覆うような大松に、見惚《みほ》れるような下がり藤、居並ぶ黒紋付の長唄囃子《はやし》連中を従えて、この美しき世界を支配するのは無双の立女形《たておんながた》、

「三代目！」

飛び交う大向《おおむ》こうをその身に浴びて、黒振袖に黒笠かぶり、真紫の藤枝を肩に、焦《じ》らしに焦らして振り返るその姿、みなさまご存知《ぞんじ》、花井半二郎でございます。

「お義母《かあ》さん、私、このあと演舞場の一豊さんの楽屋に顔出しますから、帰り、おばあちゃんの病院に車で寄りましょうか？」

玄関で着物に合う草履《ぞうり》を探しておりました春江を追いかけてきたのは一豊の女房の美《み》緒《お》で、つま先立ちした春江の横でひょいと手を伸ばし、草履箱を取ってくれます。

「今日はええわ。お見舞いのあと、ちょっと寄るとこあんねん」

春江が慌てておりますのは、バスの時間が迫っているせいで、

「せや、美緒ちゃん、演舞場行くんやったら……」

「ポチ袋ですよね？　もう名前も入れて用意してます」

「ほんなら安心や。任せたで」

足を滑らせぬように短い石段を駆け下りて、通り向かいのバス停へ向かえば、タイミングよく駅前行きのバス。春江は弾む呼吸を整えるように、手にしたハンカチを振って合図を送ります。

さて、お察しの通り、こちら丹波屋本家でも時間が流れておりまして、一豊がＭＩＯという名でモデルとして活躍しておりました美緒と結婚しましたのは、結局三年に及ん

だ謹慎期間が明け、心機一転、再起をかけ、端役ではありましたが舞台復帰を果たした直後でございました。復帰はまだしも慶事は早いという意見もあったのですが、モデルという派手な職業だったとはいえ、この美緒、料理上手で庶民的という飾らぬ性格で、全国区とは言えぬまでもそこそこの人気を博しておりまして、相手が彼女であれば一豊の復帰の一助になるとの判断が下ったのでございます。

あいにく周囲が期待したほど話題にはなりませんでしたが、それでも一豊の復帰が世間に許される一因にはなり、ただ、復帰後の一豊が順調かと言われれば難しく、謹慎中に、喜久雄に厳しく指導を受けたことで、芸に対する貪欲《どんよく》さ、また技術的な上達があったことは間違いないのですが、役者というのは一にも二にも人気商売、若い役者の三年におよぶブランクは大きく、未だ丹波屋を継ぐにふさわしい役はまったく回ってきておりません。

それでも今回の謹慎で一豊が芸に精進する喜びを知ったのは不幸中の幸い、春江などはとにかく長い目で、この子を支えようと肚《はら》に決め、現代っ子らしく勘の良い美緒とともに、舞台の一番前の照明、いわゆる面明《つら》かりからこちらの客席側はすべて女たちの役割であるという幸子の教えに懸命に勤めております。

さて、その丹波屋の大女将《おかみ》幸子でありますが、足腰こそ弱っておりますが頭は未だ明《めい》晰《せき》そのもの、いつもは自宅二階で、ときに優しく、ときに厳しくその目を光らせているのですが、半月ほどまえ足首を捻挫しまして、現在も大事を取って入院しております。

その病院で、春江が持参したタッパーの惣菜《そうざい》の品目を説明し、看護師へ渡す手土産などを紙包みに分けておりますと、

「春江、あんた、なんか隠し事してるやろ？」

とは勘の良い幸子で、

「え？　何も」

と、春江は白々しく首を傾げながらも、幸子から「春江ちゃん」ではなく、「春江」と呼び捨てされるようになったのと、幸子に対してヘンな遠慮のなくなったのはどっちが先だったかと考え、ふと蘇《よみがえ》るのが、あれはまだ一豊の謹慎が明けるまえ、深夜自宅の台所で春江が眠れずにおりますと、寝間着姿の幸子がおりてきまして、なんとなく茶を淹《い》れて、話すともなく話すうち、

「うちな、この丹波屋に嫁いで一つだけ人様に自慢できることとあんねん。あんたをな、歌舞伎役者の家の女房に育ててあげたこっちゃ」

と言ってもらえたあの夜が、その境だったたような気がするのでございます。

「まあ、ええわ。あんたの口は昔から固いもんな」

突《つっ》いたところで春江が話さぬと諦めたらしい幸子が、タッパーから麩饅頭《ふまんじゅう》を一つ口に入れますので、

「お義母さん、喉《のど》、詰まらせんといてな。今、お茶淹れるわ」

饅頭を飲み込む幸子の細い喉を案じながら、急須に湯を注ぐ春江でございます。

この日、病院をあとにしました春江が向かいましたのは三友本社であります。通された会長室にはこの数年でまた十キロほど太ったらしい竹野の姿、立ち上がるのも億劫《おっくう》らしく、

「座って座って」

と手招けば、春江が席につくのも待たずに、

「……書類は全部ここに揃《そろ》ってるけど、本当にいいんですか？　このまえも言ったけど、無理してあの世田谷の屋敷を守らなくても、思い切って手放したほうが楽だと思うけどな。もちろん俊介さんの思いを引き継ごうっていう春江さんの気持ちは立派だけど、逆にいえば、その負担は全部、一豊にいくことにもなるんだし」

と、一気に話し出しますので、

「ほんまやなー。竹野さんの言わはること、十のうち十二くらい分かるわ」

と柔らかく受けながらも、春江の決意が変わることはありません。

「……常識的には、竹野さんの言わはる通りなんやろね。そんでも、うちは天下の丹波屋や。先代やうちのが、無理してなんぼの人気役者やったんは、竹野さんもよう知ってはるやろ」

「一豊は知ってるの？　自宅が担保に入ること」

「役者に金の心配なんかさせられるかいな」

強がる春江を、

「もう、そんな時代じゃないよ」

と笑い飛ばす竹野もその一線が役者を生かしも殺しもすることを知っております。

春江が揃えてもらった書類に目を通しておりますと、

「やっぱり、三代目には相談できない？」

これまでに何度となく繰り返されてきた竹野の質問に、春江は首を横に振り、

「……これ以上、あの人には頼れへんわ」

と目を伏せれば、

「俺も、立場上、一豊だけ依怙贔屓《えこひいき》するわけにもいかんしな」

と竹野。

「よう言うわ、竹野さん。芸の世界なんて依怙贔屓されてなんぼ。今の一豊にはその魅力がないっちゅうだけのことや」

春江の本音に苦笑いの竹野であります。

この年、東京に降りました初雪は、夜になってしんしんと降り積もり、無機質なコン

クリートやアスファルトのすべてを覆い尽くしまして、いつもは目立たぬ都心の樹木が樹氷となり、景色の主役に返り咲いておりました。

　ここ歌舞伎座のまえも、深夜になり人気の絶えた大通りは幾筋かの轍《わだち》を残すのみ、劇場の大屋根に積もる白雪と相まって、明日初日を迎える『祇園祭礼信仰記《ぎおんさいれいしんこうき》』の雪姫《ゆきひめ》を演じる喜久雄への天からの褒美のような風景でございます。

　さて、歌舞伎には俗に三姫と呼ばれる有名かつ至難の姫役がございまして、一つが『鎌倉三代記』で、親よりも恋人を選ぶという当時としては画期的な女性像として描かれる時姫《ときひめ》がその人。喜久雄もこれまでに二度、演じてはいるのですが、やや地味な役柄は喜久雄のニンではなく、当たり役とはなっておりません。そして次の姫が『本朝廿四《ほんちょうにじゅうし》孝《こう》』の八《や》重《え》垣姫《がきひめ》、こちらは昔、喜久雄が新派、俊介が歌舞伎と、演劇界を二分してその芸を競い合っていたころ、同月にこの八重垣姫を演じ、後日その演技で二人同時に芸術選奨を受賞した記念碑的なお役で、遡れば出奔中だった俊介が生まれた豊生を抱き、先代の白虎に許しを乞いに訪れた際、大阪の料亭で踊ってみろと言われたのがこの八重垣姫の人形振りで、今となっては俊介の人生と切っても切り離せないお役になっております。そこで最後に残りますのが、今月喜久雄が演じます『祇園祭礼信仰記』の雪姫と相成ります。

　この『祇園祭礼信仰記』、随所にちりばめられたサディスティックな演出がその見せ場と言ってもいい倒錯美の芝居でして、金閣寺に人質を取って立て籠《こ》もる謀反人《むほんにん》から、人質の一人である雪姫は「俺の女になれ」と迫られながらも、決して首を縦に振りません。最後には花びら舞う満開の桜の下、縄で縛られるという非道に遭い、絵師雪舟《せっしゅう》の孫である雪姫は、悔しさに身悶《みもだ》えしながら、その爪先《つまさき》で桜の花びらを集め、鼠《ねずみ》の絵を描くのですが、なんとこの鼠が動き出し、縄を食いちぎってくれるという奇跡が起こるのでございます。

歌舞伎座界隈《かいわい》が白一色となり、機械的に点灯を続ける信号機が、車道の雪を緑に赤に染めておりますちょうど同じころ、都心から少し離れた住宅街の雪道を一人歩いているのは喜久雄でございます。

都心と同様、この辺りにも雪はしんしんと降り続いておりまして、街灯に照らされた雪道には、喜久雄がつけてきた足跡しかなく、ときおり風に揺れた電線からぼとりと落ちる雪が、その足跡さえ隠してしまいます。

喜久雄がこの雪景色に魅せられて、ふらりと家を出てきたのは一時間ほどまえのこと、降り始めた雪がまず街路樹の葉を染め、塀の上に積もり、家々の屋根を染めていく様子をずいぶん長く眺めていたのですが、いよいよ堪《たま》らなくなり、

「風邪ひきますよ」

と呆《あき》れる彰子の言葉も聞かずに毛糸の帽子をかぶり、子供のように出てきてしまった

のが、すでに深夜一時、町には人気もありませんで、その後一時間、喜久雄は自分の足が雪道を踏む感触を味わうように、ギュッ、ギュッと、一歩ずつ歩き続けておりまして、時折顔を上げれば、夜空が破れたように舞い落ちてくる粉雪に感嘆のため息をもらします。

もちろん明日は初日、転んで怪我《けが》をするわけにはいかず、自然と足はある程度歩いたところで止まり、そのまま来た道を引き返すのですが、その距離は知れており、道に残る喜久雄の足跡は、自宅マンションまえをただ行ったり来たりしているだけでございます。それでも新雪をギュッギュッといたわるように踏むほどに、頭のなかがすっきりと澄んでくるようで、もう帰ろう、今度家のまえに戻ったら帰ろう、と頭では区切りをつけながら、体のほうがなかなかやめようとしないのでございます。

そんななか、喜久雄がふいに立ち止まったのはそのときで、恐ろしいほど澄み切ったその瞳で、徐《おもむ》ろに周囲を見渡しますと、

「きれいや……」

そう呟き、夜空からの粉雪を抱き止めるように、その腕を空へ伸ばすのでございます。

一夜明け、朝から快晴となりながらも大陸からの大寒波は未だ去らず、東京は美しき残雪のなかであります。本日初日を迎えました歌舞伎座も、足元の悪いなか大変な賑わ

いで、その誰もが外の冷気を連れてくるのか、開演五分まえのブザーが鳴りまして、最後の客たちが客席に駆け込みますと、急に音を失ったロビーも途端に底冷えしてまいります。

拍子木のなか、幕の開いた舞台で始まりましたのは、お待ちかね『祇園祭礼信仰記《ぎおんさいれいしんこうき》』。金閣寺に立て籠もる謀反人、松永大膳《まつながだいぜん》を演じる伊藤京之助の登場に、客席は早くも沸き立っておるようでございます。

本日は少し趣向を変えまして、日ごろご案内する一階席ではなく、劇場内を一望できます三階席へお連れしたく存じます。まずはロビーから赤絨毯《じゆうたん》の階段を上がりますと、目に飛び込んできますのは、踊り場に堂々と飾られた日本画、川端龍子《かわばたりゆうし》作「青獅子《あおじし》」。この青獅子、大きな白牡丹《ぼたん》を咥《くわ》えて睨みをきかせておりますが、その姿にはどこか愛嬌《あいきよう》がありまして、呼べばすぐにでも絵を抜け出して「俺も歌舞伎がたまには観《み》たい」と、あとをついてまいります。

三階へ駆け上がり、はやる気持ちを抑えて重い扉を開ければ、ぷんと歌舞伎の香りが鼻をくすぐりまして、その香にのぼせて宙乗りよろしく、ぷかんと天井に浮かび上がれば、見下ろせますのはまるで竜宮城のような舞台でございます。今まさに大喝采のなか、鴇色《ときいろ》の振袖に銀の髪飾りも艶《あで》やかな、喜久雄演じる雪姫の登場であります。

〽 大膳は詞《ことば》を和らげ

「コリャ雪姫、そちが夫直信が詰牢《つめろう》の苦しみいたすも、此《この》天井に墨絵の龍を描かさん為、夫に替わり墨絵の龍を描くか、我が心に随《したが》うか、どうじゃ、どうじゃ」

〽と責められて　姫はようよう顔を上げ

「思いもよらぬ御難題……」

謀反人大膳は、この金閣の天井に墨絵の龍を描けと雪姫に言い、その命に背く雪姫。絵師の孫娘としての知性と、幽閉された姫の艶《なまめ》かしさを、その俯《うつむ》いた視線だけで見せる喜久雄の、なんとも見事なこと。

舞台には、大ゼリで高くそびえた絢爛豪華な金閣寺。庭で満開を迎える桜からは、はらはらと花びらが舞い落ちるなか、謀反人大膳が自らの意に沿わぬ雪姫に縄をかけろとの無体。無残にも縄に縛りからめとられた雪姫の、その嘆き、その諦め、その恥ずかしさの、なんとも妖艶《ようえん》なこと。まるで肌に食い込む縄の痛みまでが観客たちにも伝わってくるようでございます。

縄の端を、桜の木に縛られて、庭に打ち捨てられた雪姫。

「あゝ、ああゝゝゝゝ」

低く、高く、ひとり嘆くその声の、なんとむなしく響くことか。

後ろ手に縛られたまま、逃げ出そうとする姫を、ピンと伸びきった縄が引き戻し、それでも一目夫に会いたさに逃れようとするその姿、その思いが、痛いほど伝わってまいります。

できることなら、ここから逃がしてあげたい。一目、夫に会わせてあげたい。喜久雄の芝居が興に乗れば乗るほど、その思いは強くなるのでございます。

舞台では、はらはらと舞う桜吹雪が、次第に見る者を狂わせるほどの量となり、逃れたい、逃れたいと悶絶《もんぜつ》します雪姫の姿さえ隠すほどで、本来ならば、この降り積もった花びらを掻《か》き集めた雪姫が、そこに爪先で鼠の絵を描く場面でございます。

ここ三階席に多い歌舞伎通の客たちは、その瞬間を見逃さなかったはずでございましょう。その一瞬、雪姫の動きが止まり、まるでそこから喜久雄自身が抜け出して舞台に立ち、なんとも不思議そうな顔で、じっとこの天井を見上げたのでございます。

「……あんた、誰や？」

こちらを見上げる喜久雄の口が、そう動いたように見えたのと、雪姫に動きが戻りましたのはほとんど同時。爪先で鼠を描く見せ場に、場内の客たちは大喝采、

「三代目！」

「半二郎！」

飛び交う大向こうを一身に浴びておりますのは、すでに喜久雄ではなく、やはり紛れもない雪姫なのでございます。

この舞台を珍しく見に来ておりました竹野、幕が下りた途端に喜久雄の楽屋へ向かい

ましたのは、彼もまた妙な胸騒ぎを覚えたからでございまして、急ぎ向かった喜久雄の楽屋には挨拶《あいさつ》を待つ後輩役者たちが列をなしておりましたが、構わず割り込んでなかへ入りますと、

「お、珍しいね」

と、竹野を迎え入れた喜久雄は鏡台のまえで化粧《かお》を落としておりまして、

「三代目、大丈夫かい？」

とりあえず声をかけてみれば、

「何が？」

「何がって、『爪先鼠《つまさきねずみ》』んとこで、ちょっと間があいたみたいだったからさ」

「そうかい？　今日、初日だからな」

化粧《かお》を落とす喜久雄の様子を、そのまま鏡越しに眺めれば、天下の花井半二郎とはいえ、さすがに寄る年波には勝てぬのか、浴衣を羽織ったその肩がずいぶん薄くなったのに気づき、思わず目を背ける竹野であります。

思い起こしてみれば、喜久雄との付き合いもずいぶん長《なご》うございます。

あれは遠い昔、竹野がまだ血気盛んな新入社員だったころ、四国は琴平《ことひら》の芝居小屋で、「歌舞伎なんて、ただの世襲だろ？　……最後に悔しい思いして人生終わるのアンタだぞ」と煽《あお》り、そのまま取っ組み合いの喧嘩《けんか》となった相手が、まだ二十歳そこその喜久

雄その人だったかと思えば、お互い敵にも味方にもなりながら、結局四十年以上を共に歩いてきたわけで、先日の春江ではありませんが、なんだかんだと言いながら、この四十年、自分はずっとこの喜久雄という役者を依怙贔屓してきたのだと今さら気づき、とすれば、もっと以前から喜久雄の成長を見守ってきたご贔屓筋の人たちにしてみれば、先ほどの舞台で竹野が感じた胸騒ぎを、もっと早くに感じていたのではないかと、なぜかひどく申しわけのない気持ちにもなってくるのでございます。

と言いますのも、竹野の耳にここ最近入ってきますのが、

「どうも、近ごろの三代目は窮屈で苦しそうに見える」

という声。

喜久雄が雪姫をやれば、雪姫の一人芝居のようになってしまうのは他の演目をやったところで同じこと、まるで錦鯉を小さな水槽で飼っているようなもので、自分たちが喜久雄をその錦鯉に育て上げ、喜久雄自身もそれを望んだ結果とはいえ、この錦鯉が美しければ美しいほど、窮屈そうなその姿は見るに忍びないのでございます。

この思いは、喜久雄を長年支えて下さっているご贔屓筋にもあろうはずで、まさに今日の舞台での縄に繋《つな》がれた雪姫の姿など、それがそのまま水槽の錦鯉となった喜久雄にも重なって、ならばこそ「できることなら、ここから逃がしてやりたい」という雪姫への思いは、知らず知らずのうちに喜久雄本人へも向けられていたのかもしれません。

鏡台の鏡越しに、ふと目が合いました喜久雄が、なんだよ、とばかりに覗《のぞ》き込んでまいりますので、

「いや、三代目とも長いなぁと思ってさ」

素直にそう口にすれば、

「たしかに長《なげ》え付き合いだ」

こちらの気持ちが伝わっているのかいないのか、そのさっぱりとした物言いは、遠い昔に取っ組み合ったあの少年のまま、とすれば、この男はあのころからずっと、この歌舞伎の世界に一人ぽつんと立っていたのかと胸が潰れ、

「そろそろ行くよ」

太鼓腹に足を取られながら立ち上がれば、妙に寂しげに見上げた喜久雄が、

「なんだよ、もう行くのかよ」

「ああ、ちょっと顔出しただけだ」

「ふーん、じゃ、また来いよ」

「そりゃ遠慮するよ。いつまで経っても、この楽屋ってのは居心地悪《わり》いや」

「そんじゃあ、ずっと会長室の椅子にふんぞり返ってろ」

喜久雄の笑い声に、片手を上げて楽屋を出る竹野でございます。

廊下へ出ますと、伊藤京之助を始め、ずらりと並んだ幹部役者たちの楽屋暖簾が風も

ないのに揺れております。サイズの合わぬスリッパをつっかけて立ち去ろうとした竹野の足が、ぱたと止まったのはそのときで、背後には今月も喜久雄に付いている浴衣姿の一豊が立っております。

「……いつから、ああなんだ?」

ぼそりと呟いた竹野の声はひどく疲れたようにも、苛立《いらだ》ったように響きます。

そして背後の一豊が自分の質問の意味をすでに理解しているその気配が、いっそう竹野を絶望させるのでございます。

「……いつから、三代目はああなんだよ」

絞り出すような声でふたたび問えば、戻ってきたのは、

「ずっとじゃないんです……」

という消え入りそうな一豊の言葉。

「……ときどき、本当にときどき、ああなるんです」

その答えに重なるのは、たった今見てきた喜久雄の、まるでガラス玉のようだった目でございます。

「ありゃ、正気の人間の目じゃねえよ……。なあ、いつから……」

「『藤娘』です……。舞台に客が上がってきた……、あのあとからです」

「あのあとって、もう六年も……。だ、だったら、なんでもっと早く言わねぇんだよ」

竹野の顔からすっと血の気が引いたのは、その瞬間でございました。

「気づいてるのはおまえだけじゃねえな？」

一豊が黙って目を伏せます。

「彰子さんも、おまえの母ちゃんも知ってんだな」

「……はい」

「他には誰が……」

ずらりと並んだ幹部役者たちの楽屋暖簾がまた、風もないのに大きく揺れます。

「ちょ、ちょっと待てよ……、みんな……、もしかして、みんな知ってて放っといたんじゃねえだろうな……」

愕然《がくぜん》とする竹野に一豊はじっと両の拳を握りしめたまま。

「必要なんですよ。みんな、小父さんが必要なんです！　俺たち一門にも、今の歌舞伎にも……」

一豊の言葉を理解するのに、そう時間はかかりませんでした。浮かんでくるのは、山谷のドヤ街で死んだ万菊の醜聞隠しに奔走した自分の姿。そこに重なるのが公の場に一切出なくなった喜久雄を、なぜか必要以上に庇《かば》ってきた歌舞伎界の姿でございます。ぐったりとした人形の紐《ひも》を寄ってたかって操っている惨《むご》い様子でございます。

竹野とて、喜久雄がいなくなれば今の歌舞伎界がどうなるか想像は難しくありません。

しかしそれでも、それにしても……。

「でも、小父さんは、幸せなんです……」

ふいに耳に届いた一豊の言葉に、竹野が聞き違えかと思った瞬間、

「……戻ってこなくていいんです。今の小父さんは、ずっと歌舞伎の舞台に立ってるんです。桜や雪の舞う美しい世界にずっといるんです。それは小父さんの望んでいたことなんです。だから小父さんは……、今、幸せなんです」

どんな理屈であれ、狂人が幸せなどというたわ言を信じるものかと竹野は思うのでございます。しかしそんな理屈を撥《は》ねつけようと思えば思うほど、遠い昔に取っ組み合ったあの少年が現れて、

「俺はもっとやれる。俺はもっと踊れる。だからもっといい舞台に、もっともっと美しい世界に立たせてくれ！」

と、その目を輝かせるのでございます。

狂人の目に見えるのが、もしも完璧な世界だとすれば、喜久雄はやっと求めていた世界に立っている。芝居だけに生きてきた男が、決して幕の下りぬ舞台に立っている。だとすれば、それでも常人の価値観で正気に戻し、納得のいかぬ世界で生きろと、誰が喜久雄に言えるでしょうか。

今、竹野の脳裏にふたたび浮かんできますのは、小さな水槽に入れられた錦鯉でござ

います。

「出してくれ、出してくれ」と、尾を叩きつけて暴れていたのに、誰も気づいてやれず、いや、誰もが気づかぬふりをして、放っておかれたその鯉は、いつしかその小さな水槽のなかで、澄み切った川を想像し始めたのでございましょう。澄み切ったその川で自由に泳ぎ出していたのでございましょう。

第二十章　国宝

久しく明るい話題のなかった丹波屋に、嬉《うれ》しいニュースが飛び込んできましたのは、春江奔走でなんとか保った丹波屋の自宅で、毎年恒例の慌ただしい年の瀬を迎えようとしていたころでございました。

年明けの歌舞伎座「壽《ことぶき》初春大歌舞伎」でも、未《いま》だ一豊に大きな役がつかないという危急の事態のなか、丹波屋に集う面々もどこか晴れぬ様子だったのでありますが、それでも忙しく家中を駆け回っていた春江を、

「お母さん、ちょっといいかな」

と、一豊が二階へ連れていきますので、今度はどんな悪い知らせかと、生きた心地もなくついて行けば、上がった二階には嫁の美緒も待っており、

「母さん、俺たち、息子ができる。丹波屋の跡取りが生まれるよ」

と、いきなり報告を受けたのでございます。嬉しいやら驚くやら、なんで今まで黙っていたのかと腹が立つやらで、春江が目をくるくる回しておりますと、

「お義母《かあ》さん、黙っててごめんなさい。まえの流産のことがあって……、だから、安定期に入るまで言えなくて……」

と嫁の美緒が謝りますので、

「なんもあんたが謝ることあるかいな。いろいろつらかったな。……ありがとお。ありがとお」

美緒の手を握り、急がねばこの幸運が煙に消えかねぬとばかりに、自室で休んでいる幸子のもとへ走り、

「お義母さん、丹波屋に後継が生まれます。お義母さん、曽《ひい》おばあちゃんやで！」

と、その耳に大声で報告すれば、

「そうか、そうか」

幸子もまた涙を浮かべたのでございます。

この日はたまたま一門総出での屋敷や稽古場の大掃除の日で、集まった面々にもこのニュースが知らされますと、このところの暗い雰囲気が一変し、古参の弟子の口から、二十年もまえになる俊介と一豊の同時襲名披露の昔話などが出始めて、

「今度は旦那が白虎で、生まれてくる息子が半弥で同時襲名だ！」

と気の早い勝鬨《かちどき》まで起こったのでございます。

春江が多摩にあります俊介の墓へ、初孫懐妊を報告に行きましたのは、この翌日のことでありました。墓苑まえでバスを降り、寒空のなかを急ぎますと、開花には早い梅の木の下で墓石に手を合わせている先客があり、見れば、カップ酒を供える竹野でございます。

「竹野さん」

思わず駆け寄れば、

「あれ、春江さん。この年の瀬に墓参り？ ……いや、俺はほら、ちょっと丹波屋さんと話がしたくなってさ」

ひどく照れくさそうにしますので、

「男同士の内緒話やったら、席外しましょか」

と、からかえば、どこか寂しそうに微笑《ほほえ》んだ竹野が、

「三代目の、人間国宝の話だけど、やっぱり難しそうだよ」

と、ぽつり。その瞬間、どこかホッとしたような表情を無理に隠した春江を竹野は見逃さず、

「そうか、やっぱり春江さんもそう思うかい？ これ以上、三代目を縛りつけとくのは酷だって」

もちろん竹野とて、心では喜久雄の人間国宝認定を願っております。事実、薄氷を踏むようだった文化功労者のときも、誰よりも喜んだのはこの竹野でございました。

「……それでも、心のどっかで、三代目には人間国宝になってほしいと思ってんだろうな。だから、同じように思ってくれるのは誰かって考えてるうちに、いつの間にか、ここに来てたよ」

そう言って墓石を撫《な》でる竹野のまえで、

「ごめんやけど、うちは竹野さんが言うてほしいこと、言うてあげられへんわ」

と春江が目を伏せたのはそのときで、

「でも、あんな状態、異常だよ……」

思わず本音を吐き出す竹野でしたが、春江は気丈にも、

「竹野さん、何を今さらやわ。この世界に何年おんの？　うちはな、もう体の芯から役者の女房やわ。旦那が高熱やろうと、両足失おうと、……たとえ、気ぃふれたとしても、その背中、泣きながらでも押して舞台に立たせます。ひどい話や。ひどい女房や。せやけど、それでも役者には舞台で拍手浴びてほしいねん」

そう応えたのでございます。

春江と竹野が、俊介の墓前でこのような会話を交わしていたちょうどそのころ、多摩の霊園からさほど遠くない武蔵野の総合病院へ一台のタクシーが向かっておりました。

乗っておりますのは喜久雄と、急に呼び出された付き添いの一豊で、

「やっぱり、三友に相談してからのほうがよくないですか？」

と心配する一豊をよそに、喜久雄は見慣れぬ景色を珍しげに眺めております。

愛甲会の辻村将生《まさき》の娘を名乗る女性から電話がありましたのは二時間ほどまえのこと、話によれば、長患いをしていた辻村の容態《ようだい》がいよいよ悪くなり、「喜久雄に会いたい」と漏らしたらしいのでございます。

「すぐに向かいます」

喜久雄は電話を切ったのですが、そばにおりました彰子が縋《すが》るように引き止めたのは当たりまえで、この辻村との関わりを断つことを条件に、喜久雄は役者として生きてこられたのであります。

ちなみに辻村の噂《うわさ》は、喜久雄の耳にもときどき入ってきておりました。紅葉が舞う秋の日に辻村が逮捕されましたのが今からもう三十年近くもまえのこと、その後辻村は八年に及ぶ刑期を終えて出所しますと、持ちまえのしぶとさで見事蘇《よみがえ》り、一度は追われた福岡の地で、ほとんどゼロから始めた土建屋を十年で一端《いっぱし》の企業に育て上げたころ、苦楽を共にしてきた妻に先立たれ、自身も癌《がん》を発症しますと、会社を愛甲会のころからの子分に譲り、自分は東京に嫁いでいた一人娘を頼って、ここ武蔵野の病院に入院したようでございます。そしてこの三十年近く、辻村は一切、喜久雄に連絡を取っておりま

せん。取れば喜久雄が自分を助けることを知っていたからでございましょう。

さて、病室へ向かう喜久雄の足がぱたりと止まりましたのは、病院のエレベーターを降りたところで、目のまえには長い廊下が延びております。

「なんやここ、妙に懐かしい気ぃするわ」

と呟《つぶや》く喜久雄に、

「でも、ここ、新しい病院ですから……」

言いかけて、ふいに諦め、口を閉ざす一豊。

廊下の先で、白髪の女性がお辞儀をしたのはそのときで、一豊に肩を叩《たた》かれた喜久雄が、慌ててそこへ向かえば、辻村の娘らしいその女性が、恐縮しながら、

「お忙しいのに、ご無理言いまして」

「いえ」

ドアの隙間から見えるのは豪気を搾り取られたような荒くれ男の末期の姿。病室はカーテンで仕切られた四人部屋で、薄いカーテンの向こうからは、茶を啜《すす》る音や咳《せき》払い。辻村ともあろう男の最期がここかと思えば、苦労をかけられっ放しだったはずの一人娘の、愛憎入り混じった思いも偲《しの》ばれて、唇を嚙《か》む喜久雄でございます。

「小父《おじ》さん」

喜久雄がひとり病室に入って声をかけ、まだ娘の体温の残るパイプ椅子に腰を下ろせ

ば、あとはもう何も言わず、痩せた辻村の手を握ります。当の辻村に喜久雄の姿が見えているのかいないのか、その濁った目は天井へ向けられたままですが、

「喜久雄です。来ましたよ」

そう声をかければ、辻村の目から感情とは関係のない涙が頬を伝ったのはそのときで、

「……俺《おい》にもいよいよお迎えがきたばい。ばってん、なんも悔やむことはなか。よか一生やった」

呟く辻村の目に嘘《うそ》はなく、その乾いた指が喜久雄の手を握り返します。

次の瞬間、辻村が一世一代の告白をしましたのと、喜久雄の視界がすっと白んだのは、さてどちらが先だったか。

「……喜久雄、おまえの親父《おやじ》ば殺したとは、この俺たい。俺は、おまえの親父の首に噛みついた」

五十年ものあいだ秘されてきたこの真実が、おそらく今の喜久雄を作り上げたのでございましょう。しかし今その真実を知らされた喜久雄の目に映るのは、なぜか笑いかけてくる徳次の顔なのでございます。

「徳ちゃん……」

思わず呼びかけたその場所は、その昔、立花組の新年会で徳次と二人『積恋雪関扉《つもるこいゆきのせきのと》』を踊った、あの懐かしき料亭「花丸」の白木の風呂場でございます。

磨《す》りガラスの格子戸を開ければ、そこは雪の日本庭園、濃い湯けむりが外へ流れ出していきます。

「我ながら上出来やったばい。ねえ、坊ちゃん」

じゃぶじゃぶと大伴黒主《おおとものくろぬし》の化粧を落とす徳次に、

「アイ、あたしゃ、撞木町《しゆもくまち》から来やんした」

喜久雄がふざけて傾城墨染《けいせいすみぞめ》を真似《まね》れば、笑い合う二人のあいだで立つ湯気まで楽しげで、ドドドドと大太鼓を打ち鳴らすような宮地組討ち入りの足音が聞こえてくるのはまさにそのとき、慌てて湯を飛び出した喜久雄たちの体からはもうもうと白い湯気、座敷から聞こえてくる仲居たちの悲鳴に、取るものもとりあえず駆けつけようとする二人のまえに、両手を広げて立ちふさがるのは芸者ばりの黒留袖《とめそで》も艶《あで》やかなマツでございます。

それでも浴衣を引っ摑《つか》んだ喜久雄がマツを押しやって廊下へ駆け出れば、雪の降りしきる中庭は逃げ惑う仲居たちの阿鼻叫喚《あびきようかん》。その裾は乱れて露《あら》わな素足に血の気はなく、そこへ座敷の雪見障子が蹴破られて、もんどり打って落ちてきたのが、さっきまで半裸でかっぽれを踊っていた立花組の若い衆。斬りかかってくる宮地の組員から雪のなかを這《は》って逃れるも、そのわき腹にぐさりと刺さる日本刀。真っ白な晒木綿《さらし》に広がる鮮血から立つ湯気の、なんと獣じみたこと。雪を赤く染めて倒れた若衆の、熱い背中に彫られた般若《はんにゃ》の面でとける白雪の美しさ。

立ち尽くす喜久雄の耳に聞こえてくるのは、男たちの叫びでも、ましてや雪の静寂でもございません。ドロドロドロとさらに鳴り響く大太鼓、と同時に二階の瓦屋根に現れたのが、怒りで頭から湯気を立たせ、大襖《おおぶすま》を頭上に抱え上げた父、権五郎。右に左に睨《にら》みを利かせ、

「喜久雄！　よう見とけ！　しっかりその目で見とけよ！」

と、叫んだのは先か後か、諸肌《もろはだ》脱いだその胸から噴き出した血潮が、庭の雪を、池の氷を、そして喜久雄の白い頬を、ぱっと赤く染めたのでございます。

まるで化粧を落とすように、頬についた血を拭った喜久雄の目に、ベッドに横たわる辻村の姿が戻ったのはそのときで、

「喜久雄……、俺はおまえに……」

謝ろうとしては咳き込む辻村の手を、気がつけば喜久雄は握り直しておりました。

「小父さん、もうよかよ。親父ば殺したんは、この俺かもしれん」

「喜久雄……」

戸惑いながらも、辻村にはもう起き上がる力もなく、その肩を押さえた喜久雄、

「長いこと、俺は小父さんの世話になってきたんやね。……ほんまにありがとう」

親の敵《かたき》をまえにして、自然と口をついて出たのはそんな言葉でございました。

喜久雄が病室を出ますと、少し離れた廊下のベンチで待っていた一豊が駆け寄り、

「もういいんですか？　今、おばさんがお茶を淹《い》れるって給湯室に……」

引き止めますが、喜久雄の足は止まることなく、代わりにぼそぼそと呟くその声に一豊が耳を寄せれば、

「そら、きれいやったで。一豊も見たら腰抜かすやろな。……俺な、あそこに立ちたいねん。あんな舞台で踊りたいねん」

廊下を進む喜久雄の足取りはしっかりしており、まるでそのあそことやらへ、このまま向かいそうな勢いでございます。

「……小父さん？　ちょっと待ってくださいよ。あそこって？」

思わずその肩を摑んだ一豊を、穏やかな顔で見つめました喜久雄が、

「痛いわ、一豊。誰も今から行くなんて言うてへんやろ。アホやな」

と呆《あき》れたように微笑みます。

「だって小父さん……、とにかく、しっかりして下さいよ。みんな、待ってんですからね。みんな、小父さんの舞台を待ってんですからね」

一豊の言葉がすっと肚《はら》に落ちたように、

「……ああ、分かってる」

呟いた喜久雄の声は、寂しげにも頼もしげにも響いたのでございます。

ここ元麻布のなかでも一等地に建てられた弁天の邸宅は、周囲に並ぶやんごとなき人々の屋敷にも引けをとらぬ白亜の御殿でございます。

ゆっくりと開いたその鉄門から、敷地内へ入って行くのは春江でございまして、玄関への階段を上がっておりますと、

「春ちゃん！」

声をかけてきたのは弁天の女房、まだ弁天が若いころ、天王寺の芸人横丁にあった食堂で見初め、その後ずいぶん苦労をかけられながらも、結局今日まで添い遂げてきた正《まさ》子《こ》でございます。

「いやー、マコちゃん、久しぶりやねえ」

階段をかけ上がる春江に、

「春ちゃん、あんた、ウサギみたいに跳ねて元気やなー」

「こんな長生きなウサギがおるかいなー」

懐かしさもあって途端にかしましく、その肩を叩き合って内へ入れば、スウェット姿の弁天が寝癖をつけたままお出迎えで、

「なんや？　折り入って頼みて」

居間にたどり着く間もなく尋ねる弁天もせっかちなら、

「せやねん、ちょっと頼みあんねやんか」

と本題に入る春江もまたせっかち、

「……あんな、あんたがやってるガチンコの番組あるやろ？」

「『弁天の危機一髪』か？」

「せや。あの番組にうち出してもらえへんやろか思うて」

「出してて……。あれ、若手も若手の奴《やつ》らが体張って笑いとる番組やで」

「水槽に入ってジェスチャーやったり、無断駐車してる怖そうな兄ちゃん注意したりするんやろ、いつも見てるもん」

「いつも見てるんやったら分かるやろ。春ちゃんみたいな、還暦過ぎたおばはんが出るもんちゃうて」

「うちみたいなおばちゃんが一人おっても面白《おもろ》ない？」

「いやいや。面白ないし、俺が気ぃ遣うわ」

「なあ、弁ちゃん。うちがこれまであんたに一度でも頼みごとしたことあるか？　ないやろ？　一生に一度の頼みや」

あまりといえばあまりに唐突な春江の頼み、その熱意に窮する弁天ではありますが、とはいえ、春江がただ目立ちたいがゆえテレビに出たがっているはずもなく、とすれば考えられるのは現在の丹波屋の窮状でございます。

「気ぃ悪うせんと聞いてな。もし金のことやったら、いくらか都合つけるで」

付き合いが長いほど言いにくい言葉ではありますが、しかし春江は首を横に振り、

「一豊に子供ができてん。丹波屋の跡取りや。あの子もいろんなことあったけど、必死に稽古して頑張ってる。でも、まだ日が当たるには時間かかりそうやねん」

「まあ、その春ちゃんの気持ちは分かるわ。ほんでも、そう甘い世界でもないねんで。今のテレビっちゅうもんはな、たとえ一時間面白《おもろ》いこと喋《しゃべ》っても、放送されるんは偶然鼻水垂らしたとこだけや。それが一番ウケて、また次の番組に呼んでもらえんねん。もう芸の良し悪しなんかあれへん。晒《さら》せるか晒せへんか、それだけになってしもたんや」

また愚痴っぽくなってきた弁天に、

「……ちょっと、お父ちゃん」

声をかけてきたのは古女房の正子で、

「……なあ、お父ちゃんには見えてへんの？　春ちゃんがその覚悟して来てんのが」

実際、正子の言う通りなのでございます。ここへ来るまでどれほど春江が逡巡《しゅんじゅん》したか、唯一相談した幸子から、

「そんなん、丹波屋の恥や言われるやろな。……でもな、その恥を掻《か》くんが、うちら役者の女房の仕事かもしれへんもんな。……春江、もしあんたを笑うもんがおったら、このうちが許さへん。あんたは胸張って水でも粉でもかぶってきたらええ」

そう背中を押してもらえなければ、ここへ来る勇気は出なかったのでございます。

「……春ちゃん、テレビで鼻水垂らすつもりで来たんか？」

思わず尋ねた弁天に、

「うちら、若いころからずっと垂らしっ放しやんか」

とは春江で、

「せやな。……俺ら、垂らしっ放しやったもんな」

妙に清々した気分になる弁天でございます。


この日、東京は底冷えする朝を迎え、明け方に降りました雪混じりの雨が冷たく地面を濡《ぬ》らしておりました。

大陸からの寒気団はもう三日も居座り、ここ歌舞伎座の瓦屋根はもちろん、表通りで渋滞する車列も、行き交う人々も、何もかもが凍りついているようでございます。

かじかんだ手を白い息で温める警備員の誘導で、地下駐車場に一豊の運転する車が到着しますと、助手席から降りる喜久雄を蝶吉たちが迎えます。

「失礼します！　失礼します！」

駐車場から楽屋口、その楽屋口で神棚に手を合わせ、廊下を抜けて楽屋へ向かうまでのあいだ、蝶吉たちが大声で人払いしますので、喜久雄の行く手はまさに海が裂けるようでございます。しかし楽屋に入って浴衣に着替えましても、喜久雄はいつものようにしばらくは何もせず、まるでそこに他人の顔でもあるように、鏡台の鏡に映る自分の顔を眺めております。それでも、体が覚えてしまっているのでございましょう、きっかり出番の五十分まえになりますと、

「一豊」

と呼んで白粉《おしろい》をとかせ、浴衣の襟をするりと抜けば、あとは慣れた手つきで刷毛《はけ》を動かしながら、

〽 翠帳紅閨《すいちょうこうけい》に枕ならぶる床の内
　なれし衾《ふすま》の夜すがらも

と口三味線で機嫌良く、これから演じる『阿古屋《あこや》』の浄瑠璃《じょうるり》の一節を口ずさみます。化粧を終えたころに、彰子が到着するのもここ数年の決まりごとで、この日も時間通りにやってまいりますと、特に喜久雄と言葉を交わすこともなく、姿見のまえで襦袢《じゅばん》を羽織らせ、帯を回し、一豊と二人で黙々と遊女阿古屋を作り上げてまいります。本来は妻の仕事ではないのですが、いつごろからか、彰子が自発的に手伝うようになり、喜久雄もいつのころからか、彰子以外の者を寄せ付けなくなっております。

「どうです？」

「もうちょっとだけ、帯引いてくれよ」

「これくらい？」

「ああ、いいね」

鏡のなかだけで、互いの目を合わせる二人でございます。

さてこの日、喜久雄が楽屋で『阿古屋』の支度をしておりますころ、一通の書類が竹野宛てに届けられておりました。あいにく竹野は外出中で、受け取りました秘書がデスクに置きました通知書に記されたのは、次の結果でございます。

このたび文化審議会は、別紙のとおり重要無形文化財の指定及び保持者の認定を文部科学大臣に答申しましたのでお知らせいたします。

歌舞伎女方　立花喜久雄（芸名　花井半二郎）

1重要無形文化財歌舞伎女方について

歌舞伎は江戸時代初頭に創始された演劇で、先行芸能を摂取しつつ独自の舞台芸術として発展を遂げ、演技演出の面で数々の優れた特色を持つなど、芸術上特に価値が高く、芸能史上に於《お》いて特に重要な位置を占めるものである。歌舞伎女方は歌舞伎における女役を演じるもので、娘、姫、女房など幅広い役柄を含み、歌舞伎を成立させる上で欠くことのできない技法である。

2保持者の特徴

同人は上方和事《わごと》や義太夫狂言における実事《じつごと》をはじめとして、江戸歌舞伎や新歌舞伎の役々に至るまで歌舞伎女方の幅広い役柄に長じ、伝統的な歌舞伎女方の技法を高度に体現している。

3保持者の概要

同人は、昭和二十五年に立花喜美《よしみ》の長男として長崎に生まれた。同四十年二世花井半二郎のもとで修行を積み、四十二年花井東一郎を襲名し初舞台。以来、上方を中心に歌舞伎の舞台経験を積み、四十八年からは東京における出演も増え、姉川鶴若や小野川万菊など諸先輩の薫陶を受けつつ更なる修行に励んで歌舞伎女方の伝統的技法を体得した。同人は『娘道成寺《むすめどうじようじ》』『鷺娘《さぎむすめ》』をはじめとする歌舞伎舞踊にとどまらず、義太夫狂言など台詞《せりふ》に複雑な内面の表現が求められる実事にも秀で、特に『源氏物語』や『阿古屋《あこや》』などその様式美の技法と継承において、現在では歌舞伎を代表する女方であり、かつ『曽《そ》根崎心中《ねざきしんじゆう》』の天満屋《てんまや》お初《はつ》など上方和事屈指の芸系である丹波屋の芸を高度に体現している。よって同人を重要無形文化財保持者として、ここに認定する。

「そろそろかい?」

いつもはきっかり出番の十五分まえに喜久雄からかかる声が、今日ばかりは五分ほど早く、

「少し早めに向かいますか?」

と一豊が気を利かせますと、

「一豊、悪いんだけど、ちょっとだけ彰子と二人きりにしてくれねえか」

とは珍しい頼みで、

「どうしました？」

すぐに寄ってきた彰子と入れ替わるように一豊が楽屋をあとにすれば、

「いや、なんでもねえんだ。ただ、ここしばらくおまえとちゃんと話してなかったなあと思ってさ」

と喜久雄。

驚いた彰子がその目を覗《のぞ》き込んでみますが、いつもより正気なくらいでございます。

「どうしたんですよ？」

「いや、だからなんでもねえんだけどよ……、いつもすまねえなと思ってさ」

「すまないって、そんな急に」

くすぐったそうに逃げ出す彰子の手を、喜久雄がぐっと摑んだのはそのときで、

「なあ、役者をやめられる役者なんているのかねえ」

役者が仕事であるならば、いくらでもやめることは可能でございましょう。しかしもし役者がその人の性根のことであるならば、いったいどこに性根を入れ替えられる人間などいるでありましょうか。

「やめたいんですか？」

ございます。

彰子が静かに問いかけたのは目のまえにいる喜久雄ではなく、鏡に映った阿古屋《あこや》にでございます。

「いや、その逆だな。やめたくねえんだ。でもよ、それでもいつかは幕が下ろされるだろ。それが怖くて怖くて仕方ねえんだよ。だから……」

「だから？」

椅子から立ち上がろうとする喜久雄の腕を、思わず彰子が摑めば、

「……いや、だからよ、いつまでも舞台に立っていてえんだよ。幕を下ろさないでほしいんだ」

「小父さん……、そろそろ」

そのとき響いたのは一豊の声。暖簾《のれん》に隠れて涙を拭う、そんな姿でございます。

「さて、行くか」

喜久雄が声をかけますと、暖簾の向こうで洟《はな》を啜った一豊が、入口で喜久雄の草履《ぞうり》を揃《そろ》えます。

「行ってくるよ」

いつもはかけぬ言葉を彰子にかけ、

「しっかり」

と見送られれば、今日初めてこの半二郎を見に来て下さる客もいるのだと、その客の

まえで生ぬるい芸などできるものかと、この五十年、舞台に上がるたびに言い聞かせてきた言葉が、胸のうちに迫《せ》り上がり、牡丹《ぼたん》に蝶《ちょう》、絢爛《けんらん》たる刺繍《ししゅう》の打掛に、帯は孔雀《くじゃく》の羽根飾り、伊達《だて》兵庫《ひょうご》の鬘《かつら》に、当代一の傾城の、その位を示す風格の髪飾りがつけられれば、楽屋内でどんなに湿っぽい会話が交わされようと、そこはもう『阿古屋』の世界。舞台へ向かうのではなく、その舞台ごと、こちらへ引き寄せるような威厳を見せて、喜久雄は歌舞伎座の廊下を進むのでございます。

ちょうどそのころ、三友本社に戻りました竹野が封を切りましたのが、文化庁から届いておりました、喜久雄の重要無形文化財保持者認定の通知であります。

半ば諦め、また万が一認定されても、それが今の喜久雄にとって良いことなのか判断できずにおりながら、それでもいざ知らせを受ければ、今の喜久雄ではなく、まだ地方の芝居小屋の舞台裏を俊介とふたり駆け回っていたころの姿が思い出され、芝居が好きで好きでたまらないというあの少年に、一刻も早くこの知らせを伝えてやりたくなるのでございます。

時間を確かめれば、歌舞伎座では間もなく『阿古屋』の舞台が開く時間、これから向かえば、舞台袖で終幕を待ち、幕の下りたその舞台で、この吉報を知らせてやれると思えば、少年のころ喜久雄がどんな風に笑っていたか、その顔がはっきりと目に浮かび、

と同時に、

「でも、もうこれでいい。三代目よ、もうこれで十分だろ。おまえはよくやった。本当によくやったよ。この五十年、おまえが戦ってきたその姿、俺だけじゃない、みんなが忘れるもんか」

そんな本心が胸のうちから込み上げてくるのでございます。

さて、『阿古屋《あこや》』の開幕を待つ歌舞伎座のロビーには、先ほどまでかかっていた若き人気劇作家が書き下ろした新作歌舞伎の宙乗りあり、観客いじりありの芝居の活気がまだあとを引いております。今月は一豊が出演していることもあり、ロビーに陣取った春江と美緒は、今日も贔屓筋への挨拶《あいさつ》に余念がございません。そんな二人のもとへ、どこか険のあるご婦人方が近寄ってきましたのはそのときで、気配を肌で感じとりました春江が、

「美緒ちゃん、あんた先に席に行っといて」

その背中を半ば強引に押しますと、近寄ってきましたご婦人方、さも偶然とばかりに春江のまえに立ち止まり、

「テレビ、見ましたよ。あなた、面白いわねえ」

明らかに嫌味なのですが、そこは春江も心得ており、

「ありがとうございます」

と褒《ほ》められた風を装えば、ここ最近、春江が弁天の番組に出演していることがよほど気に食わないらしく、横に立っている連れの女性に向かい、自分はテレビのバラエティなど普段は見ないが、ついこないだたまたま見てみると、歌舞伎役者の母親である春江が、なんと弁天相手に、まるで女芸人のような下品なコントをやっていたという話を、そこにいる春江など目に入っておらぬとばかりに始めるのでございます。

悔しさはあれど、ここで後ろめたさを感じれば負けと思い、自然、春江もその場に立ち続けます。

婦人たちの悪辣《あくらつ》な会話が、だから昨今の歌舞伎にも品格がなくなったのだというような薄っぺらい話になりましたころ、

「春江さん、ちょっとこのチラシ用の写真見て下さらない」

声をかけてくれたのは伊藤京之助の女房で、これまで、敢《あ》えて春江のテレビ出演について話すことはありませんでしたが、それ自体が良いにしろ悪いにしろ、綺麗事《きれいごと》だけで生き残れる世界ではないことを知っていてこその助け舟なのでございましょう。

その後、開演五分まえを知らせるブザーが鳴り、入口ドアからの寒風に思わず身を縮ませた春江の目に、そのドアから駆け込んでくる綾乃の姿が映ったのはそのときでございました。

　ブザーのなか、急ぎ座席へ戻る観客たちのあいだを縫って春江が近寄れば、

「あ、春江おばちゃん」

　と気づきながらも、誰かを探して辺りを見回しますので、

「なんやの？」

「おばちゃん、徳ちゃん、見てへん？」

「徳ちゃんて、あの徳ちゃん？」

　と驚けば、

「……さっきな、これがバイク便で届いて、慌てて来たんや」

　差し出されたのは本日分のチケットで、クリップで留められたメモには、

「お嬢へ　天狗《てんぐ》より」

　と書かれてあります。

　とりあえず座席へ向かう綾乃のあとに春江もついていきますと、指定された席とその横は空席、

「すいません、こちらの席、どなたかいらっしゃってましたか？」

　綾乃が逆隣の客に尋ねますが、最初から二席とも空いたままとのこと。

「とにかく座っとき。もう幕開くし」

綾乃を席につけ、急ぎ出入り口に近い自席へ戻る春江も、その目は右に左に徳次の姿を探しております。

改めて前方を窺《うかが》えば、まだ首を伸ばして徳次を探す綾乃が座っているのは、いわゆるとちりの席と呼ばれる一番見やすい席で、

「ほんまに、徳ちゃんが？」

思わず呟く春江。

大陸に渡って一旗揚げると、徳次がとつぜん喜久雄のもとを去ったのは、かれこれ二十年まえのこと、あとから思い返してみれば、大学受験を目指して春江の家から夜間塾に通っていた綾乃を、夜道は危ないからと毎日のように迎えに行っていた徳次は、綾乃が無事に大学に入学して楽しげに学生生活を送るその姿を確かめてから姿を消したのが分かります。そしてその後一切、連絡がないことはもちろん春江も承知のこと、その徳次がとつぜん綾乃にチケットを送りつけてきた？　不自然なれど、であればあるほど徳次らしくも思われます。

さて、ここ歌舞伎座の大屋根の上に立ってみますと、表を走ります銀座の目抜き通り「晴海通り」がようく見渡せます。

片側三車線の大通り、右に向かえば三越や和光のある銀座四丁目交差点、左に向かえ

ば東京の台所築地市場でございます。

明治二十二年（一八八九年）と申しますから、文明開化は叫ばれながら未だ江戸の風情も残るころ、ここ京橋区木挽町《こびきちょう》に、外観洋風、内部はすべて日本風、舞台間口十三間と申しますので、当時一番大きな芝居小屋でした新富座《しんとみざ》より五間も広い最新の劇場として誕生したのがこの歌舞伎座でございます。

以来、漏電による火事、関東大震災、太平洋戦争と焼失と再建を繰り返しながらも、明治歌舞伎の黄金時代を皮切りに、それまで卑賤《ひせん》視されていた芝居小屋の対極にある権威の大劇場として君臨し、戦後はマッカーサーの副官バワーズの尽力で窮地を救われたとされ、歌舞伎低迷期には歌劇団のレビューや歌謡ショーなどを行いながらも、五代目となる今日《こんにち》も尚《なお》、その堂々たる姿でここ銀座に立ち続けております。

さて、この界隈《かいわい》がまだ舗装もされず、行き交う馬車が土埃《つちぼこり》を上げておりましたころ、ここに歌舞伎座を創設したのが福地源一郎《ふくちげんいちろう》という男でございます。幕末に生まれ、維新後はジャーナリズムの世界に足を置きながらも、翻訳戯曲など書いておったのですが、渋沢栄一の紹介で伊藤博文と意気投合し大蔵省に入るなど、維新前後の人間らしいバイタリティーに溢《あふ》れた男でございまして、歌舞伎座を創立したころにはとうとう小説なぞにも手を出しており、開場後はいよいよ病膏肓《やまいこうこう》で座付き作者となり、活歴物や新舞踊などの脚本を書いていたという変わり種でございます。

そして、この福地源一郎の生まれ故郷と申しますのが、長崎は新石灰町《しんしっくい》と言いますから、今でいう長崎市油屋町《あぶらやまち》。そしてこの油屋町、戦後のムード歌謡でもお馴染《なじ》みになった「思案橋」という小さな橋を挟みまして、とある町と向かい合っております。

その向かい合う町こそが、江戸の吉原、京都の島原とともに三大遊郭と謳《うた》われた長崎丸山《まるやま》で、そう、今から五十年もまえ、喜久雄が立花組の新年会で『積恋雪関扉《つもるこいゆきのせきのと》』を披露した料亭花丸のある町なのでございます。

さてさて、ここ歌舞伎座の大屋根の上から渋滞する晴海通りを眺めておりますうちに、下の舞台ではいよいよお客様がた垂涎《すいぜん》の『阿古屋《あこや》』の舞台が始まるようでございます。

日が落ちて、さらに寒くなってまいりましたが、朝方降っておりました雪混じりの雨も幸いすっかり上がり、今夜ばかりは東京の夜空にもちらほらと星が瞬いております。明るい夜空であればあるほど、そこで輝く星々はその身を粉にしているのでございましょう。

さあ、聞こえてまいりました。三代目花井半二郎の『阿古屋』がいよいよ開幕でございます。

「遊君《ゆうくん》阿古屋、引きいだせ！」

「ハァ」

〽御門に下せし囚人《めしうど》かご
簾《すだれ》を上げて引出《ひきいだ》す
「きりきり　歩め！」
〽姿は伊達のうちかけや
いましめの縄引きかえて
むせび泣くように語られる浄瑠璃のなか、シャリンと開いた花道の揚幕《あげまく》に満員の観客が振り返れば、六人の捕手《とりて》に前後を挟まれながらも、それらを逆に威圧するかの如《ごと》く、右足を一歩、左足を一歩、じりじりと花道から舞台へ向かう傾城阿古屋《あこや》。この先、どんな責め苦があろうとも、愛する男を守るため、耐えてみせると決めたその凄《すご》み。
「三代目！」
飛び交う大向《おおむ》こうを背中に受けて、右を一歩、左を一歩、それでもじりじりと、これから拷問される舞台へと向かうその眼差《まなざ》しに宿るのは、どこか悲しみを湛《たた》えた色、たとえば愛する者を失った悲しみが滲《にじ》んだ湖面のような、失った者が増えれば増えるほど湖面はその色を増し、まるで黒真珠のように鈍く輝き出すのでございます。
いよいよ御前に引き出されました阿古屋、それでも威厳を失わずにおりますと、
〽榛沢六郎《はんざわろくろう》御前に出《い》で
「仰せに任せ縄をゆるし、さまざまなだめ不便を加え、尋ね問い候《そうら》えども、何分《なにぶん》景清が

行方存ぜぬとばかり、他に申す口も是《これ》なき故、召連《めしつ》れて候」

やっと渋滞を抜けた竹野の車が歌舞伎座の地下駐車場に着いたのはそのころでございました。部下と電話中だった竹野は、切る間際、ふと気がつきまして、

「明日、三代目の人間国宝の緊急記者会見になるかもしれないから、広報にそう伝えといてくれ。あと、会見には本人も出るけど、質問は事前に提出してもらうように」

電話を切ろうとしますと、

「さきほどの件はどうされますか？」

と部下。

「ああ、矢口建設の社長ご夫妻からの……」

「ええ、会食のお誘いです」

「お二人の誘い、断るわけにはいかんだろ。近いうちに京之助さんの襲名で、また世話にならなきゃならないんだし」

「ご紹介したい方がいらっしゃるそうで、できれば来週のスケジュールをもらえないかということなんですが」

「来週、空いてる日あるか？」

「水、木なら」

「じゃあ、それで返しといてくれ。それより、紹介したい人って誰だ？」
「白河集団公司《コンス》という会社の社長ということでした」
「中国の会社か？　なんの会社だ？」
「簡単にいえば、中国版のAmazonみたいな会社で、中国国内では業界第三位なので相当大きな会社です。本社はシンガポールになってます」
パソコンで調べながらの報告らしく、竹野はまた改めて聞こうと電話を切りまして、楽屋口へ向かう階段を上がり始めますと、喜久雄の芸に静まり返った観客席の緊張感が、こんなところにまで伝わってまいります。
腕時計を見れば、舞台はまだ中盤のはず、おそらく、琴、三味線、胡弓《こきゅう》と続く責め苦の最初「琴責め」の場面でございましょう。と分かれば、竹野の耳にも聞こえてきますのは、静かに琴を爪弾きながら、悲しげに歌う喜久雄。
〽　かげというも　月の縁《えん》
清しというも　月の縁
かげ清き名のみにて
うつせど袖《そで》に宿らず
思い人の居場所を白状せよと、囚《とら》われた遊女阿古屋《あこや》が、詮議《せんぎ》のため、弾けと命ぜられた琴をまえにして、恥じらいながら袖に隠してつける琴爪を、湿らせんとそっと吹きかけるその息さえ匂い立ってまいります。

大観衆の視線を一身に浴び、

「ツン……、テン……」

と、喜久雄が爪弾く琴の音は、遊女に堕《お》ちた女のため息のよう、

「ツン……、テン……」

しかし、続けて鳴らす音は、愛する男を守る女の歯ぎしりとなり、観客たちは一気に舞台へ引き込まれていくのでございます。

引き込まれた観客たちがかすかに嗅ぐのは、どこか高貴な香のかおり、琴を弾く阿古屋の振袖がゆれるたび、阿古屋の髪飾りが傾くたびに、その典雅な香りが客席にまで漂ってまいります。

この香りを初めて喜久雄が嗅いだのは、忘れもしません、喜久雄まだ十七の年に花井東一郎の名で踏んだ初舞台。京都は南座の『伽羅先代萩《めいぼくせんだいはぎ》』で腰元の一人を演じましたときで、まさに生まれて初めて観客をまえに花道へ出た瞬間、なんとも言えぬ心持ちになりまして、まるで雲の上でも歩いているような、無理にそこに言葉をはめるとすれば、まさに幸福としか呼びようのない、そんなものに包まれまして、無我夢中で舞台をこなし、楽屋に戻ったそのあとに、ほのかに香ってきましたのが、この気高い香りだったのでございます。

言い換えれば、五十年もの長きにわたり、喜久雄はこの香りに包まれてきたのでございましょう。そしていつの間にか、この香りは喜久雄のものとなり、振袖の一振りにも匂い立つようになっていたのでございます。

喜久雄が琴を弾き終えますと、客席からはふいに現実に引き戻されたようなどよめき。そのどよめきも収まらぬうち、思い人の景清《かげきよ》との馴《な》れ初めを語れと命ぜられた阿古屋《あこや》の、聞き惚《ほ》れるような七五調の名調子。

「……下向《げこう》にも参りにも道はかわらぬ五条坂。互いに顔を見知り合い。いつ近付きになるともなく。羽織の袖のほころびちょっと。時雨《しぐれ》のからかさ、お安い御用」

羽田空港から都心へ続く渋滞は未だ緩和することもなく、芝浦のビル群を縫うような首都高速に赤いテールランプが並んでおります。

「社長、日本は何年ぶりになりますか？」

助手席から尋ねる若い秘書に、窓の外を眺めておりました男が、

「二十年ぶりやわ」

さらりと答え、今渡ってきたレインボーブリッジを振り返ります。

「銀座までとはいえ、やはりヘリをチャーターすべきでした。すみません」

謝る秘書に無言で首を横にふった男が、

「陳《チエン》、おまえ、歌舞伎見たことあるか？」

「はい、一度だけ。日本に留学しているときに大学の授業で。五分で寝ました」

若い秘書の素直さに男もつい興に乗り、

「『国性爺合戦《こくせんやかっせん》』って芝居に『紅流し《べにながし》』いう有名な場面があんねん。作戦が失敗したら河に紅を流して知らせ、成功したら河に白粉を流すっちゅうな」

「河を白く……、白河集団公司。うちの社名じゃないですか？」

助手席で振り返る秘書の肩の向こうに見えるのは、ライトアップされた東京タワーでございます。

「……それにしても、どうしてとつぜん、それも李首相との会食を断ってまで来日したんですか？」

との秘書に、

「あるお人がな、日本の宝になんねん。それ決まったら、すぐ知らせてくれて、最大限のコネ使《つこ》うて頼んでたんや」

「ある人って？」

「俺が昔からずっと贔屓にしてる役者や」

九〇年代初頭、この男が渡った大陸はまだ現代的なビルよりも赤い砂埃《すなぼこり》が目立っておりまして、なんにもないからこそ、なんでもある、そんな所でありました。とりあえず腕力を頼りに始めた仕事が運送業で、そこで知り合った痩せっぽちの出稼ぎ青年に目をかけてやり、大学資金を出してやったのが運の始まり、

「大哥《アニキ》、インターネットって知ってますか？　一緒に会社を作って電子商取引をやりましょう」

誘われるままに始めたのが、日本でもまだWindowsを知らぬ者も多いころでございます。

乗りかかった船ならば、一か八か一世一代の大勝負と、全財産を注《つ》ぎ込んで上海で作った会社が「白河公司」。

ほとんど言葉も通じぬ異国での奮闘は、まさに『国性爺《こくせんや》合戦《かっせん》』の和藤内《わとうない》もこれほどかというほどの苦難の連続ではございましたが、この男に小指がなく、また背中には「竹林に虎」のスジ彫りがありましたことで、実はあの男、日本の大きなヤクザ組織が送り込んできた者らしい、ならば資金は潤沢なはずと妙な噂が改革開放に躍っていた国に広がりまして、その上、よほど運も良かったらしく、この目をかけてやった痩せっぽちの出稼ぎ青年、力も金もない典型的な二枚目でしたが、結婚したのがなんと党幹部の一人娘でございます。となれば、ここからはもう破竹の勢いとはまさにこのこと、時代に乗るとはまさにこのこと。

「社長、そろそろ銀座の出口ですけど、この先もまだ混んでるみたいです」

秘書に声をかけられ、ならばそろそろ新橋演舞場の辺りかと、男がその身を乗り出せば、

「そういえば、社長は日本にいらっしゃるとき何をなさってたんですか？　これまでまったく公表されていませんよね？」

「俺か？　俺はずっと弁慶や」

「べんけい？」

すぐにスマホで調べながらの秘書が、

「……今度、日本の宝になるっていう、その歌舞伎役者、どんな役者なんですか？」

と尋ねれば、

「そんなん一言で答えられるわ。その役者の芝居見るとな、正月迎えたような気分になんねん。気持ちがキリッとしてな。これからなんかええこと起こりそうな、そんな気分にさせてくれんねん。そんな役者、ほかにおるか？」

男が言わんとする意味が、若い秘書に伝わったのかどうか、スマホに「べんけい」の結果が出たらしく、

「武蔵坊《むさしぼう》弁慶ですか？　……まさかラーメン屋『弁慶』じゃないですよね？」

すぐそこに首都高の銀座出口が近づいております。

男の目には、歌舞伎座の舞台に立つその役者の姿がはっきりと見えてくるのでござい

ます。

〽翠帳紅閨《すいちょうこうけい》に枕ならぶる床の内
なれし衾《ふすま》の夜すがらも
四つ門の跡夢もなし

飾り立てられた閨房《けいぼう》に、枕ならぶ二人の布団。廓《くるわ》の大門が閉じたあと、夜が明けるまで愛し合った思い出も、今は跡形もなく消え去って……。

三味線を弾きながら、虚空をさまよう阿古屋《あこや》の目が語るのは、思い人との艶《なまめ》かしき情事。

たかが阿古屋の視線が床に向けられただけ、たかが阿古屋の三味線が高音を一音響かせただけ、ただそれだけで、舞台を見つめる観客たちのまえには、乱れた布団が、女の上げる喜びの声が、はっきりと見え、はっきりと聞こえてまいります。

〽さるにても我が夫《つま》の
秋より先に必ずと
仇《あだ》し詞《ことば》の人心《ひとごころ》
そなたの空よと眺むれど
それぞと問いし人もなし

別れの際に、今度はいつ会えますかと問うた私に、秋になるまえには必ずと、あの人は言ったけれども、あの人がいるのはあちらのほうかと遠い空を眺めても、そうだよ、とやってきてくれる人はいない。

ふと頬を伝った熱いものに、自分でも驚き慌てて拭いましたのは、最後列で舞台を見守っておりました春江でございます。

いくら呼んでも、いくら待っても、戻ってはくれないという歌詞に、自分が誰を思い重ねていたのか考えようとして、思わず慌て、それでも「いや、大丈夫」と春江が浮かべましたその顔は、

「俺な、逃げるんちゃう。……本物の役者になりたいねん」

北新地のアパートの外、仕事帰りの春江を待っていた懐かしき俊介の顔でございます。

……俊ちゃん、見てるか？　あんたが大好きやった喜久ちゃんは、とうとうこんなすごい役者になったで。きっとあんたがそっちから応援してくれたんやろな？　あんたは甘ちゃんのボンボンやけど、そういう大きな心持ってたもんな。……長崎から出てきたうちらのこと、一番大切にしてくれたんがあんたやったもんな。……俊ちゃん、会いたいわ。あんたに、会いとうて堪《たま》らんわ。

〽吉野《よしの》龍田《たつた》の花紅葉《はなもみじ》　更科越路《さらしなこしじ》の月雪《つきゆき》も
夢と覚めては跡もなし

吉野山の桜、龍田川の紅葉、更科の山から眺める秋の月、そして越路の雪景色……。琴でも三味線でも阿古屋《あこや》の疑いは晴れず、いよいよ命をかけて胡弓を奏でる喜久雄の目にも、吉野の桜、龍田の紅葉が燃えるように映っているのでございましょう。そこでは戦に行った恋人を案じる一人の女の執念が、静かに胡弓を弾いているのでございます。

会いに来ぬのは死んだからか。それとも心変わりをしたからか……。

〽仇《あだ》し野の露鳥辺野《とりべの》の
　煙は絶ゆる時しなき
　これが浮世の誠《まこと》なる

それでも、鳥辺野の火葬の煙が絶えることはない。この世の無常……。

喜久雄が奏でる胡弓からは、この無常が響いてまいります。じっと床の一点を見つめ、一心に弾くその弓で、悠久のときの流れを見せるのでございます。

この『阿古屋』という芝居は、琴、三味線、胡弓の責め苦に耐えた阿古屋が、

「景清が行方知らぬというに偽りなきこと見届けたり。此《この》の上は構《かま》いなし！」

と、無罪放免されるところで幕となるのでありますが、これはなにも阿古屋の証言の真偽が判明したのではなく、戦へ行った愛する男の生死を案じ、会えぬつらさにその涙も涸《か》らした一人の遊女が、それでもこの世は移ろい、人の心は変わり、いつか人生にも終わりがくるとしても、あの美しい思い出は誰にも奪うことはできないのだと悟ったか

らこそ、縄だけでなく、その思いからも放免されるという精神の物語なのでございます。だからこそ、琴や三味線が上手《うま》かろうと、いくら胡弓を稽古して演技を磨こうと、その肝心の美しい思い出を知らぬ役者は、決して阿古屋にはなれぬのでございます。

〽誠を表す一曲に
　重忠《しげただ》ほとんど感に堪え

「阿古屋が拷問只今限り。景清が行方知らぬというに偽りなきこと見届けたり。此の上は構いなし！」

胡弓の調べを聞いておりました客席に今響く、無罪放免の声であります。

ちらほらと客席から湧き上がってきました拍手は、たった今鳴りやんだ胡弓に対するものであり、また眼前に浮かび上がった吉野の桜や龍田の紅葉に対するものであり、そしてなによりもこの世の無常をその身で体現してみせた三代目花井半二郎に向けられたものでございますが、客のほとんどはまだ、その圧倒的な喜久雄の世界観に口をぽかんと開けたままであります。

〽仰せに阿古屋は忝《かたじ》け涙
　つきぬ御礼を伏し拝めば
釈放された阿古屋の喜びが、演じる喜久雄の体を支配いたします。
まさにここが、

「いつまでも舞台に立っていてえんだよ。幕を下ろさないでほしいんだ」

と喜久雄が望んだ場所なのでありましょう。

「それでもいつかは幕が下ろされるだろ。それが怖くて怖くて仕方ねえんだよ」

と恐れた場所なのでございましょう。

ほんの一瞬のことでございましたが、喜久雄の顔に、どこかほっとしたような微笑みが浮かんだのはそのときでございました。

客席の前列のほうで、それに気づきました者は、その小さな微笑みをここまでの芝居をやり切った役者が思わず漏らした安堵《あんど》と見たはずでございます。しかし一人だけ胸を突かれたようにハッとしたのが、じっと舞台を見つめておりました綾乃でございました。

舞台に立つ阿古屋《あこや》が、舞台に立つ花井半二郎が、舞台に立つ父が、ほかの誰にも見えていないものを見て、そこに立っていることを肌で感じたのでございます。

芝居はこのあと、白いとも黒いとも付かなかった詮議に岩永左衛門《いわながさえもん》が抗議を申し入れ、それを重忠がたしなめまして、いよいよ無罪放免。牡丹に蝶、絢爛たる刺繍の打掛を、傾城の粋を見せた阿古屋が大胆に羽織りまして、浄瑠璃、拍子木鳴り響くなか、大きくきまっての幕となるのでございますが、ここへきて喜久雄の動きが本来の動きと違うのは、素人目にも明らかでございます。

それでも打掛を大胆に羽織った喜久雄の姿に客席から起こっていた拍手が、はっと息を呑《の》むようにやんだのは、まさに幕が引かれようとしたその瞬間でございました。

水を打ったような静寂のなか、喜久雄の右足がすっとまえへ出ます。拍子木は鳴りやむも、幕は引かれず、観客だけでなく、共演者たちも微動だにせぬまま喜久雄の動きを見つめております。

舞台の中央に立ち、上手下手、一階から三階までを見渡しました喜久雄の顔に、またゆっくりと笑みが浮かんだのはそのときで、

「きれいやなあ……」

そう呟いた次の瞬間、まるで雲のうえでも歩くように、なんと喜久雄が舞台を降りてきたのでございます。

途端、客席はざわめき、息を呑み、慌てた重忠役の伊藤京之助が、そのあとを追おうとしますが、客席の通路をゆっくりと歩き出した喜久雄の歩調に迷いはございません。それは一人の役者が舞台を降りてきた姿ではなく、今の今まで役者が立っていた舞台が、その一歩ごとに外へ広がってくるような光景でございました。

喜久雄は満ち足りた表情で客たちのあいだを堂々と歩いてゆきます。

小さな拍手が起こったのはそのときで、見れば、ひとり立ち上がった綾乃が溢れる涙を拭きもせず、手を打ち鳴らしております。

しかし、他の観客たちはただ啞然《あぜん》とするばかり、慌ててかかった、

「三代目！」

という大向こうも、むなしく劇場に吸い込まれます。

ざわつく観客席をまっすぐに外へ向かう喜久雄が、春江たちの方に近づいてきたのは

そのときで、思わず立ち上がった春江は隣の美緒を立たせますと、

「よう見ときや。これがあんたのおじいちゃんと競い合った人やで」

と、その腹を摩《さす》ったのでございます。

歩いてくる喜久雄の迫力に、劇場スタッフが思わず扉を押し開けたのはそのときで、その一瞬、開いたドアの向こうを見つめた喜久雄が、まるで絶景でも眺めるように微笑みます。

喜久雄が赤絨毯《じゅうたん》のロビーへ出ると、そこに息を弾ませて立っていたのは一豊で、引き止めようとするところを、おまえは残れとでも言うように喜久雄が一度頷《うなず》き、そのまま幸せそうな顔で外へ出て行きます。

その大扉から突如現れた花魁《おいらん》の姿に、歌舞伎座の表では通行人たちが足を止め、とっさに誰かが撮った写真のフラッシュが光った途端、何事かとすぐに大勢の人だかりでございます。それでも喜久雄は満ち足りた表情で銀座の夜空を見上げますと、打掛を引き、髪飾りを揺らして歩みます。

渋滞した車道に、そっと降ろされたその素足の、なんと白いこと。濡れた路面に映る

その姿の、なんと艶《つや》やかなこと。

渋滞した車列のあいだを縫うように、喜久雄が羽織る打掛の裾が流れていきます。

今、喜久雄の目に映るのは、銀座のネオンか、はたまた降りしきる吹雪の世界か。その耳に聞こえるのは銀座の喧騒《けんそう》か、鳴りやまぬ笛太鼓か。

信号の変わったスクランブル交差点に、喜久雄がよろめきながら飛び出したのはそのときでありました。

歩道から悲鳴が上がり、同時に無数のクラクションが響きます。

突き刺さるような車のヘッドライトが、阿古屋の顔を白く浮かび上がらせたその瞬間、
喜久雄はいつものように、

「はい」

と、小さく頷いて、出の合図をしたのでございます。

〽吉野龍田の花紅葉　更科越路の月雪も
〽一節語り出せば、あとはもうすべて体が覚えております。泣きどころも、笑うきっかけも、怒り方も、喜ぶ仕草《しぐさ》も、何もかもこの体が覚えております。あとは眩しいほどの照明と鳴りやまぬ拍手。それさえいただければ、役者はどこにでも立つのでございます。芸を見たいと言って下さるお客さまがそこにお一人でもいれば、ほかに何もいらないのでございます。

愛想笑い一つできぬ、不器用な役者でございます。我が道しか見えず、多くのお客さま方からお叱りも受けてまいりました。おそらく当代の人気役者としては失格なのでございましょう。しかしそれでも、この歌舞伎座の大屋根から見下ろしておりますと、その不器用な役者の姿が、父親の仇《かたき》を討とうと、朝礼の最中に駆け出した、あの一途な少年の姿に重なってくるのでございます。

ですからどうぞ、声をかけてやってくださいまし。ですからどうぞ、照らしてやってくださいまし。ですからどうぞ、拍手を送ってくださいまし。

日本一の女形、三代目花井半二郎は、今ここに立っているのでございます。

（完）

この作品を亡き父に捧ぐ

主な参考資料

尾上菊五郎『おどり』時代社、一九四八年
寺島千代・岸井良衛構成『亡き人のこと・六代目菊五郎の思ひ出』演劇出版社、一九五三年
加賀山直三『ある女形の一生　五代目中村福助』東京創元社、一九五九年
中村鴈治郎著・藤田洋編『鴈治郎の歳月』文化出版局、一九七二年
中村鴈治郎『役者馬鹿』日本経済新聞社、一九七四年
片岡仁左衛門『役者七十年』朝日新聞社、一九七六年
中村勘三郎『自伝　やっぱり役者』文藝春秋、一九七六年
片岡孝夫『とにかく芝居がすき』大和書房、一九八一年
松竹制作協力・佐藤英世写真撮影『桜姫東文章　孝夫・玉三郎』旺文社、一九八五年
中村歌右衛門・山川静夫『歌右衛門の六十年』岩波書店、一九八六年
円地文子『女形一代　七世瀬川菊之丞伝』講談社、一九八六年
松山重子『おとうちゃんは女形国太郎』新潮社、一九八七年
寺島千代『私のこんちきしょう人生　夫　六代目菊五郎とともに』講談社、一九八七年
難波利三『てんのじ村』文藝春秋、一九八七年
津田類・吉田千秋『女方　歌舞伎のヒロインたち』朝日新聞社、一九八八年
六代目尾上梅幸『女形の芸談』演劇出版社、一九八八年
尾上松緑『松緑芸話』講談社、一九八九年
尾上梅幸（七代目）『拍手は幕が下りてから』NTT出版、一九八九年
廣末保編著『桜姫東文章』白水社、一九九〇年
波野好江『三人桃太郎』扶桑社、一九九三年
渡辺保『歌舞伎劇評』朝日新聞社、一九九四年
『松竹百年史　本史』松竹、一九九六年
『松竹百年史　演劇資料』松竹、一九九六年
『松竹百年史　映像資料・各種資料・年表』松竹、一九九六年
中村鴈治郎・土岐迪子聞き書・秋山勝彦構成制作『一生青春』演劇出版社、一九九七年

中村芝翫『芝翫芸模様』集英社、一九九七年
藤間紀子『高麗屋の女房』毎日新聞社、一九九七年
瀬戸内寂聴訳『源氏物語〈新装版〉』（全十巻）講談社、二〇〇一年・二〇〇二年
辻脇保夫『辻脇保夫写真集　てんのじ村の芸人さん』東方出版、二〇〇一年
荻田清『笑いの歌舞伎史』朝日新聞社、二〇〇四年
小川陽子『言わぬが花』主婦と生活社、二〇〇六年
小玉祥子『二代目　聞き書き　中村吉右衛門』毎日新聞社、二〇〇九年
渡辺保『渡辺保の歌舞伎劇評』角川学芸出版、二〇〇九年
世阿弥・竹本幹夫訳注『風姿花伝・三道　現代語訳付き』KADOKAWA、二〇〇九年
君野倫子著・市川染五郎監修『歌舞伎のびっくり満喫図鑑』小学館、二〇一〇年
浪速魚菜の会・笹井良隆編著『大阪食文化大全』西日本出版社、二〇一〇年
松井今朝子『歌舞伎の中の日本』NHK出版、二〇一〇年
産経新聞社写真撮影『昭和の大阪　昭和20～50年』光村推古書院、二〇一二年
波野好江『中村勘三郎　最期の131日　哲明さんと生きて』集英社、二〇一三年
鎌倉惠子監修『一冊でわかる歌舞伎名作ガイド50選』成美堂出版、二〇一三年
池田芙美・丹羽理恵子・井垣万里子編『歌舞伎座新開場記念展　歌舞伎　江戸の芝居小屋』サントリー美術館、二〇一三年
『歴史読本』編集部編『カメラが撮らえた大阪の昭和』KADOKAWA、二〇一三年
産経新聞社写真撮影『昭和の大阪Ⅱ　昭和50～平成元年』光村推古書院、二〇一四年
丸山伸彦監修『演目別　歌舞伎の衣裳　鑑賞入門』東京美術、二〇一四年
山田庄一・渡辺保『二人の名優　二代目實川延若と三代目中村梅玉』演劇出版社、二〇一六年
中村扇雀『三代目扇雀を生きる』論創社、二〇一七年
渡辺保『戦後歌舞伎の精神史』講談社、二〇一七年
鳥越文蔵監修・人形浄瑠璃文楽座企画編集外題解説『人形浄瑠璃文楽　外題づくし』工作舎、二〇一七年
橋本治　文・岡田嘉夫　絵『仮名手本忠臣蔵』ポプラ

社、二〇〇三年
橋本治　文・岡田嘉夫　絵『義経千本桜』ポプラ社、二〇〇五年
橋本治　文・岡田嘉夫　絵『菅原伝授手習鑑』ポプラ社、二〇〇七年
橋本治　文・岡田嘉夫　絵『国性爺合戦』ポプラ社、二〇一〇年
橋本治　文・岡田嘉夫　絵『妹背山婦女庭訓』ポプラ社、二〇一二年
「演劇界」演劇出版社
「ほうおう」松竹
上坂信男「舟橋聖一『戯曲　源氏物語』上・下」（『日本文芸論集』一五号・一六号）山梨英和大学、一九八六年
「別冊太陽　歌舞伎　源氏物語　十一代目市川團十郎・十二代目團十郎・新之助――三代の光源氏」平凡社、二〇〇一年
「大阪人」（第五八巻五月号）大阪都市協会、二〇〇四年
「Pen」（第一九巻第一二号）CCCメディアハウス、二〇一五年
「ぎをん」（第二二八号）祇園甲部組合、二〇一六年
「シグネチャー」（第五六巻第六号）三井住友トラストクラブ、二〇一六年
「完全保存版　古事記　日本の神様と神社　日本最古の神話物語と八百万の神々」英和出版社、二〇一七年
羽田澄子監督『歌舞伎役者　片岡仁左衛門』BOX OFFICE、一九九五年
平野英俊・柏原靖典監修『歌舞伎公演　舞台裏の基礎知識』全国公立文化施設協会・芸術情報プラザ、二〇〇三年
『歌舞伎名作撰』松竹・NHKエンタープライズ、二〇〇四年・二〇〇七年・二〇一三年
『小学館DVD　BOOK　シリーズ歌舞伎　歌舞伎のいき　第一巻　基礎編』小学館、二〇〇八年
『人形浄瑠璃文楽名演集』国立劇場・NHKエンタープライズ、二〇〇九年・二〇一〇年・二〇一一年・二〇一三年・二〇一六年・二〇一八年
『NHKスペシャル　新生　歌舞伎座　檜舞台にかける男たち』NHKエンタープライズ、二〇一四年

解説

瀧 晴巳

『国宝』は、降りしきる雪で始まり、雪で終わる。幕開けの「まるで舞台に舞う紙吹雪のような」ボタ雪は、現実の雪である。いっぽう、幕切れのネオンと見紛う「吹雪」は、喜久雄の目だけに映る幻の雪なのかもしれない。

現実の雪は音もなく降るけれど、歌舞伎ではしんしんと降る雪を、大太鼓をやわらかに叩く音で表現する。「雪音」と呼ばれるこの効果音は、雪の日のあのしんとした静寂を音によってあらわす歌舞伎独特の演出である。この音が聴こえてきたからには、間もなく予期せぬ来訪者がやってくるというお約束、不穏な予兆を感じさせる音でもある。そして、この「雪音」と切っても切れない演目と言えば、なんと言っても『仮名手本《かなでほん》忠臣蔵《ちゅうしんぐら》』の十一段目、討ち入りなのである。

『仮名手本忠臣蔵』十一段目　討ち入り

すなわち『国宝』第一章「料亭花丸の場」では、喜久雄の父親である立花組の組長、権五郎《ごんごろう》が、兄貴分の宮地組の大親分を新年会に呼びつけては末席に座らせるという無礼な仕打ちをした結果、恨みに思った宮地組の子分たちが殴り込んできて、料亭の中庭で切った張ったの大立ち回りとなる。いっぽう、歌舞伎の『仮名手本忠臣蔵』では、高師直《こうのもろのおお》(史実では吉良上野介《きらこうずけのすけ》)が塩冶判官《えんやはんがん》(史実では浅野内匠頭《あさのたくみのかみ》)をいびり倒して、松の廊下で刃傷沙汰となり、御家は断絶。大星由良助《おおぼしゆらのすけ》(史実では大石内蔵助《おおいしくらのすけ》)率いる浪士たちが主君の仇討ちで奥庭になだれ込んでくる。二つの場面は見事に響き合っている。

歌舞伎の立ち回りは、殺陣《たて》というより舞踊仕立ての様式美を見せることも多いが、『仮名手本忠臣蔵』の十一段目では、活劇映画さながら、実録風のスピーディーで激しい大立ち回りが繰り広げられる。数ある歌舞伎の立ち回りの中でも、その意味で異色の段なのである。『国宝』の第一章で男たちの血しぶきが真っ白な雪を赤く染めていく景色が、凄惨なはずなのにどこか錦絵のように鮮烈で美しいのは、この十一段目の設定と舞台装置を巧みにトレースしながら、あたかも歌舞伎の一場面のような鮮やかさで描かれているからだろう。

吉田修一が『国宝』のために編み出した文体が、それを可能にしている。目の前の情景をテンポよく活写してみせる語り物のような文体は、実に歌舞伎的だ。歌舞伎は、現実をデフォルメしてみせることで、どんな壮絶な事態からも圧倒的な美を引き出してしまう。殺し、殺される場面が見せ場になって、拍手がわき起こる不思議さを、どう説明したらいいのだろう。

死こそが、歌舞伎の最大の見せ場と言ってもいい。

もっと言うなら、死は、歌舞伎においては、生の極限の姿なのである。

生と死という本来は対極にあるアンビバレントなものを、力技でねじふせ、等価な輝きに変えてしまう。歌舞伎ならではの錬金術が、この小説にも宿っている。

そして、それは第一章だけではない。『国宝』には、そこかしこに歌舞伎のあの演目、この演目の名場面を本歌取りしたようなエッセンスがちりばめられていて、そこがまたこの小説をより一層味わい深いものにしている。そこでいささか深読みになるかもしれないが、各章に登場した演目をいくつか振り返りながら、歌舞伎とどこがどのくらい響き合っているのかを検証してみたい。

『積恋雪関扉』

第一章でもうひとつ見逃せない演目が、新年会の余興で演じられた『積恋雪関扉《つもるこいゆきのせきのと》』だ。この小説の主人公である、十四歳の美少年・喜久雄が、あでやかな傾城墨染《けいせいすみぞめ》として登場する大切なくだりである。相棒の徳次が、関守の関兵衛《せきべえ》を演じる。どこからともなく現れた美しい墨染が「色（恋人）になって下さんせ」と関兵衛を口説く。歌舞伎でいう「みあらわし」、それまで素性を隠していた人物が本性をあらわす見せ場だ。関兵衛は、実は天下を狙う謀反人の大伴黒主《おおとものくろぬし》。墨染は、実は桜の精。黒主に恋人を殺され、仇を討つために現れたのだ。

映画好きの読者ならピンときたかもしれないが、溝口健二監督の映画『残菊物語《ざんぎくものがたり》』でも『積恋雪関扉』は重要な場面で登場している。そして『残菊物語』こそ、何を隠そう、吉田修一が歌舞伎をテーマにした小説に挑んでみたいと思うきっかけとなった作品なのである。人気に溺れ、天狗になっていた二代目尾上菊之助が、恋人のお徳と出奔して、苦労の末に再び舞台に返り咲くまでを描いたこの映画で、長いどさまわり生活からの復帰をかけて挑むのが『積恋雪関扉』なのだ。

あとから振り返れば、『残菊物語』のこの展開は、まるで俊介と春江のその後を暗示するようではないか。映画は悲恋に終わるが、小説では春江は晴れて歌舞伎役者の女房となり、俊介を生涯支え続ける。縁は異なものというけれど、そもそも喜久雄の恋人だった春江に、まさかそんな波瀾万丈《はらんばんじょう》な人生が待ち受けていようとは。いや、そもそも『関扉』という演目は、あたりは一面の雪なのに妖しい桜の古木が狂い咲きしているところから始まるわけで、喜久雄のその後の人生も暗示していたと言えなくもない。

『仮名手本忠臣蔵』七段目　祇園一力茶屋の場

さて、第二章のタイトルは「喜久雄の錆刀」。歌舞伎で「錆刀」と言えば、『仮名手本忠臣蔵』七段目、祇園一力《ぎおんいちりき》茶屋で放蕩にふける大星由良助の刀にほかならない。仇討ちの真意を探りに来た斧九太夫《おのくだゆう》は、酔いつぶれた由良助が置き忘れた刀が赤錆だらけなのを見て「さて錆びたりな赤鰯《あかいわし》」、イワシの背の模様みたいに錆びてるよ、猫がいなくてよかったねとバカにして、安堵する。

果たして、小説でも長崎随一の歓楽街・思案橋で、喜久雄が無念の死を遂げた父・権五郎の仇を討つ気があるのか否かが焦点となっている。まさに、ここが思案のしどころ。春江の家に入り浸る喜久雄にはどうやらその気がないらしいと徳次はがっかりするが、物語は一転、喜久雄は本懐を遂げようとドスを握り締め、宮地の大親分に単身突撃する。

「あの子が持っていたのはドスじゃなく、竹を削った刀だったことにいたしましょう」。

仇討ちは無残に失敗して、喜久雄は、大阪の二代目半二郎に預けられることになるわけだが、読者は真の仇は別にいることを知っている。

ちなみに歌舞伎で権五郎と言えば、荒事の代表的な演目『暫《しばらく》』の主人公、鎌倉権五郎《かまくらごんごろう》のことである。悪人どもに罪なき人たちが皆殺しにされそうな危機一髪のところに「しばらくー、しばらくー」と現れる超人的な英雄。顔には赤い筋隈。異様に袖が大きい素《す》襖《おう》を着た、これぞ歌舞伎という見た目でお馴染みのキャラクターで、東京オリンピックの開会式で市川海老蔵が演じてみせたアレである。いやはや、歌舞伎を描く小説の序盤でいきなり殺される男に、歌舞伎十八番の無敵のヒーローの名前をつけるとは、実に大胆不敵ではないか。

『菅原伝授手習鑑』三段目「車引」

長い演目を通しではなく、一幕だけ単独で上演するのも歌舞伎ならでは。第四章「大阪二段目」で喜久雄と俊介が稽古に励む「車引《くるまびき》」も、たびたび上演される人気の一幕。梅王丸《うめおうまる》と桜丸《さくらまる》は、恩人の菅丞相《かんしょうじょう》（菅原道真）を追い落とした仇敵・藤原時平《ふじわらのしへい》の行列を阻もうと牛車の前に躍り出る。止めに入るのが松王丸《まつおうまる》。『菅原伝授手習鑑《すがわらでんじゅてならいかがみ》』では、松・梅・桜の名前を持つ三つ子の兄弟が、敵味方に分かれたことから起こる悲劇が描かれる。と言っても、この段「車引」の見どころは、とにかく見得、また見得。荒事の様式美で魅せる華やかな演目で、歌舞伎の魅力を語ろうとすれば、それはもう、一も二もなく、まずは役者の身体性、型の美しさがものを言う。

喜久雄も俊介も浴衣も着ないで猿股ひとつで稽古をしているが、踊りの名手だった今は亡き十代目坂東三津五郎の著書『踊りの愉しみ』によれば、当時の若手は、みんな、裸になって稽古をしていたらしい。と言うのも、名優として名高い六代目菊五郎が、まず自分が裸になり、ふんどし一丁で踊ってみせる人で、その方が体の線、動き、すべてがよく見えるというわけだ。NHKのドキュメント『鏡獅子三代〜勘九郎の挑戦』でも、十八代目中村勘三郎(当時、勘九郎)が、祖父の六代目菊五郎から直々に教えを受けた父から『鏡獅子』を受け継ぐため、パンツ一丁で裸になって汗だくで稽古している。いざ舞台に立つようになれば、その月の公演が終わった数日後には、次の月の公演が始まる過酷な世界である。「歌舞伎役者いうもんはやれね、義太夫と踊りを知ってなければ一人前はおろか半人前にもなれまへん」。小説で義太夫の師匠、鶴太夫が、今のうち体に叩き込んでおけと発破をかけるのもごもっともというわけだ。

『隅田川』

第四章では、ついに立女形の小野川万菊が登場する。立女形とはトップに君臨する女形のことで、女形の最高位と言われる役を演じる。ならば『助六《すけろく》』の豪華絢爛《けんらん》な傾城、揚巻《あげまき》を演じて華々しく登場することにしてもいいわけだが、揚巻でも政岡《まさおか》でもお初《はつ》でも三姫でもなく、敢《あ》えて『隅田川《すみだがわ》』を持ってくるところが心憎い。女形の美の真髄は、見た目の美しさにあらず、というわけだ。

『隅田川』は「松羽目もの」と言われる能に由来した演目。行方知れずの幼いわが子、梅《うめ》若丸《わかまる》を探し求めて、京から江戸まで旅をしてきた班女《はんにょ》の前《まえ》の伝説をもとにしている。悲しみのあまり、錯乱状態で隅田川のほとりにたどりつくと、渡し船の船頭から人買いに連れられてきた少年がこのあたりで死んだと聞かされる。ゾクリとさせられるのは、本当は誰もがこの世とあの世のあわいに立っていることに気づかされるせいだろう。愛する者の死は、そのことを教えてくれる。それはとりもなおさず、決定的な喪失を知って、初めてその人ならではの人生、その人ならではの表現が始まるということでもあるのだろう。「こんなもん、女ちゃうわ。化《ば》け物《もん》や」と喜久雄が言えば、「たしかに化け物や。せやけど、美しい化け物やで」と俊介が返す。女形＝見た目の美しさという先入観をいきなり破壊された喜久雄は、やがて『阿古屋《あこや》』という心の内に宿る美にたどりつき、自らもわが子を亡くす悲しみを知った俊介の到達点は渾身の『隅田川』に結晶する。

『京鹿子娘道成寺』と『二人道成寺』

歌舞伎では、同じ演目を生涯にわたって繰り返し演じて極めていく。数ある演目の中でも、舞踊の大曲『京鹿子娘《きょうがのこむすめ》 道成寺《どうじょうじ》』は、女形の踊りの集大成と言われる。「道行」で始まって、能の名残をとどめる「中啓《ちゅうけい》の舞」、手踊り、毬唄《まりうた》、花笠《はながさ》踊、手拭踊。鞨鼓《かっこ》、鈴太鼓、鐘入りと使う道具も様々に、衣裳も趣向も変えながら、恋をした娘心を踊り分けなければならない。

お話としては、紀州道成寺に伝わる安珍清姫《あんちんきよひめ》の伝説の後日譚で、鐘供養の日に花子《はなこ》と名乗る白拍子《しらびょうし》が現れる。踊りを奉納すれば、鐘を拝ませてやると言われた花子は、次々と華麗な踊りを披露する。花子の正体は、夫婦になるという約束を反故《ほご》にして逃げた僧の安珍を追いかけてきた清姫。恋の執念で蛇となり、鐘の中に隠れた安珍を焼き殺したというのだから、凄まじい。

これを二人で踊る演出にしたのが『二人道成寺《ににんどうじょうじ》』で、第五章「スタア誕生」では、喜久雄と俊介が地方巡業で踊り、批評家が激賞して、ブレイクのきっかけをつかむ。この時、二十歳。部屋子の喜久雄と御曹司の俊介では、初舞台を踏んでからの待遇もまるで違っていたのが、ここで肩を並べたというわけだ。宿命のライバルとなったふたりがユニゾンで踊るとなれば、息がピタリと合えば合うだけ、それぞれの実力や持ち味がくっきりと明らかになるわけで、これが戦々恐々とせずにいられようか。

図らずも、事故で休演せざるをえなくなった半二郎が、実の息子の俊介ではなく、喜久雄を『曽根崎心中《そねざきしんじゅう》』の代役に選んだその時、同時上演したのがこの『二人道成寺』の再演。まさに「比べてくれ」と言わんばかりの残酷なめぐりあわせ。千穐楽《せんしゅうらく》までどうにか勤め上げた翌日、俊介は春江と姿を消す。

因果はめぐる。さらに十年後、長い旅路の果てに見事復帰した俊介は、万菊とともに『二人道成寺』を踊る。半二郎亡き後、後ろ盾を失い、俊介の芸の進境を目の当たりにして追われていくのは、今度は喜久雄の方だ。そうして、紆余曲折《うよきょくせつ》の後、ついに押しも押されもせぬ立女形にのぼり詰めた喜久雄がひとり、『京鹿子娘道成寺』を踊らんとするその時、病に臥していた俊介の訃報が届く。

ふたりにとって『道成寺』は、流れていった歳月に刻まれたベンチマークそのものだ。ひとりで踊っていても面影がちらつくのは、その都度都度の『道成寺』の記憶がよみがえってくるせいだろう。芸を極め、孤高の人となってもなお、『道成寺』を踊る時だけは、喜久雄は何度でも始まりの場所に立ち、決してひとりではなかったに違いない。最も忘れがたい思い出は、舞台ではなく、南座の屋上でしたキャッチボールだったというのも、いかにも優しい青春の記憶という感じがして、あまりにもせつない。人はきっとあとになって気づくのだ。あれが険しい芸の道にいよいよ踏み出した始まりの瞬間であり、無邪気な少年時代の終わりだったのだと。


『曽根崎心中』


実際に起きた事件をもとに、近松門左衛門が創作した最初の心中もの。

上方歌舞伎を代表する名作が、喜久雄と俊介の明暗を分けることになった。

天満屋《てんまや》の遊女お初は、平野屋《ひらのや》の手代徳兵衛《とくべえ》と愛し合うが、徳兵衛にはお初を受けだす金がない。そんな折、平野屋の主人で叔父の久右衛門から、持参金つきの縁談を持ちかけられる。母親が勝手に受け取っていた持参金をやっとのことで取り返した徳兵衛だったが、親友の九平次《くへいじ》にこの金を貸したばっかりに、返済してくれないどころか、証文を偽造したのは徳兵衛だと濡《ぬ》れ衣《ぎぬ》を着せられてしまう。追い詰められた徳兵衛を、お初はひそかに縁の下にかくまう。そうとは知らず、ぬけぬけと徳兵衛の悪口を言う九平次に「徳様は死なねばならぬ」と言い放ちながら、心中の覚悟を問うお初の足を、徳兵衛は刃物のようにのどにおしあてる。お初は、その心情を足で語る女なのだ。打掛の裾からのぞく白い素足が、哀しくもなまめかしい名場面である。

足と言えば、幕末に人気を博した歌舞伎俳優、三世澤村田之助《さわむらたのすけ》は、壊疽《えそ》で四肢を切断しながらも、義足をつけ、舞台に立ち続けた美貌の女形として知られる。皆川博子『花闇』から近年の蝉谷めぐ実『化け物心中』まで小説のモデルにもなった実在の歌舞伎役者である。ぼんぼんとして何不自由なく育ったはずの俊介も、心中ものさながらの逃避行を経て、田之助さながらの過酷な運命を生きることになる。

お初と徳兵衛は、あと一日、思いとどまることができたら、添わせてやりたいと思っていた人もいたし、だまし取られた金も返ってきた。若いふたりはその一日が待てなかった。吉田修一の小説『悪人』みたいだと思う。歌舞伎は、どこかに追われていく人間を描くことがとても多い。吉田修一もまた行くあてをなくした人間を繰り返し描いてきた。そういう作家が歌舞伎を描いたのは、もはや必然という気すらしてくる。

『祇園祭礼信仰記』四段目「金閣寺」と『藤娘』

謀反人の松永大膳《まつながだいぜん》に横恋慕され、囚われた雪姫《ゆきひめ》は、金閣寺の天井に龍の絵を描くか、それとも自分のものになるかと迫られる。父の仇の大膳に刃向かった雪姫は、桜の木に縛りつけられてしまう。涙で鼠《ねずみ》を描いたという祖父雪舟の故事を思い出し、花びらを集めて爪先で鼠を描くと、白鼠が現れ、縄を食いちぎる奇跡が起こる——。

「金閣寺」の一番の見どころは、しかし奇跡そのものにはなく「縄をうたれたお姫様の上に降りしきる桜」という倒錯美にあることは間違いない。いやもう、この桜の降り方が尋常ではないのである。はらはらなんて、なまやさしいもんじゃない。雪姫の姿が花びらでかき消され、見えなくなるくらい容赦なく降りしきる。視界が一面の桜吹雪で埋まる。ただならぬことが起きていることが、目の前の「景色」で腑《ふ》に落ちる。降りかかる雪に向かって、思わず手を伸ばした喜久雄の気持ちが、わかる気がしてくる。喜久雄が探している「景色」というのは、たとえば、こんな夢幻の世界ではないか。

『藤娘』では、観客のひとりが舞台と客席の境界線を越えて、あがりこんでくる。結界が破られ、喜久雄がいよいよ狂気の淵へと堕ちていくきっかけとなる出来事だが、大津絵に描かれた藤の精が、絵から抜け出してきて踊るという出自を持つ『藤娘』も、虚と実の境界線が破られた「景色」を描いた演目と言えるかもしれない。役者も、また虚と実のあわいを生きている。舞台の上で生きて、また死んで、奈落の底でよみがえる。

『壇浦兜軍記』三段目「阿古屋」

「阿古屋」が女形の最高峰と言われるのは、琴、三味線、胡弓《こきゅう》の三つの楽器の演奏があるからで、この役を演じることのできた女形は、戦後、長い間、中村歌右衛門と坂東玉三郎だけだった。ようやく二〇一八年に中村児太郎《こたろう》と中村梅枝《ばいし》がこれに続いたが、おいそれとは演じられない難しい演目であることが、これだけでもわかるだろう。

平家の残党、景清《かげきよ》の行方を白状させようと、恋人の傾城、阿古屋を責め立てる裁判劇。詮議人のひとり、岩永《いわなが》は火責め水責めの拷問にかけ、口を割らせようと主張するが、阿古屋はまったく動じず「知らぬものは答えようがない」と突っぱねる。もうひとりの詮議人、重忠《しげただ》は、見事三つの楽器を演奏したならば、その言葉を信じようという。通称「琴責め」。つまり、単にうまく演奏できるだけではダメなのだ。心情を音に乗せて語ることで、詮議人たちをかき口説き、納得させなければならない。

阿古屋は、実は景清の子を身ごもっている。つまり、これは単なる心理戦ではなく、命懸けで、命を繋《つな》ごうとする話でもあるのだ。生きることを語ろうとすれば、死を語らずにはいられなかった歌舞伎が、真正面から誇り高く生を語ろうとした演目でもあるのだろう。それも言葉ではなく、音楽で。

生きていくと、大切な人たちが次々とこの世を去っていく。年齢を重ねれば、なおのこと、自分ひとりがこの世にとりのこされるような気持ちがしてくる。家族も、友達も、愛した人、憎んだ人さえも、みんな、みんな、いずれ去ってしまう。まるで、すべてが夢だったかのように、あとかたもなく。そして、いつの日か、自分も。

阿古屋ではないが、記憶だけが誰にも奪うことのできない宝なのだ。けれど、それさえも、いつまで誰かとわかちあうことができるのだろう。

それを思えば、喜久雄がたどりついた虚と実がひとつに溶け合う危うい境地を「狂気」と片付けるわけにはいかない。うたかたの流れに浮かぶ儚《はかな》い命。誰もがきっといずれそこにたどりつく。それを哀しいとは、嘆くまい。

『悪人』から十年。歌舞伎に賭けたひとりの人間を描き切った『国宝』は、この作家の新境地である。歌舞伎のまなざしでこの世を眺めてみれば、生と死、虚と実、そして男と女が、ひとつに溶け合う夢幻の世界が現れた。歌舞伎を観る時、ひとりの人間が長い時の流れを引き受け、体現していることを目の当たりにすることがある。「国宝」と呼ばれる人ならなおのこと、所作のひとつ、せりふのひとつにあの人この人の面影が息づいている。それもまた歌舞伎ならではの魅力だろう。清濁あわせ飲んで流れていく大河のようなこの小説に身を浸す時、私たちもまた大きな時の流れを生きていることをあらためて思う。人は失い続ける。それでもこの体の奥で美しい音楽が鳴っていて、儚い夢幻に繰り返し手を伸ばさずにはいられないのだろう。


（たき　はるみ／ライター）

JASRAC 出 2105478-101

国宝《こくほう》 下《げ》 花道篇《はなみちへん》

朝日文庫

2021年 9 月30日　第 1 刷発行

著　者　吉田修一《よしだしゅういち》

発行者　三宮博信
発行所　朝日新聞出版
〒104-8011　東京都中央区築地5-3-2
電話　03-5541-8832(編集)
03-5540-7793(販売)
印刷製本　大日本印刷株式会社

Published in Japan by Asahi Shimbun Publications Inc.
定価はカバーに表示してあります

ISBN978-4-02-265009-2